U0492942

湖州师范学院中国语言文学学科"省一流学科（B类）"学术著作出版资助项目

湖州文学个案研究

潘明福 著

知识产权出版社
全国百佳图书出版单位

图书在版编目（CIP）数据

湖州文学个案研究／潘明福著．—北京：知识产权出版社，2017.6
ISBN 978-7-5130-4994-8

Ⅰ.①湖… Ⅱ.①潘… Ⅲ.①地方文学史—文学史研究—湖州 Ⅳ.①I209.955.3

中国版本图书馆 CIP 数据核字（2017）第 133349 号

责任编辑：徐　浩　　　　　　　　　责任校对：王　岩
封面设计：SUN 工作室　韩建文　　　责任出版：刘译文

湖州文学个案研究

潘明福　著

出版发行：知识产权出版社 有限责任公司	网　　址：http：//www.ipph.cn
社　　址：北京市海淀区气象路 50 号院	邮　　编：100081
责编电话：010-82000860 转 8343	责编邮箱：xuhao@cnipr.com
发行电话：010-82000860 转 8101/8102	发行传真：010-82000893/82005070/82000270
印　　刷：北京科信印刷有限公司	经　　销：各大网上书店、新华书店及相关专业书店
开　　本：720mm×960mm　1/16	印　　张：15.5
版　　次：2017 年 6 月第一版	印　　次：2017 年 6 月第一次印刷
字　　数：256 千字	定　　价：58.00 元
ISBN 978-7-5130-4994-8	

出版权专有　侵权必究
如有印装质量问题，本社负责调换。

前　言

湖州，乃江南名郡，有着非常悠久的历史。早在大禹时代，防风氏就在德清的封、禺二山之间立国。夏、商、周时期，湖州地属扬州，后又依次隶属吴国、越国。周显王三十五年，也就是楚威王六年（公元前334年），楚国灭越国，以湖州之地立菰城县，作为春申君黄歇的封邑。秦统一六国后，实行郡县制，于公元前212年改菰城县为乌程县。齐建元三年（481年），析乌程置吴兴县。梁朝时，以乌程县为吴兴郡。隋文帝仁寿二年（602年），置湖州。湖州之名，自此时始立。明人栗祁《（万历）湖州府志》卷一载："（唐）太宗贞观元年，复益武康、长城，又并安吉原乡入长城，实领乌程、长城、武康县三。高宗麟德元年，复置安吉县。天授二年，析武康东乡置武源县，即今德清县。"至此，湖州的区域范围大体确定。

悠久的历史孕育了湖州灿烂的文化，也培育了多彩的文学。从先秦到清代，湖州文学在吴侬软语中一路前行，在小桥流水中轻盈荡漾；诗词的晶莹剔透，散文的华彩风流，小说的灿烂多姿，组合成湖州文学优美的华章。在湖州文学发展的历程中，不仅名家众多，而且名作迭现。在每一个历史时期，总有一些湖州籍的文学家活跃在引领文学发展的"排头兵"阵营，为中国文学的发展带来新的气息，注入新的力量，如南朝的沈约、吴均，唐代的皎然、钱起、孟郊，宋代的张先、周密，元代的赵孟頫，明代的茅坤、凌濛初，清代的严遂成、朱彊村，等等，这是湖州文学永远值得骄傲的地方。

从先秦到南朝的漫长历史阶段，是湖州文学的孕育期。这一时期的文学除了目前在各类出土文物上所能见到的零星文字记载和图案展示以外，传世的文献中很难找到成规模的完整的文学作品。虽然据各种目录类典籍记载，从三国时期的姚信开始湖州文人就有编辑成集的文学作品，单篇作品的出现应该会更早，但这些作品现在皆已散佚不见，无法知其详情。经历了漫长的孕育和等待，必然会迎来丰硕的成果和可喜的收获，在南朝100多年的时间里，湖州文坛涌现出众多的文学名家，如沈约、吴均、丘迟、裴子野，等等，特别是沈约和吴均，成为中国文学史上的标杆式人物。湖州文学不鸣则已，一鸣惊人。接下来的唐代湖州文坛，更是出现了名家井喷、名作迭现的辉煌场面。皎然、沈亚之、钱起、孟郊，这些人物在中国文学史上都是一顶一的高手，提起任何一个人的名号，都掷地有声。如果说南朝的湖州文坛还主要是以诗鸣世的话，唐代的湖州文坛就是各类文学的竞相绽放、全面开花，诗、文、小说并驾齐驱。于是，出现了湖州文学的第一次高潮。宋代的湖州文坛方兴未艾，延续了唐代的辉煌之势。除了诗、文以外，在词的创作上有了可喜的开拓与发展，出现了张先、叶梦得、周密等词坛大家，而周密的笔记小说也使湖州文学在另一个园地里出现了缤纷灿烂的局面。词和笔记小说的加入，大大拓宽了湖州文学的发展道路，使湖州文学真正拥有了多样的面貌和丰富的格局。元代的湖州文学在文学与艺术的交融方面为湖州文学的推进树立了典范，为中国文学拓展了探索的道路。钱选、赵孟頫、王蒙以艺术家的身份介入文学创作，使湖州文学增加了艺术气息，而题画诗、题画词乃至题画文、题画赋的大量创作，更是让元代的湖州文学拥有了全新的面孔。明清两代，随着商品经济的发展和出版刻印事业的繁荣，湖州文学在小说、戏曲等通俗文学的园地里有了长足发展。凌濛初的"二拍"、董说的《西游补》、陈忱的《水浒后传》以及茅维的凌烟阁杂剧，把湖州的通俗文学推上了高峰。同时，由于诗、文这些传统雅文学的深厚根基依然存在，影响依然深广，明清时期的湖州文学在通俗文学大力推进之际，诗、文这类雅文学依然拥有广阔的市场。蔡汝楠、骆文盛、陈霆、严遂成、严可均等诗、词、文的名家及其创作依然牢牢把握着湖州文学的主脉。从先秦到明清，湖州文学一路高歌，充满骄傲，犹如长江、黄河，在奔腾前行中越来越宽广，越来越壮丽。

湖州历代文坛名宿众多，佳作迭现，要想对这些文学名家一一介绍、对这些佳作一一展示，难度很大，因此，本书尝试从"生"和"熟"两个方面，对湖州历史上的文人和文学进行一次"挂一漏万"式的审视或探讨。所谓"生"，就是指那些以往被学术界关注得比较少的作家及其创作，如闵珪、顾应祥、骆文盛、闵如霖、蔡汝楠，等等；所谓"熟"，就是指在文学史上知名度很高、为众人所熟知的文学家及其创作，如沈约、吴均、钱起、皎然、孟郊、周密，等等。

本书采取考据与诠释相结合的研究方式,对前人关注和研究较少的作家,本着"知人论世"的出发点,采取考据的方式,对他们的生平仕履情况进行较为详细的考索,而对大家所熟知的作家,则选取一些前人关注较少的作品进行较为细致和深入的品鉴或阐释,以求更全面地了解这些作家的不同创作取向。

笔者认为,本书所选取的一些重要文学家在湖州文学发展史上有着举足轻重的影响,从某种程度上而言,湖州文学是在他们的引领下不断发展和新变的,他们在很大程度上代表了湖州文学在特定阶段的"性格""气质"和特点。从这一层面而言,本书更像是一部《湖州古代文学家"点将录"》,当然,所点的"将"还远远不足。文学是"生产者"(作家)和"产品"(作品)紧密联系、综合发展的产物,离开了作家和作品中的任何一方,文学都不能算作是完整的。因此,本书采取"人""文"并重的方式,力求以充足的、丰富的和有说服力的证据来勾勒"人"的历史存在;以深入、全面的视角来诠释"文"的审美表达,争取达到"人""文"和谐、相得益彰的效果。

目 录

上编 湖州文人丛考

第一章 唐代吴兴沈氏家族之沈齐家房世系传承考略 …………（3）
第二章 闵珪考略 ……………………………………………………（12）
第三章 顾应祥考略 …………………………………………………（20）
第四章 骆文盛考略 …………………………………………………（28）
第五章 闵如霖考略 …………………………………………………（34）
第六章 蔡汝楠考略 …………………………………………………（41）

下编 湖州文学述论

第七章 湖州文学发展概述 …………………………………………（53）
 第一节 先秦至南朝时期湖州文学的发展概况 …………………（53）
 第二节 唐代湖州文学的发展与盛况 ……………………………（58）
 第三节 宋代湖州文学的发展概况 ………………………………（64）
 第四节 元代湖州文学的发展与概况 ……………………………（72）
 第五节 明代湖州文学的发展与概况 ……………………………（77）
 第六节 清代湖州文学的发展与概况 ……………………………（86）

第八章 沈约创作述论 ………………………………………………（93）
 第一节 沈约的诗歌创作 …………………………………………（94）
 第二节 沈约的辞赋 ………………………………………………（101）
 第三节 沈约的散文 ………………………………………………（105）
 第四节 沈约文集的流播与传承 …………………………………（107）

第九章　吴均创作述论 ……………………………………… (111)
第一节　吴均的诗歌创作 ………………………………… (112)
第二节　吴均的辞赋、散文与小说 ……………………… (117)
　　一、吴均的辞赋 ………………………………………… (117)
　　二、吴均的散文 ………………………………………… (118)
　　三、吴均的小说 ………………………………………… (119)
第三节　吴均的影响 ……………………………………… (120)
　　一、吴均的创作影响 …………………………………… (120)
　　二、吴均文集的流播 …………………………………… (121)

第十章　钱起创作述论 ……………………………………… (123)

第十一章　皎然创作述论 …………………………………… (129)

第十二章　孟郊创作述论 …………………………………… (137)

第十三章　沈亚之创作述论 ………………………………… (145)
第一节　沈亚之的诗歌 …………………………………… (145)
第二节　沈亚之的散文 …………………………………… (146)
　　一、沈亚之的散文思想 ………………………………… (146)
　　二、沈亚之的散文创作主张 …………………………… (148)
　　三、沈亚之的散文作品 ………………………………… (150)
第三节　沈亚之的小说 …………………………………… (153)

第十四章　张先创作述论 …………………………………… (156)
第一节　张先的词 ………………………………………… (156)
第二节　张先的诗 ………………………………………… (159)

第十五章　刘一止创作述论 ………………………………… (162)
第一节　刘一止的诗 ……………………………………… (162)
第二节　刘一止的词 ……………………………………… (164)
第三节　刘一止的散文 …………………………………… (166)

第十六章　周密创作述论 …………………………………… (170)
第一节　周密的词 ………………………………………… (170)
第二节　周密的诗 ………………………………………… (174)
第三节　周密的笔记杂著 ………………………………… (176)

第十七章　赵孟頫创作述论 ………………………………… (178)
第一节　赵孟頫的诗 ……………………………………… (180)

第二节　赵孟頫的词 …………………………………………（188）
　　第三节　赵孟頫的文 …………………………………………（191）
第十八章　骆文盛创作述论 ………………………………………（196）
　　第一节　骆文盛的诗词创作 …………………………………（196）
　　　一、骆文盛的乐府诗 ………………………………………（196）
　　　二、骆文盛的古诗 …………………………………………（199）
　　　三、骆文盛的近体诗 ………………………………………（201）
　　　四、骆文盛的词 ……………………………………………（205）
　　第二节　骆文盛的赋和文 ……………………………………（206）
　　　一、骆文盛的赋 ……………………………………………（206）
　　　二、骆文盛的文 ……………………………………………（207）
第十九章　凌濛初创作述论 ………………………………………（209）
　　第一节　凌濛初的小说创作 …………………………………（210）
　　第二节　凌濛初的戏曲创作 …………………………………（212）
第二十章　严遂成诗歌创作述论 …………………………………（216）
　　第一节　严遂成的咏史诗 ……………………………………（217）
　　第二节　严遂成的咏物诗 ……………………………………（221）
　　第三节　严遂成的写景诗 ……………………………………（222）
参考文献 ……………………………………………………………（227）
后　记 ………………………………………………………………（232）

上编　湖州文人丛考

第一章　唐代吴兴沈氏家族之沈齐家房世系传承考略

吴兴沈氏，自东汉以来，就是声显江左的习武强宗。然随着政治的风云变幻，至唐，沈氏已然由习武将门"转变为文质彬彬的儒学世家"，"树立起忠孝传家、礼仪济世的门户风范"。❶儒学世家的形成，显示了吴兴沈氏在文化方面的巨大活力，对推动唐代文化产生了一定的影响。在唐代沈氏家族中，沈齐家房支是较大的、较具代表性的一支。通过对唐代沈齐家房支世系传承情况的索考，可以在更深层次上更全面地了解和把握吴兴沈氏家族的发展及其对唐代文化的贡献。

唐代，湖州是浙江文士的最大来源地，也是浙江文士分布的密集点，❷而沈氏家族在整个湖州文士中，占有举足轻重的地位。在唐代的沈氏家族中，沈齐家房支是颇具典型性的一支，其成员众多，且大多政文兼备，驰名朝野，声望颇高。为行文简洁，现以图表的形式将唐代沈齐家房支的世系传承情况列之于下（图1-1），以备后文考索之便。

首先需要说明的是，吴兴沈氏家族房支交错，人员庞杂，家族中的每一成员之姓名在现存文献中未必都能找到，因此，图1-1中必有脱漏。然即使如此，以现存文献所载之成员而言，沈齐家一支在唐代已是人才济济，影响巨大，其于唐代文化之贡献，可考之而详也。

《元和姓纂》卷七"沈"姓下载：

---

❶ 唐燮军："从南朝士族到晚唐衣冠户——吴兴沈氏在萧梁至唐末的变迁"，载《浙江师范大学学报（社会科学版）》2004年第10期，第28页。
❷ 戴伟华先生在《唐文士籍贯与文学考述》一文中云："同一区域中，作家分布往往呈现出一个或数个密集点，由这个或数个密集点左右着这一区域的作家分布密度。……浙江的密集点在湖州，近二十人，而绍兴13人，杭州7人。"见《江海学刊》2005年第2期，第184~188页。

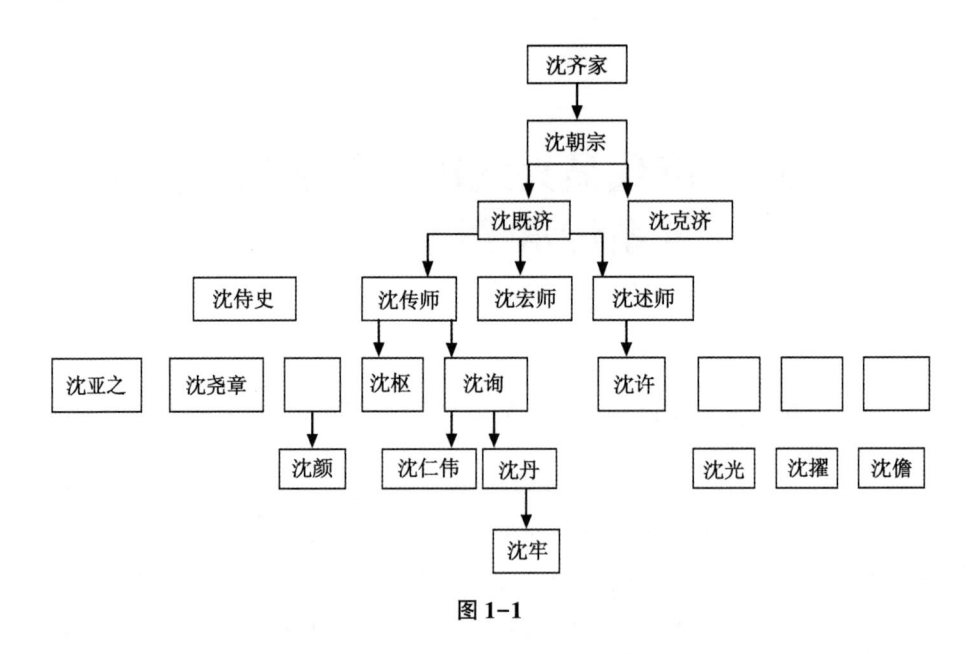

```
                    ┌─────────┐
                    │ 沈齐家  │
                    └────┬────┘
                         ↓
                    ┌─────────┐
                    │ 沈朝宗  │
                    └────┬────┘
              ┌──────────┴──────────┐
              ↓                     ↓
         ┌─────────┐           ┌─────────┐
         │ 沈既济  │           │ 沈克济  │
         └────┬────┘           └─────────┘
   ┌─────────┬┴────────┬──────────┐
   ↓         ↓         ↓          ↓
┌──────┐ ┌──────┐  ┌──────┐   ┌──────┐
│沈侍史│ │沈传师│  │沈宏师│   │沈述师│
└──────┘ └──┬───┘  └──────┘   └──┬───┘
   ┌────┬───┴──┬───┐             │
   ↓    ↓      ↓   ↓             ↓
┌────┐┌────┐┌───┐┌────┐       ┌────┐  ┌──┐┌──┐┌──┐
│沈亚之││沈尧章││   ││沈枢││沈询 │       │沈许│  │  ││  ││  │
└────┘└────┘└───┘└────┘└─┬──┘       └────┘  └──┘└──┘└──┘
                ↓         ↓           ↓      ↓    ↓    ↓
             ┌────┐    ┌──────┐┌────┐      ┌────┐┌────┐┌────┐
             │沈颜│    │沈仁伟││沈丹│      │沈光││沈擢││沈儋│
             └────┘    └──────┘└─┬──┘      └────┘└────┘└────┘
                                 ↓
                              ┌────┐
                              │沈牢│
                              └────┘
```

图 1-1

　　（沈）不害，陈尚书左丞；孙齐家，唐秘书郎；生朝宗，婺州武义主簿；朝宗生既济、克济。既济，进士，唐翰林学士，生传师、宏师、述师。传师，进士，吏部侍郎；生枢、询。枢，进士，谏议大夫、商州防御使。询，进士，浙东观察、泽潞节度；生仁伟，进士。既济次子宏师，进士，不禄。述师长子许。

　　据此，沈齐家为陈尚书左丞沈不害之孙。然齐家之父名何，因材料阙如，现已难考。在上引《姓纂》所载诸人中，既济、传师父子最为后人所知，传师为有唐一代之著名政治家，《旧唐书》《新唐书》皆为其立传。

　　又，《南部新书》卷五记载："沈既济生传师，传师生询，询生丹，丹生牢。"王安石《贵池主簿沈君墓表》亦云：

　　至唐有既济者，为尚书礼部员外郎；生传师，为尚书吏部侍郎，赠吏部尚书；尚书生询，为潞泽刺史、昭义军节度使。自昭义以上三世，皆有名迹列于国史。昭义生丹，为舒州团练判官；舒州生牢，江

南李氏时为饶州刺史，饶州刺史生廷萍，为濠州军事推官……❶

以上材料，《姓纂》未载，可补其阙。

沈侍史，未详其名，《全唐诗》卷四六六载有传师赠其诗，题为《寄大府兄侍史》。据此，可知沈侍史与沈传师同辈，且年长于传师。

沈尧章，传师之侄。《金石录》卷十载："《唐沈传师墓志》：权璩撰，侄沈尧章正书。"宋代陈思《宝刻类编》卷五亦载："沈尧章，邕管经略判官，《赠吏部尚书沈传师墓志》，权王处（璩）撰，从子尧章书，太和九年立。"则尧章为传师之侄当可无疑也。

沈亚之，亦为传师之侄。《全唐诗》卷四三九载亚之《题海榴树呈八叔大人》一诗："曾在蓬壶伴众仙，文章枝叶五云边。几时奉宴瑶台下，何时移荣玉砌前。染日裁霞深雨露，凌寒送暖占风烟。应笑强如何畔柳，逢波逐浪送张骞。"是诗是呈予传师的，由诗题可知，亚之乃传师之侄也。

沈许，为述师长子，《姓纂》云："述师长子许。"

由上可知，尧章、亚之、枢、询、许为同辈，然长幼之序，已难详考。

沈颜，传师之孙。《直斋书录解题》卷十六谓："传师之孙，仕伪吴，顺义中为翰苑。"《郡斋读书志》卷十八亦云："沈颜字可铸，传师之孙。"但颜父为谁，因材料阙如，已不可考。

沈光、沈擢、沈儋为沈询之晚辈，与询间为叔侄关系。《云溪友议》卷八载：

> 潞州沈尚书绚（询），宣宗九载，主春闱。将欲发榜，其母郡君夫人曰："吾见近日崔李侍郎，皆欲宗盟及第，似无一家之榜。汝叨此事，家门之庆也。于诸叶中，拟放谁耶？"（吴兴沈氏相见，问叶不问房）绚（询）曰："莫先沈先（光）也。"太夫人曰："沈先（光）早有声价，沈擢次之，二子科名，不必在汝，自有他人与之。吾以沈儋孤单，鲜有知者，汝其不愍，孰能见哀？"绚（询）不敢违慈母之命，遂放儋第焉。先（光）后果升上第，擢奏芸阁，以事三湘。太夫人之朗悟，儋亦感激焉。

---

❶ 王安石：《王临川全集·卷九十》，世界书局1934年版，第571页。

由是可知，询母所谓"无一家之榜"指的是其家族内无人登第。后又云："沈先（光）早有声价，沈擢次之，二子科名，不必在汝，自有他人与之。吾以沈儋孤单"，指的是其家族有三个小辈：沈光、沈擢和沈儋。而"孤单"则表示沈儋与沈光、沈擢非为亲兄弟，沈光、沈擢名声响亮，沈儋次之。然三人之父辈为谁，已不可考。

由上引《云溪友议》所云之"吴兴沈氏相见，问叶不问房"可知，吴兴沈氏之间相见，只问是几叶（即"几世"），而不问出自何房。由此可见，沈氏各房之间虽有很大的贵贱之分，但并无单独立族，其内部亦为一个整体，无论关系疏亲，都称作一家。

既然沈氏之间以一家相称，其成员之间的相互影响亦应有相当分量。一人奋进，必会带动家族内部其他人员争求功名，家族因之而振兴。吴兴沈氏家族就是在这种相互激励、相互提携的良性循环中，一代一代传下去的。

在基本明了沈齐家这一族系在唐代的具体传承情况后，有必要对其主要成员的生平仕履情况作一番具体的索考，以明此一族系于李唐王朝及唐代文化之作用与贡献也，亦可藉此以窥见吴兴沈氏在有唐一代之地位也。

1. 沈齐家

按：沈齐家，生活于武则天朝至玄宗朝此一时期内，曾为泉州司户参军。

杜牧《唐故尚书吏部侍郎赠吏部尚书沈公（传师）行状》云：

> 曾祖某，皇任泉州司户参军；祖某，皇任婺州武义县主簿，赠屯田员外郎；父某，皇任尚书礼部员外郎，赠太子太保。❶

由图1-1可知，传师曾祖即为沈齐家，则齐家曾有泉州司户参军之任乃可明也。传师生于唐代宗大历四年（769年；详后"沈传师"条），以此逆推，则齐家当生活于武则天朝至玄宗朝时期。

2. 沈朝宗

按：沈朝宗，大约生活于玄宗朝，曾任婺州武义县主簿。

据上引杜牧《唐故尚书吏部侍郎赠吏部尚书沈公（传师）行状》，可知

---

❶ 杜牧：《樊川文集》，陈允吉校点，上海古籍出版社1979年版，第212页。

沈朝宗曾为婺州武义县主簿，卒后赠屯田员外郎。《元和姓纂》卷七亦有朝宗"婺州武义主簿"之载。朝宗为齐家之子，沈齐家为武则天朝至玄宗朝之人，朝宗生活之时代略晚于齐家，当主要生活于玄宗朝。

3. 沈既济

按：沈既济，一说为吴县（今江苏苏州）人。新旧《唐书》本传、《吴郡志》卷二十三、《姑苏志》卷四十七，俱言其为吴县人，然此说不确。因既济曾寓居吴县，故后人常误以其为吴县人。依籍贯而言，既济当为吴兴人无疑也。宋王安石《贵池主簿沈君墓表》载：

> 君讳某，字某，再世家于杭州之钱塘，而其先湖州之武康人也，武康之族显久矣，至唐有既济者……❶

王安石与沈氏后代交情甚厚，其以既济为武康人，当不致误。又，《吴兴备志》卷十引《德清志》亦云："武康当既济时析，为德清久矣，德清乡贤祠首列传师。"此亦可证既济当为吴兴人也。

沈既济为中唐之名人，考其仕履，约略可得如下数则。

（1）大历十四年（779年）已入仕，为协律郎。《资治通鉴》卷二二六载："（大历十四年八月）协律郎沈既济上《选举议》……"知既济于大历十四年已入仕。然其始释褐于何时，因材料阙如，已难确考。

（2）建中元年（780年）为左拾遗，史馆修撰。《旧唐书》卷一四九《沈传师本传附沈既济传》云："建中初，（杨）炎为宰相，荐既济才堪史任，召拜左拾遗、史馆修撰。"《唐会要》卷六三亦有"建中元年七月，左拾遗、史馆修撰沈既济，以吴兢所撰国史则天事为本纪，奏议驳之"之语，知既济建中元年在左拾遗、史馆修撰任上。

（3）建中二年（781年），罢史官，坐贬处州司户参军，后又入朝为礼部员外郎，并卒于是任。《直斋书录解题》卷四载："《建中实录》十卷，唐史馆修撰吴郡沈既济，其书止于建中二年十月，既济罢史官之日。"《资治通鉴》卷二二七载："（建中二年七月），庚申，以（杨）炎为左仆射，罢政事。"《新唐书》卷一三二云："（杨）炎得罪，既济坐贬处州司户参军。"知既济因杨炎而罢史职，坐贬处州司户参军。《新唐书》同卷又云，既济

---

❶ 王安石：《王临川全集·卷九十》，世界书局1934年版，第571页。

"后入朝，位礼部员外郎，卒"，知其卒于礼部员外郎之任。

既济颇具史才。《旧唐书》卷一四九谓其："博通群籍，史笔尤工，吏部侍郎杨炎见而称之。"《新唐书》卷一三二亦云："（既济）经学该明……有良史才。"类似之语，《吴郡志》卷二十二、《姑苏志》卷四俱载。既济同时又是中唐之传奇名家，其《枕中记》《任氏传》《雷民传》《陶岘传》诸作，颇为后人称道。

4. 沈传师

按：沈传师，贞元二十一年（805年）进士及第，元和元年（806年）制科中举。累官太子校书郎、左拾遗、左补阙、翰林学士、中书舍人、湖南观察使、尚书右丞、江西观察使、宣歙观察使、吏部侍郎等，卒于大和九年（835年），乃中唐之著名政治家与文学家。

《旧唐书》卷一四九《沈传师传》云："沈传师字子言，擢进士，登制科乙第。"《新唐书》卷一三二谓其："贞元末，举进士。"传师之具体登第时间，孟二冬先生《登科记考补正》卷十据《永乐大典》所引之《苏州府志》考定其"于贞元二十一年登第"，可从。又，《通鉴总类》卷十下"制科门"之"唐策试制举之士"条载："元和元年，策试制举之士。于是校书郎元稹、监察御史独孤郁、校书郎白居易、前进士萧俛、沈传师出焉。"马端临《文献通考》卷三十三亦有类似记载。综上，知传师于贞元二十一年进士及第，元和元年制科登科。

登第后，授太子校书郎，转左拾遗、左补阙等职。《旧唐书》本传曰：

> （传师）授太子校书郎、鄠县尉、直史馆、转左拾遗、左补阙，并兼史职。迁司门员外郎、知制诰。

元和十二年，传师为翰林学士，《唐会要》卷三十六"（元和二十年十二月）翰林学士沈传师"云云可证。后，又先后为中书舍人、湖南观察使、尚书右丞、江西观察使、宣歙观察使、吏部侍郎等职：

> 长庆二年二月，传师自尚书兵部郎中翰林学士罢为中书舍人、史馆修撰。（欧阳修：《集古录·卷八·唐韩退之黄陵庙碑》）
> （长庆三年）六月宰相修国史监修国史杜元颖，奏史官沈传师除镇湖南，其本分修史，便令将赴本任修撰，从之。（《旧唐书·卷十六》）

《旧唐书》卷十七又有"（宝历二年五月）以前湖南观察使沈传师为尚书右丞""（太和二年十月）以右丞沈传师为江西观察使""（大和四年）九月壬申朔丁丑，以大理卿裴谊检校右散骑常侍充江西观察使，代沈传师；以传师为宣歙观察使""（大和七年四月）以江西观察使裴谊为歙池观察使，代沈传师；以传师为吏部侍郎"等载。传师历任数职，辗转官场，为中唐之著名政治家也。传师卒于大和九年，《旧唐书》卷十七"（大和九年四月）壬寅，吏部侍郎沈传师卒"可证。

《新唐书》卷一三二《沈传师传》云："传师材行有余，能治《春秋》，工书，有楷法，少为杜佑所器。"又："性夷淬无兢，更二镇十年，无书贿入权家。"由是可见传师人品之高洁。

5. 沈宏师

按：沈宏师，曾登进士第，然未曾任官，事迹多不可考。

《元和姓纂》卷七谓宏师"进士，不禄"，知其曾登进士第，然未能任官。余不可考。

6. 沈述师

按：沈述师，曾为翰林学士。

《全唐诗》卷五三一录有杜牧《赠沈学士张歌人》诗，诗题中之"沈学士"即为沈述师，知述师曾为翰林学士。

7. 沈询

按：沈询，传师之子，登会昌元年（841年）进士第，历官中书舍人、翰林学士、礼部侍郎、昭义节度使等，为中晚唐政坛之要人；咸通四年（863年），在昭义节度使任上为乱军所杀。

《新唐书》卷一三二《沈传师本传附子沈询传》云："询，字诚之，亦能文辞，会昌初第进士，补渭南尉。"据孟二冬先生《登科记考补正》卷十五所考，询乃登会昌元年（841年）进士第。

沈询历官清显，为中晚唐政坛之要人。《旧唐书》卷一四九云：

（沈）询历清显，中书舍人，翰林学士，礼部侍郎。咸通中，检校户部尚书，潞州长史，昭义节度使。

询官终于昭义节度使，因其在是任上为乱军所杀也。《新唐书》卷九载："（咸通四年）十二月乙酉，昭义军乱，杀其节度使沈询。"沈询"治尚简易，人皆便安"(《新唐书》本传),且"清粹端美",被时人称为"神仙中人"(孙光宪:《北梦琐言·卷五》"沈蒋人物"条)。可见其在当时颇为人所推崇。

8. 沈枢

按:沈枢,曾登进士第,为谏议大夫,官商州防御使,仕至丞郎。

《元和姓纂》卷七云沈枢为"进士,谏议大夫,商州防御使。"《吴兴备志》卷十又云:"(沈)枢,官至丞郎,人物酷似先德。"

9. 沈亚之

按:沈亚之,字下贤,元和十年(815年)进士及第,历官秘书省正字、栎阳尉、福建都团练副使、殿中丞、御史、内供奉、南康尉、郢州掾等。

《唐才子传》卷四载:"沈亚之,字下贤,吴兴人……元和十年,侍郎崔群下进士。"《吴兴备志》卷十八云:"沈亚之,元和十年进士。"清人徐松《登科记考》卷一八亦云:"元和十年,进士科沈亚之。"则亚之于元和十年(815年)进士及第无疑也。关于亚之之仕履,宋人晁公武《郡斋读书志》卷四录《沈亚之集》之作者小传言之甚详:

> 沈亚之,字下贤,长安人。元和十年进士,泾原李彙辟掌书记,为秘书省正字。长庆初,补栎阳尉。四年,为福建都团练副使,事徐晦。后累进殿中丞、御史、内供奉。太和三年,柏耆宣慰德州,取为判官。耆罢,亚之贬南康尉。后终郢州掾……常游韩愈门,李贺、杜牧、李商隐俱有拟沈下贤诗,亦当时名辈所称许云。

按,晁氏言亚之"长安人",实误。亚之曾居于长安,然其属于吴兴沈氏家族之成员,乃可无疑也。

10. 沈颜

按:沈颜,字可铸,前蜀天复初登进士第,历官校书郎、淮南巡官、兵部郎中、翰林学士等。

《十国春秋》卷十一云:

> 沈颜,字可铸,湖州德清人。唐翰林学士传师之孙也。天复初举进士,授校书郎。属乱离,奔湖南马氏。未几,来归,为淮南巡官。累迁礼仪使,兵部郎中,知制诰,翰林学士。尝撰太祖神道碑,时人

推为巨手。顺义中卒。

11. 沈光

按：沈光，"早有声价"，工文章，为时人所称，登咸通七年（866年）进士第，仕终御史之职。

《云溪友议》卷八云："沈光早有声价。"《唐才子传》卷六：

> 沈光，吴兴人，咸通七年礼部侍郎赵骘下进士。工文章，古诗标致翘楚，大得美称。尝作《洞庭张乐赋》，韦岫见之曰："此乃一片宫商也。"又如《太白酒楼记》等文，皆仪表于世。有诗集及《云梦子》五卷并传。光风鉴澄爽，神情俊迈，后仕终御史云。

12. 沈儋

按：沈儋，登宣宗大中九年（855年）进士第，余不可考。

《云溪友议》卷八载："潞州沈尚书绚（询），宣宗九载，主春闱。……询不敢违慈母之命，遂放儋第焉。"据是知儋宣宗大中九年（855年）进士及第。

13. 沈擢

按：沈擢，曾进士及第，奏芸阁。

《云溪友议》卷八载："（沈光）后果升上第，擢奏芸阁。"

14. 沈丹

按：沈丹，曾官舒州团练判官。

王安石《贵池主簿沈君墓表》云："（沈）昭义生丹，为舒州团练判官。"

15. 沈牢

按：沈牢，后唐时为饶州刺史。

王安石《贵池主簿沈君墓表》云："舒州（沈丹）生牢，江南李氏时为饶州刺史。"

沈牢以下，即已入宋。沈齐家家族在宋之传承情况，笔者将另撰文考之。

以沈齐家家族在唐之传承而言，此一家族诗文传家，文华鼎盛，成员多为进士及第者，且有多人雄踞官场，实江南之望族也。

第二章　闵珪考略

闵珪是明代湖州籍文学家，为一代名臣，一生屡按数省，四任刑官，屡居要职，政绩卓越，文学创作也颇有可观之处。笔者依据相关典籍，对闵珪的生平、仕履情况做一番较为系统和深入的钩稽和梳理，以期更好地了解闵珪其人。

闵珪，字朝瑛（或云"朝英""朝琰"），乌程晟舍（今属浙江湖州）人。

《明史》卷一八三《闵珪传》谓其："字朝瑛，乌程人。"明雷礼《国朝列卿纪》卷五六"刑部尚书行实"项载："闵珪，字朝瑛，浙江湖州府乌程人。"另，明张萱《西园闻见录》卷八五、明过庭训《明分省人物考》卷四六、清徐开任《明名臣言行录》卷三六、清徐乾学《徐本明史列传》卷五二、清王鸿绪《明史稿列传》之"列传第六十一"、清汤斌《拟明史稿列传》卷一九皆云闵珪"字朝瑛""乌程人"，则闵珪之字、籍乃可无疑。然明张弘道、张凝道所辑之《皇明三元考》卷六谓闵珪"字朝英"，与"朝瑛"略有不同。依古人名、字相从之例，当以"朝瑛"为是。又，明苏茂相《皇明宝善类编·编中名公姓氏》谓闵珪"字朝琰"，未知何据。"琰"或为"瑛"形近之误，然不敢遽断。又，明朱大韶所编《皇明名臣墓铭·艮集》之"弘治纪年"下载明王鏊所撰之《光禄大夫、柱国、少保兼太子太保、刑部尚书、赠太保、谥庄懿闵公（珪）墓志铭》（按：是文亦载王鏊《震泽集》卷二九；以下简称《墓志铭》）云："昔在孝宗朝，其大司寇曰闵公讳珪，字朝瑛，其先有仕宋为将仕郎，自汴来，家湖州之乌程晟舍里。"则闵珪为乌程晟舍人也。

父闵节，累有赠官，母严氏，为明初湖州籍名臣严震直之孙。

《墓志铭》载："闵公讳珪，字朝瑛……考讳节……累赠光禄大夫、柱国、太子太保、刑部尚书。……妣严氏……赠一品夫人。严夫人为国初工部尚书讳震直之孙。"

生于明宣宗宣德五年（1430年）。

《墓志铭》谓闵珪："（正德）辛未十月十五日以疾卒……寿八十有二。"《国朝列卿纪》卷五六"刑部尚书行实"项亦谓闵珪："（正德）辛未卒，寿八十有二。""正德辛未"即正德六年（1511年），逆推82年，闵珪当生于宣德五年。

景泰四年（1453年）举人，登天顺八年（1464年）进士第，授山东道监察御史，出按河南，以风力闻。

《浙江通志》卷一三五"选举十三·明·举人"项"景泰四年癸酉科"下列有"闵珪"之名，知其于是年跻身举人。《墓志铭》载："天顺甲申登进士选，授山东道监察御史。""天顺甲申"即天顺八年。《徐本明史列传》卷五二《闵珪传》谓其："天顺末进士，授御史，出按河南，以风力闻。""天顺"乃明英宗年号，凡八年，"天顺末"即"天顺八年"。相较而言，《明史·闵珪传》言之颇明："天顺八年进士，授御史，出按河南，以风力闻。"按：《徐本明史列传》及《明史·闵珪传》所言之"风力"即为《墓志铭》《明名臣言行录》《国朝列卿纪》诸籍所言之"屡劾大臣之不法者"。

成化六年（1470年），任江西按察副使。

《墓志铭》载："成化六年，擢江西按察副使。"《明史·闵珪传》载："成化六年，擢江西副使。""江西副使"即"江西按察副使"。又，《国朝列卿纪》卷五六"刑部尚书行实"项及《明名臣言行录》卷三六"尚书闵庄懿公珪"条皆有"成化六年，擢江西按察司副使"之载。

成化十一年（1475年），任广东按察副使。

《墓志铭》云："成化六年，擢江西按察副使。已而，改广东，进按察使。"未言改广东按察副使及升按察使之具体时间。《国朝列卿纪》卷五六"刑部尚书行实"之"闵珪"项载："成化六年，擢江西按察司副使。丁忧，已而，起复，改广东，进按察使。"《明名臣言行录》卷三六"尚书闵庄懿公珪"、《徐本明史列传》卷五二《闵珪传》、《明史稿列传》之"列传第六十一"所载《闵珪传》皆有相类之记载。按：珪父闵节卒于成化六年（1470年），当是闵珪甫任江西按察副使未久，其父即卒，珪依例解官回家丁忧，三年守孝期满，复官江西按察副使，故《国朝列卿纪》有"丁忧，已而，起复"之载。闵珪复江西按察副使当在其父卒后之三年，亦即成化九年（1473年），然其"改广东"始于何年，仍不明。考《广东通志》卷

13

二七《职官志二·明》之"按察司副使"项，有如是之载："闵珪，浙江乌程人，进士。（成化）十一年任。"知闵珪广东按察副使之任始于成化十一年。❶

成化十六年（1480年），任广东按察使。

《墓志铭》及《国朝列卿纪》《明名臣言行录》《徐本明史列传》《明史稿列传》诸籍皆载闵珪"改广东，进按察使"，然俱未详载其任广东按察使之具体时间。《广东通志》卷二七《职官志二·明》之"提刑按察司按察使"项，有如是之载："闵珪，浙江乌程人，进士。（成化）十六年任。"知闵珪成化十六年始任广东按察使。珪之广东按察使之任共有五年，至成化二十一年（1485年）方为广西宜山人冯俊所代。❷故《徐本明史列传》卷五二《闵珪传》谓其："进广东按察使，久之。"

按：闵珪在广东按察使任上，于解决民讼、平息民乱方面，颇有政绩。《墓志铭》载：

（闵珪）改广东，进按察使。庾岭介南雄、南安间二境争田，不决。公方会勘，众忽嗷呼为变，人劝公少辟，公不动。徐为处决，令下，两境胥悦，散去。新会民啸聚山谷为乱，公出谕以大义，贳其逋负，遂安堵如故。

《国朝列卿纪》卷五六"刑部尚书行实"之"闵珪"项及《明名臣言行录》卷三六"尚书闵庄懿公珪"条所载相类。

成化二十一年（1485年），拜都察院右佥都御使，巡抚江西，颇有政绩。后因奸小进谗，左迁广西按察使。

《墓志铭》载：

（成化）二十一年，江西南赣盗起，擢公都察院右佥都御史，巡抚江西。至则举廉黜贪、劝分薄赋，且疏："盗贼之作，皆巨室是由。"欲连坐之，仍革豪右横取之弊。京官由是多不悦。会妖人李孜省得幸，

---

❶ 按：闵珪"广东按察副使"之任仅有一年，次年即为林锦所代，详《广东通志》卷二七《职官志二·明》之"按察司副使"项。

❷《广东通志》卷二七《职官志二·明》之"提刑按察司按察使"项载："冯俊，广西宜山人，进士。（成化）二十一年任。"

因言公不胜任，左迁广西按察使。

《国朝列卿纪》卷五六"刑部尚书行实"之"闵珪"项及《明名臣言行录》卷三六"尚书闵庄懿公珪"条皆有相类之记载。关于南赣盗事，《徐本明史列传》卷五二《闵珪传》言之稍详：

（闵珪）以右佥都御史巡抚江西，南赣诸府多盗，率强宗家仆，珪请获盗连坐其主，法司议从之。尹直辈谋之李孜省，取中旨，责珪不能弭盗，左迁广西按察使。

孝宗即位，任都察院右副都御使，巡抚畿甸。弘治元年（1488年），任刑部右侍郎。弘治三年（1490年），改任刑部左侍郎。

《墓志铭》云："弘治初，复公都御史，巡抚畿甸，经理储备，修浚城濠。寻进刑部侍郎。"所言颇为笼统。考《国朝列卿纪》卷五六"刑部尚书行实"之"闵珪"项及《明名臣言行录》卷三六"尚书闵庄懿公珪"条，皆有如是之载："弘治初，复都御使，巡抚畿甸，经理储备，修浚城濠。（弘治）元年，进刑部右侍郎，三年，改左。"所言颇详。按：依例，"弘治初"当为"弘治元年"，然《国朝列卿纪》及《明名臣言行录》皆云"弘治初，复都御使……（弘治）元年，进刑部右侍郎"，置闵珪"复都御使"于"弘治元年"之前，则其都御使之复任当在弘治元年之前；两者比对，似有龃龉，实则非也。盖"弘治初"乃指孝宗即位之初，"弘治"乃孝宗朱祐樘在位之年号，故以"弘治"代称孝宗。此一点，《徐本明史列传》卷五二《闵珪传》所载可为之证："孝宗嗣位，擢右副都御使，巡抚顺天。"按：《墓志铭》《国朝列卿纪》及《明名臣言行录》皆言闵珪复"都御使"，明之都察院都御使有"左""右"之分，亦有"正""副"之别，《墓志铭》《国朝列卿纪》及《明名臣言行录》诸籍所言颇为含糊。据《徐本明史列传》可知，闵珪所任之"都御使"乃为"右副都御使"。因闵珪于成化二十一年（1485年）已拜右佥都御使，故左迁广西按察使后于孝宗即位初再任"都御使"，诸籍以"复"称之。又，孝宗朱祐樘即位于成化二十三年（1487年）九月，故闵珪任都察院右副都御使当于此后不久。

弘治四年（1491年），任都察院右都御使，总督两广军务。

《国朝列卿纪》卷五六"刑部尚书行实"之"闵珪"项载："（弘治）

四年，升右都御使，总督两广军务。"《明名臣言行录》卷三六"尚书闵庄懿公珪"条所载相同。《墓志铭》亦有"（弘治）四年，以都御史总督两广军务"之言。按：《广东通志》卷二七《职官志二·明》及《广西通志》卷五三《秩官·明》之"总督"项皆载闵珪"弘治五年任"，不确。

按：闵珪总督两广期间，平叛抚民，居功甚伟。《墓志铭》载：

（弘治）四年，以都御史总督两广军务。番禺、浈水、柳庆、平乐瑶僮相继为乱，督其下讨平之。其讨古田也，都督马俊及参政马铉败死。时以致败自俊，公引咎自劾。时议又欲济师，公谓罪止首恶。乃设重购缉之，已而，贼果自缚以归。公又归功于下。安南使臣奏：入贡道凭祥，龙州辄为所梗。诏下公处分。公曰："是亦各有罪焉。"乃行安南毋得挟私货，行凭祥无得阻贡物，二夷争遂息。公在两广，通行盐之地而军储以济，立定顺长官司而蛮人不为变。

《国朝列卿纪》卷五六"刑部尚书行实"之"闵珪"项及《明名臣言行录》卷三六"尚书闵庄懿公珪"条所载相类。

弘治八年（1495年），任南京刑部尚书。弘治九年（1496年），改任左都御史，掌都察院事。弘治十一年（1498年），加太子少保。

《墓志铭》载："（弘治）八年，进南京刑部尚书。寻改左都御史，掌都察院事，加太子少保。"《明名臣言行录》卷三六"尚书闵庄懿公珪"条及《国朝列卿纪》卷五六"刑部尚书行实"之"闵珪"项所载相同。按：《墓志铭》《明名臣言行录》及《国朝列卿纪》皆言闵珪"进南京刑部尚书"后"寻改左都御史"，则两任之时间相近，然未言"改左都御史"之具体时间。考明王世贞《弇山堂别集》卷五二"都察院左右都御史表·左都御史"有如是之载："闵珪……弘治九年任，十三年改刑部。"则知珪"改左都御史"之确切时间乃为弘治九年。又，《墓志铭》《明名臣言行录》及《国朝列卿纪》皆未载闵珪"加太子少保"之具体时间。考《明史》卷一八三《闵珪传》所载："（弘治）十一年，东宫出阁，加太子少保。"知闵珪"加太子少保"之确切时间乃弘治十一年也。

又，闵珪于南京刑部尚书任上，负责删定刑律，为后世所遵行。《明名臣言行录》卷三六"尚书闵庄懿公珪"条载：

（弘治）八年，进南京刑部尚书。寻改左都御史，掌都察院事，加太子少保。因近年问刑比例繁滋，奉旨与刑部芟芜，摘要共若干条，上之，至今遵行。

《国朝列卿纪》卷五六"刑部尚书行实"之"闵珪"项所载相同。

弘治十三年（1500年），拜刑部尚书，加太子太保。

《墓志铭》《国朝列卿纪》卷五六"刑部尚书行实"之"闵珪"项及《明名臣言行录》卷三六"尚书闵庄懿公珪"条皆载："（弘治）十三年，迁刑部尚书。"《明史》卷一八三《闵珪传》载："（弘治）十三年，代白昂为刑部尚书，再加太子太保。"

按：闵珪一生四任刑官，❶ 为人刚直，执法严正。《墓志铭》载：

公前后在法司，屡治大狱，皆会切情法，加以仁恕。乐工袁林以罪瘐死狱中，逻人以刑部郎中丁哲滥致之死也，事连御史陈玉，下廷议。时以事出中贵，相顾莫敢发。公独拟如律，及吏徐珪以死辨哲冤，并下狱深治，公又执如初，竟俱从末减。辽东都指挥张天祥袭杀敌为功，大理少卿吴一贯当其罪死，会天祥死于狱，孝宗大怒，亲鞫于廷，欲置一贯重辟。公与都御史戴珊进曰："一贯推按不实，罪当徙。"上怒不解，公力诤曰："法如是，足也。"一贯罪止贬官。宣抚逮妖人李道明，蔓延百余人，巡抚者欲张大以为功，公谳罪止道明，余悉纵免。

《明史·闵珪传》亦云：

珪久为法官，议狱皆会情比律，归于仁恕。宣府妖人李道明聚众烧香，巡抚刘聪信千户黄珍言，株连数十家。谓道明将引北寇攻宣府，及逮讯，无验，珪乃止坐道明一人，余悉得释，而抵珍罪，聪亦下狱，贬官。帝之亲鞫吴一贯也，将置大辟。珪进曰："一贯推案不实，罪当徙。"帝不允，珪执如初。帝怒，戴珊从旁解之，帝乃霁威。令更拟，珪终以原拟上，帝不悦，召语刘大夏，对曰："刑官执法，乃其职，未可深罪。"帝默然久之，曰："朕亦知珪老成，不易得，但此事太执

---

❶ 弘治元年（1488年），任刑部右侍郎；弘治三年（1490年），改任刑部左侍郎；弘治八年（1495年），任南京刑部尚书；弘治十三年（1500年），任刑部尚书。

耳。"卒如珪议。

弘治十七年（1504年），加柱国。
《弇山堂别集》卷四三"柱国"载："太子太保、刑部尚书闵珪，（弘治）十七年。"知闵珪于弘治十七年加柱国衔。

正德二年（1507年），加少保，致仕。
《墓志铭》载："正德初，逆瑾用事，公遂请老。诏允，仍加少保。乘驿以归，舆皂禄米有加焉，犹以公德厚故也。"《国朝列卿纪》卷五六"刑部尚书行实"之"闵珪"项亦载："正德初，逆瑾用事，遂请老。诏允，加少保，乘驿以归。"《明名臣言行录》卷三六"尚书闵庄懿公珪"条所载相类，皆言闵珪由于刘瑾（按："逆瑾"即指刘瑾）擅权，于正德初请老归家，然未明言闵珪"加少保"及致仕归家之确切时间。考《明史》卷一八三《闵珪传》有如是之载：

> 正德元年六月，以年逾七十，再疏求退，不允。及刘瑾用事，九卿伏阙固谏，韩文被斥，珪复连章乞休。明年二月，诏加少保，赐敕驰传归。

则闵珪"加少保"及致仕于正德二年乃可明也。按：《弇山堂别集》卷四一"公孤表·少保"项载："闵珪，浙江乌程人，正德元年以致仕太子太保刑部尚书加。"云闵珪致仕及加少保于"正德元年"，误。

正德六年（1511年），卒，享年八十二；卒后赠太保，谥庄懿。葬乌程（今浙江湖州）金盖山。
《墓志铭》载："（正德）辛未十月十五日，以疾卒。"《国朝列卿纪》卷五六"刑部尚书行实"之"闵珪"项载："（正德）辛未，卒。寿八十有二，赠太保，谥庄懿。""正德辛未"即正德六年。《明史》卷一八三《闵珪传》亦明载："（正德）六年十月卒，年八十二。赠太保，谥庄懿。"闵珪卒后，葬乌程金盖山。《浙江通志》卷二三七"陵墓三"之"湖州府·乌程县"下载："明刑部尚书谥庄懿闵珪墓，《吴兴掌故》：在金盖山。"

子二人：闵阍，闵闻。
《墓志铭》载："子二：阍，闻。"
著有诗集《闵庄懿集》（或云《庄懿集》）八卷。

《四库全书总目》卷一七五载《闵庄懿集》八卷,《提要》云:

> 明闵珪撰。珪字朝英,乌程人。……是编乃其诗集,集中七言律诗多至六卷,大抵皆酬赠之作。盖珪老成持重,治狱平允,为当代名臣。后以不阿刘瑾告归,其立身自有本末,吟咏则非所留意云。

《续文献通考》卷一九六《经籍考·集·诗集下》于"明代"项中亦载:"闵珪《庄懿集》八卷。"知闵珪有八卷本诗集《闵庄懿集》(或云《庄懿集》)。❶ 按:《吴兴备志》卷二二"经籍徵第十八"载:"闵珪《庄懿公集》十卷。"《千顷堂书目》卷一九亦载:"闵珪《闵庄懿公集》十卷。"则闵珪尚有十卷本之《闵庄懿公集》(或云《庄懿公集》),是本未知是闵珪著述之全集本,抑或是闵氏诗集之另一版本,因未曾经眼,不敢遽断。

闵珪为明季名臣,一生刚正不阿,为后世称道。

《四库全书总目·闵庄懿集》云珪:"老成持重,治狱平允,为当代名臣。"《万姓统谱》卷八十所载"闵珪小传"谓其:"刚直端庄,侃侃持正,为时名臣。"《四库全书存目丛书》本《闵庄懿公诗集》载明萧良有所载之序言,亦云珪:"历事英、宪、孝、武四庙,勋伐灼灼,著于父老,屈指名臣者,犹习闻之。"

以上稽考,只是对闵珪这一明代湖州籍名臣之生平、仕履做了一番初步的钩沉,妥之与否,还望方家教之。

---

❶ 今《四库全书存目丛书》收明万历十年闵一范刻本《闵庄懿公诗集》八卷,是本之编排为:卷一著录五律19首,五排2首,五绝12首,联句1首,集句1首,七绝58首,回文诗6首,词7首;卷二著录七古2首,余皆为七律;卷三至卷八皆为七律。

第三章　顾应祥考略

顾应祥是明代湖州著名的政治家，一生辗转南北，屡居要职，政绩卓越。同时，顾应祥也是明代一位颇为重要的文学家和数学家，一生勤于著述，成果颇丰。然其生平仕履的具体情况，至今仍然没有得到完整、系统的梳理。《全明词》著录的顾应祥小传，也颇为简略。现依据相关典籍，对顾应祥的生平、仕履情况做一番较为系统和深入的钩稽和梳理。

顾应祥，字惟贤，号箬溪，一曰号箬溪道人。

明王世贞《明故资政大夫南京刑部尚书赠太子少保箬溪顾公墓志铭》（以下简称《墓志铭》）载："顾公讳应祥，字惟贤。"明徐中行《明故资善大夫南京刑部尚书赠太子少保箬溪顾公行状》（以下简称《行状》）亦云："顾公讳应祥，字惟贤，号箬溪。"知应祥字惟贤，号箬溪。又，《畴人传》❶卷三十载顾应祥事迹云："顾应祥，号箬溪道人，湖州长兴人。"箬溪乃浙江长兴县内水名，《太平寰宇记》卷九十四《江南东道六·湖州·长兴县》载："箬溪，在县南五十步。一名顾渚口，一名赵溇，注于太湖。箬溪者，顾野王《舆地志》云：夹溪悉生箭箬，南岸曰上箬，北岸曰下箬。"《浙江通志》卷五十五"长兴县"亦载："箬溪，在县南五十步。《长兴县志》：明初耿炳文筑城开壕，遂分流于城外，绕过龙潭湾，会南溪。"应祥因占籍长兴（详下考），故号以乡邦之水名。

祖籍江苏苏州，因父顾昶悦长兴山水，迁居长兴，遂为长兴人。

《行状》载：

> 顾公讳应祥，字惟贤，号箬溪。其先苏郡长洲人也。高祖寿一生伯通，伯通生克升，凡三世，世居长州浒墅镇，然皆隐约弗著。自公

---

❶ 阮元撰，罗士琳续补：《续修四库全书》影印扬州阮氏琅嬛仙馆刻本。

考恬静翁成化间挟扁仓术行游湖间，悦长兴山水，遂占籍焉。

《墓志铭》亦有类似之载。"苏郡长洲"即现江苏苏州，知苏州乃应祥祖籍，其占籍当为长兴。《江南通志》卷一百二十二载顾应祥为"长洲人"，《甘肃通志》卷二十七于"苑马寺卿"项著录顾应祥之名，然云其为"浙江归安人"，俱不确。

按：应祥父顾昶，字永晖，母杨氏，乃乌程名家杨茂公女。以应祥显贵，父昶、祖克升俱追赠南京兵部右侍郎。

严嵩所撰应祥父顾昶之《神道碑》❶ 云："翁讳昶，字永晖，世家苏郡长洲，随伯父仕湖，娶于乌程杨氏，遂居乌程，再徙长兴。"《行状》载："（应祥）考恬静翁……娶乌程名家杨茂公女，即公母杨淑人也。自克升及恬静翁，俱以公贵赠南京兵部右侍郎。"

兄弟四人，应祥排行第二。

严嵩《赠通议大夫南京兵部右侍郎顾翁（昶）神道碑》载："（顾昶）生子四：长应祯；次即尚书（按：即应祥）；次应时，县学生；次应元，国子生。"

生于成化十九年（1483年）。

《行状》载："杨淑人梦有龙首而麋身者，降其室，神指曰麟也，乃产公。翁奇之，名梦麟，盖成化十九年九月二十五日。"知应祥生于成化十九年。

幼而嗜学，师从其父，登弘治十八年（1505年）进士第。

《墓志铭》载："始杨淑人娠公而梦若麟入室者，寤，生公，遂名之曰梦麟。公少而警敏，善属文，逾冠，与计偕，连举进士。"然未明言应祥登第之具体时间，而《行状》载：

（应祥）及髫而嗜学，绝不好弄，翁（按：即应祥父昶）愈益奇之，乃躬为师傅，而杨淑人相翁，督课尤严，以故成器独蚤。弘治十七年，公甫弱冠，就计偕。明年乙丑，登进士。

知应祥登弘治十八年进士第。又，《弇山堂别集》卷五十载："顾应祥，

---

❶ 严嵩：《赠通议大夫南京兵部右侍郎顾翁神道碑》，见《钤山堂集》卷38，《续修四库全书》影印明嘉靖二十四年（1545年）刻增修本。

浙江长兴人，弘治乙丑进士。"《浙江通志》卷一百三十一"选举九·明进士"于"弘治十八年乙丑科顾鼎臣榜"下列有"顾应祥"之名。《（同治）长兴县志》❶卷二十三《人物》载《顾应祥传》亦云其："登弘治十八年进士。"则应祥于弘治十八年登进士第乃可无疑也。

正德元年（1506年），武宗即位，应祥奉诏充辅轩使者，并奉诏纂《孝宗实录》。

《行状》载："（正德）丙寅，毅皇帝即位。诏充辅轩使者，纂孝庙实录于南畿。""正德丙寅"即正德元年。应祥奉诏充辅轩使者并纂《孝宗实录》事，《墓志铭》阙载，然俞允文《明故刑部尚书顾公（应祥）诔》（以下简称《诔》）却有提及，曰："（公）弱冠登朝，诏使辅轩，帝纪是纂，声闻九天，遂佐于饶。"❷

正德三年（1508年），授江西饶州府推官。

《墓志铭》《诔》及《明儒学案》卷十四"尚书顾箬溪先生应祥"条皆载应祥曾任饶州府推官，然皆未明言应具体为何时。《大清一统志》卷二百四十一载应祥小传，云其"弘治末为饶州推官"。考应祥于弘治末始登进士第（弘治凡十八年，应祥于弘治十八年始登进士第，前已考），登第后又奉诏充辅轩使者并纂《孝宗实录》，故其断不可能于弘治末出任饶州推官，《大清一统志》误将应祥登第之时间为出任饶州推官之时间。那么，应祥于何时方有饶州之任？此一点，《行状》言之颇明。《行状》云："（正德）戊辰，事峻，授江西饶州府推官。""正德戊辰"即正德三年。《行状》所言之"事峻"，即指《孝宗实录》编成。据此，应祥出任江西饶州府推官之确切时间乃为《孝宗实录》编成后的正德三年。

按：应祥于饶州府推官任上，治事强干精练，颇有政声，平姚源洞寇，声名大起。

《墓志铭》载：

饶故讼地，其人吏猾，意少顾公。公始至，于治务精得其情。所谳具，狱吏视之，即廷尉膍弗如。于是，咸大恐，惴惴来听约束，重足无所受私。公乃时有所纵舍，以示宽贷，连摄大县令，令称平府，

---

❶ 赵定邦等修，丁宝书等纂：《中国方志丛书》影印清同治十三年修、光绪十八年增补刊本，台湾成文出版社有限公司1983年版。
❷ 见《仲蔚先生集》卷二十，《四库全书存目丛书》影印明万历十年程善定刻本。

阙守则又摄守。而会姚源洞大寇起,卤乐平县令汪和,众汹汹无所出。公挟一老卒,御羸马,叩贼垒曰:司理来。贼大惊,争出迎曰:非我顾府君耶,乃肯辱临我。公为缓颊数语利害,贼立释令,去曰:府君活我,不复反矣。诸台使者咸内愧称公。

《行状》亦云:

> 饶故剧郡,会守及属邑令多乏,并摄于公。众方以少年少公,及公视事,迎刃并解,即老吏吐舌惊服,谓弗如也。亡何,姚源洞寇毒螫数百里,掳乐平令汪和,势甚汹汹,计无所出。公据老卒脱,而贼亦解去,自是声名大起。

正德六年(1511年),台谏征至京师,以年少不应格,补锦衣卫经历。

《墓志铭》载:"以台谏征,至则年不应格,迁锦衣卫经历。"未言明应祥何时至京师迁锦衣卫经历。考之《行状》,则言之凿凿。《行状》云:"(正德)辛未,以台谏征至京师,以年少不应格,补锦衣卫经历。""正德辛未"即正德六年。可知应祥饶州之任为三年。

正德十一年(1516年),出任广东按察佥事。

《墓志铭》有"乃得广东按察佥事以去"之语,《行状》亦云:"出为广东佥事",皆不言具体时间。考《广东通志》卷二十七"职官志二·明·佥事"项载有"顾应祥"之名,名下小注云:"浙江长兴人,进士,(正德)十一年任。"则应祥出任广东按察佥事乃在正德十一年。

按:应祥在广东按察佥事任上,荡寇功高,武略远振。❶

《行状》载应祥广东荡寇事云:

> 岭东道汀漳山寇起,毒螫三省。中丞王公柏讨之,公以奇兵挫其锋,擒卤首雷震、温火烧等,千四百余功。王公奏闻,命下勘报,而公必辞让功他省,不报。亡何,金璋、韩亚飒等寇海上,公既督楼船

---

❶ 明郑善夫曾撰《佥事顾箬溪平寇序》一文,对应祥平寇一事大加赞扬,见《少谷集》卷九,影印《文渊阁四库全书》本。

横海覆其巢。❶而湖广郴桂寇又继起,公又移兵芟薙之,前后获寇级千余。半岁间三捷,岭东晏然。于是,公武略远振,咸谓伏波再生矣。

《墓志铭》所载大致相类。

正德十四年(1519年),入贺万寿至京,旋授江西按察副使。

《行状》云:"(正德)己卯,入贺万寿,至京,而江西宁庶人事起,乃擢公江西副使,分巡南昌道。""正德己卯"即正德十四年。《墓志铭》亦载:"入贺万寿至京,而江西宁事起,擢公按察副使,分巡南昌道。"

按:应祥于江西任上,因不能迎合上级而致六载不迁。《墓志铭》云:

> 擢公按察副使,分巡南昌道。公驰传往,则已捕得反者。残民困诛赋,敲椎鞭瘃,讦讼猬起,公力为经理振刷之。民稍稍有生望,而公竟以为民中持故,不能无阔略于上,两台摭他事中公,吏部廉知状格不下,然公亦坐尼不迁者六载。

《行状》亦载:

> 公驰传往,则罪人已得。然乱后诸务废弛,庶役不平,疮未起,讼牒猬集,公乃夙夜经画,内则综理簿领,外则均平徭役,招集流亡,民始庆更生。然公一意拊循,不为傅会希合,两台史嗛之,摭他事论公,吏部廉知状竟格不下,然坐是不调者六载。

嘉靖五年(1526年),迁陕西苑马寺卿。

《甘肃通志》卷二十七"苑马寺卿"项录有顾应祥之名,《墓志铭》亦有"量移陕西苑马寺卿"之载,然皆不著任职时间。《行状》则载之颇明:"(嘉靖)丙戌,始量移陕西苑马寺卿。""嘉靖丙戌"即嘉靖五年。

嘉靖六年(1527年),迁山东右参政,寻连擢为按察使、右布政使。

《墓志铭》载:"量移陕西苑马寺卿,明年,事大白,遂迁山东右参政,

---

❶ 按:应祥"督楼船横海覆寇巢"事当在正德十二年(1517年)。明胡宗宪《筹海图编》卷十三《经略三》中著录有"佛郎机式铳"并附图,图后有:"刑部尚书顾应祥云:佛郎机,国名也,非铳名也。正德丁丑,予任广东佥事,署海道事,驀有大海船二只,直至广城怀远驿"云云。顾氏所云之"海道事"即为"金璋、韩亚飒等寇海上"之事,时为正德丁丑,即正德十二年也。

连为按察使、右布政使。"《行状》亦云:"丙戌,始量移陕西苑马寺卿。明年,事明,遂迁山东右参政。连擢按察使,右布政。"明言应祥"迁山东右参政"乃在"量移陕西苑马寺卿"之"明年",即嘉靖六年。

嘉靖十一年(1532年),在云南巡抚任上。

《行状》载:"公为按察时,疏慎谪戍,戒酷刑,杜株累,严军政四事。上悦其言,著之令甲。寻超拜都察院右副都御史,巡抚云南。"《墓志铭》所载相类。应祥云南之任始于何时,因《行状》《墓志铭》皆阙载,已不得其详。考《云南通志》卷七"保山县·庙学"条,有如是之载:"在府学南。明嘉靖十一年,巡抚顾应祥奏设。十二年,巡抚胡训、知府郑辥建。"知嘉靖十一年应祥在云南巡抚任上,且是年为应祥此次云南之任的最后一年,因次年巡抚已为胡训。

按:应祥此次云南之任,颇有政绩。《墓志铭》载:

> 公所规画上事凡二十余。其大者如更定永昌府卫,腾越州凤梧所诸御署,筑腾甸等府城隍,颁王氏乡约,增永昌府县学师儒,申明射礼,宽军职袭替例,宦不能自归乡于官或寓丧者,官为传送之。滇人事事称便。

嘉靖十一年(1532年)或十二年(1533年),母杨氏卒,应祥不待接任者到任,即赴家奔丧。服除后,与蒋瑶、刘麟等徜徉乡里,结社岘山,隐居十五年。

《行状》载:"以母杨淑人丧,不候代,奔还。触新禁,当罢。既服除,与尚书蒋公瑶、刘清惠公麟及诸名公结社菰城岘山,盖十有五年,已有终焉之志。"《墓志铭》亦有相类之载。因应祥嘉靖十二年已不在云南巡抚任上(前已考),故其母杨氏当卒于嘉靖十一年或十二年初。

嘉靖二十八年(1549年),再任云南巡抚;同年,任南京兵部右侍郎,转刑部左侍郎,未到任。

《墓志铭》载:"公起家,再抚云南。"《行状》亦云:"公家起,再抚云南。"皆未云具体时间。考应祥嘉靖十二年(1533)即已回家奔丧,三年(实则两年零七个月)服除,后又与蒋瑶、刘麟等结社岘山,隐居十五年,则其再抚云南当在嘉靖二十八年,然此属推断,尚需确据。考《云南通志》卷七"沾益州·庙学"项,有如是之载:"庙学在州治南,州旧在今之宣威。明嘉靖二十八年巡抚顾应祥、巡按林应箕建于旧州治南。"则嘉靖二十八年应祥正在云南巡抚任上。

《弇山堂别集》卷五十七"南京兵部左右侍郎"项载:"顾应祥,浙江长兴人。由进士(嘉靖)二十八年任右。"知嘉靖二十八年应祥出任南京兵部右侍郎。

又,《弇山堂别集》卷五十八"刑部左右侍郎"项载:"顾应祥,浙江长兴人。由进士二十八年转左,未任。"知应祥于嘉靖二十八年由南京兵部右侍郎转刑部左侍郎,然未之任。

嘉靖二十九年(1550年),拜刑部尚书。

《弇山堂别集》卷五十"刑部尚书表"条载:"顾应祥,浙江长兴人。弘治乙丑进士。嘉靖二十九年任。"《行状》载:"(嘉靖)庚戌,升刑部尚书。"《明儒学案》卷十四"尚书顾箬溪先生应祥"条亦载:"嘉靖庚戌,升刑部尚书。"嘉靖庚戌即嘉靖二十九年,知应祥嘉靖二十九年有刑部尚书之任。

嘉靖三十年(1551年),调任南京刑部尚书。

《弇山堂别集》卷五十一"南京刑部尚书表"项载:"顾应祥……嘉靖三十年调任,三十二年致仕。"

按:应祥由刑部尚书调任南京刑部尚书,乃受权相严嵩排挤所致。《行状》载:

> 公为尚书非久,而给事中有论及公者。盖公自内入,时同年分宜公持国秉。凡自外入者,悉归思政府而执礼卑卑,甚于门生。公自以同年耆旧,不为加礼,亦绝不与党。分宜嗛之,乃以其旨授给事中,给事中固分宜公里人也,然撼公过不得,乃谓鼻瘦不宜禁近,调南京刑部。

"分宜公"即指严嵩,严嵩乃江西分宜人。❶ 又,《明儒学案》卷十四"尚书顾箬溪先生应祥"条亦载:"分宜在政府,同年生不敢雁行。先生以耆旧自处,分宜不悦,以原官出南京。""分宜"即指严嵩。

嘉靖三十二年(1553年),致仕。

---

❶ 《明史》卷三〇八《严嵩传》载:"严嵩,字惟中,分宜人。"

《行状》载："（嘉靖）癸丑十二月，以三载满，得请致仕。"《明儒学案》卷十四"尚书顾箬溪先生应祥"条亦云："（嘉靖）癸丑致仕。"嘉靖癸丑即嘉靖三十二年。

嘉靖四十四年（1565年），卒，享年八十三岁。

《墓志铭》载："公以（嘉靖）乙丑九月七日病疟，卒。距其生春秋八十有三。"《行状》亦云："（嘉靖）乙丑九月七日，以疟卒于家。距其生春秋八十有三。"嘉靖乙丑即嘉靖四十四年。

顾应祥不仅是一位著名的政治家，还是明代重要的文学家和数学家。他一生勤勉，著述颇丰。据《（同治）湖州府志》所载，顾应祥的著述主要有：《读易愚得》一卷，《南诏事略》一卷，《测圆海镜分类释术》十卷，《测复算术》四卷，《弧矢算术》一卷，《勾股算术》一卷，《授时历法》二卷，《人代纪要》三十卷，《重修问刑条例》七卷，《律解疑辨》一卷，《惜阴录》十二卷，《传习录疑》一卷，《致良知说》一卷，《奏疏摘稿》八卷，《长兴县志》十二卷，《崇雅堂集》十四卷，《崇雅堂乐府》一卷，《唐诗类抄》八卷，《归田诗》（一作《归田诗选》）四卷，《明文集要》（未云卷数），《围棋势选》一卷，《牌谱》一卷。

第四章　骆文盛考略

骆文盛是明代湖州著名的政治家和文学家，为人清正磊落，严毅守节。依据相关典籍的记载，骆文盛的生平、仕履情况大致可以稽考清楚。

骆文盛，字质甫（一云"质夫"），号两溪，晚年号侣云道人，武康（今属湖州德清）人。

明过庭训《明分省人物考》卷四十六"浙江湖州府"下"骆文盛"条载："骆文盛，字质甫，号两溪，浙之武康人也。"明王兆云《皇明词林人物考》卷八"骆质甫"条亦云："浙之武康有骆公文盛，字质甫，号两溪。"知文盛字"质甫"，号"两溪"，然《（道光）武康县志》卷十九"列传二·人物下·明"载文盛小传，云其"字质夫"，与"质甫"稍异。又，明焦竑《国朝献徵录》卷二十一载孙陞撰《翰林院编修骆公文盛墓志铭》（以下简称《墓志铭》）云："公讳文盛，字质甫，别号两溪。……（嘉靖）壬寅，称病，得请还乡。……更号侣云道人。"知文盛晚年又号"侣云道人"也。

先祖为义乌人，宋季迁居武康。祖骆嘉，父骆润，润以文盛贵，赠翰林院编修。

《墓志铭》载：

（文盛）其先义乌人也。宋乌程尉讳勉者，徙家武康，遂世为武康人。至我朝有处士讳镕者，居乡恂谨，生子仕隆，以科第起家，历官泰州知州。仕隆生嘉，仕为大使。嘉之仲子讳润，公父也，倜傥好义，乡人重之，后以公贵，赠翰林院编修。

弘治九年（1496年）生。

《墓志铭》载："嘉之仲子讳润，公父也……配唐太孺人，于弘治丙辰八月五日生公。"按："弘治丙辰"即弘治九年，文盛生于是年。

正德十四年（1519年），中举。同年，领乡荐赴试，不第。

《浙江通志》卷一百三十七"选举十五·明·举人"下"正德十四年己卯科"载"骆文盛"之名，名下小注云："武康人，乙丑进士。"又，《墓志铭》载："正德己卯，领浙江乡荐，试南宫，下第。"按："正德己卯"即正德十四年。又，《浙江通志》于"骆文盛"名下注其为"乙丑进士"乃误，文盛实为嘉靖乙未（嘉靖十四年，1535）进士，详下考。

嘉靖十四年（1535年）登进士第，选为庶吉士。

《浙江通志》卷一百三十二"选举十·明·进士"项"嘉靖十四年乙未科韩应龙榜"下录有"骆文盛"之名，知文盛于是年进士及第。《（道光）德清县志》卷十九《骆文盛传》载文盛："登嘉靖乙未进士，改庶吉士。"《墓志铭》亦载：

> 嘉靖乙未举进士，阁大臣以所对策高等十二篇呈宸览，并梓其文，公与焉。……选进士三十人为庶吉士，公名在选中。

皆言文盛进士及第后，选为庶吉士，然未言选庶吉士之具体时间。考《弇山堂别集》卷八十二"科试考二"，有如是之载：

> （嘉靖）十四年乙未，命翰林院侍读学士张璧、侍讲学士蔡昂为考试官，取中许毂等。廷试赐韩应龙、孙陞、吴山及第……是岁，并李机、赵贞吉、郭朴、敖铣、任瀚、沈宏、骆文盛、尹台、康大和九人策皆刻之。是年四月内，礼部请考庶吉士，以故事闻，上诏于文华殿大门外，亲出御题考试……选进士李机、赵贞吉、敖铣、郭朴、任瀚、骆文盛、尹台、康大和等二十二名……又升顾鼎臣为礼部尚书兼翰林院学士，教之。后又益以吏部左侍郎、翰林院学士张邦奇。

知文盛于嘉靖十四年四月选为庶吉士，受教于顾鼎臣、张邦奇。

嘉靖十六年（1537年），授翰林院编修。

《墓志铭》载："（嘉靖）丁酉，授翰林院编修。""嘉靖丁酉"即嘉靖十六年。按：《皇明词林人物考》卷八"骆质甫"条载："中嘉靖乙未进士，选翰林（庶）吉士，为编修官，时年已四十矣。"《明分省人物考》卷四十六"浙江湖州府"下"骆文盛"条亦载:"中嘉靖乙未进士,选翰林(庶)吉士,为编修官,时已四十矣。"皆以文盛中进士、选翰林庶吉士与授翰林院编修官为同一年,即文盛四十岁之年,亦即嘉靖十四年(1535年),实则不确。文盛于嘉靖十四年进士及第及受选为庶吉士,是年其为四十岁,不误;然其任翰林院编修官乃在嘉靖十六年,其时文盛已四十二岁,故《皇明词林人物考》及《明分省人物考》将文盛"进士及第""选庶吉士""授编修官"三事并置一处,皆言其为文盛四十岁时之事,殊误。

嘉靖十八年(1539年),出使鲁、郑诸藩。

《墓志铭》载:"(嘉靖)己亥,使鲁、郑诸藩,馈遗秋毫弗受。"按:"嘉靖己亥"即嘉靖十八年。

嘉靖二十年(1541年),为会试同考官。

《墓志铭》载:"(嘉靖)辛丑,为会试同考官,所取称得人。""嘉靖辛丑"即嘉靖二十年。按:《(道光)武康县志》卷十九《骆文盛传》及凌迪知《万姓统谱》卷一百二十皆云文盛"两典文衡",实则可考者仅此一次,未知《(道光)武康县志》及《万姓统谱》所依何据。又,是年前后,文盛与友朋约时宴集,分韵赋诗,为一时盛事。《墓志铭》载:

> (嘉靖)辛丑,为会试同考官。……当是时,四海靖谧,明主右文,吾同榜官词林者,公年最长,乃公与诸君子约岁时宴集赋诗。犹记菊月宴公之堂,分韵咏菊,公各为属和,词采灿烂盈卷,称一时盛事焉。

嘉靖二十一年(1542年),称病还乡。旋丁内艰,筑室城南石城山麓,从此足迹不入公门。

《墓志铭》载:

> (嘉靖)壬寅,称病,得请还乡,果绝意仕进。构小墅于城南,栖息其中,赋归田诸诗,更号侣云道人。监司郡县,劝驾敦趣再三,高卧不起矣。……片楮不入公门,时与山人林叟游览川壑间,过从啜苦茗、酌村醪,徜徉终日而已。

"嘉靖壬寅"即嘉靖二十一年。按:文盛还乡不久,母唐氏即逝世,文盛居家丁忧，守孝期满，不复为官。《（道光）武康县志》卷十九《骆文盛传》载："乞病还，旋丁内艰，服阕，不起。结庐石城山麓，读书其中，非义一介不取。"所言"丁内艰"即为母守孝。按：文盛弃官还乡之因，表面虽为称病，实则为不满严嵩擅权。清钱谦益《列朝诗集小传·丁集·上》之"骆编修文盛"条载：

> 文盛，字质甫，武康人。嘉靖乙未进士，改庶吉士，授编修，官史局五六年。❶分宜当国，倏然自远。以使事还朝，分宜目而仇之，即日移疾归，遂不起。所居在余不溪之下，自号"两溪"。

"分宜"即严嵩。《（道光）武康县志》卷十九《骆文盛传》亦载："严嵩秉钧，乞病还。"《四库全书存目丛书》本《骆两溪集》后附明姚坤所撰之《骆文盛小传》云："权相当路，心切愤之，因请告归养。"所言之"权相"亦指严嵩。

嘉靖三十三年（1554年），卒，享年五十九岁。

《墓志铭》载："（嘉靖）甲寅冬，族侄游武康者归云：'骆公九月十六日长逝矣。'余闻之泣下……公享年五十有九。"按："嘉靖甲寅"即嘉靖三十三年。

夫人费氏，子三人，二早夭。

《墓志铭》载："配费氏，封孺人，子男三人：鸣珂、鸣球蚤世，今惟幼男鸣銮在，为邑庠生。"按：鸣銮，字节之，嘉靖四十三年（1564年）举人，豪于诗酒，著有《少溪集》。《（道光）武康县志》卷十九"列传二·人物下·明"载《骆鸣銮传》，云：

> 骆鸣銮，字节之，文盛子，嘉靖甲子举人。生有异质，不事家人生产，遇人之急，必竭力周恤之。豪于诗酒，遇佳山水，辄与二三同志登临觞咏，著有《少溪集》行世。

按："嘉靖甲子"即嘉靖四十三年。

文盛晚岁清贫，然为人始终清正磊落，严毅守节。

---

❶ 按：骆文盛于嘉靖十六年（1537年）授翰林院编修，至嘉靖二十一年（1542年）称病还乡，"官史局"正好为六年。

《四库全书存目丛书》本《骆两溪集》后附明吴尚文所书文盛事迹云："先生自乞疾还溪来，清苦甚，家四壁立，疾且革矣，家人颇苦之。"文盛晚岁之清贫，于此可见一斑。又，同书所附明姚坤所撰之《骆文盛小传》云：

> 非其义，一介不取，岁屡空乏，澹如也。于时有恤刑使者，为所取士，访之山中。适外郡富室罹重辟，挟厚货，为脱罪计。伏邻家数日，无敢为公言者，叹服而去。友人邀游西湖，公微服往，督府闻之，将出候，公即驾小舟冒雨归。督府至，而公已不可追矣。其狷介类如此。静观自得，造诣益深，心事磊磊落落。

《（道光）武康县志》卷十九《骆文盛传》载：

> 非义一介不取。有恤刑使者出其门，外郡富室罹重辟，挟厚货欲丐言脱罪，伏邻家数日，惮其严毅，不敢请而去。偶过西湖，大吏闻之，将就见，即驾小舟冒雨归。

《万姓统谱》卷一百二十《骆文盛小传》亦云：

> 屡空，宴如也。虽亭午未爨，亦不屑意。非其义，一介不取。抚按周以兼金，峻辞却之。尝结茅山中，足迹不至城市，人咸高之。

文盛为人之清正磊落、严毅守节，于此俱可见也。

著有《骆两溪集》《杂谈》，曾修撰《武康县志》。

《墓志铭》云："（文盛）有遗稿十二卷，杂谈二卷，藏于家。"然《续通志》卷一百六十二《艺文略·文类·第十二上》、《续文献通考》卷一百九十二《经籍考·集·别集四·明》及《四库全书总目》卷一百七十七皆载文盛"《骆两溪集》十四卷，《附录》一卷"；《明史》卷九十九《艺文四》载："《骆文盛存稿》十五卷"；明董斯张《吴兴备志》卷二十二《经籍徵·第十八》载："骆文盛《两溪集》七卷"；《千顷堂书目》卷二十三载："骆文盛《两溪集》十二卷，又《遗集》七卷"；《浙江通志》卷二五〇《经籍十·集部三·别集·明》载文盛"《两溪集》十二卷"；是则，文盛文集有众多版本，于此可见其传承之盛。此外，骆文盛还撰有《杂谈》二卷，受邀修撰《武康县志》八卷。《千顷堂书目》卷十二"杂家类"载："骆文盛《杂谈》二卷。"《浙江通志》卷二百四十六《经籍六》亦载文盛有"《杂谈》二卷"。又，《浙江通志》卷二百五十三《经籍十三·两浙志乘》载："《武康县志》八卷，嘉靖庚戌，邑令程嗣功聘邑人骆文盛修。""嘉靖庚戌"即嘉靖二十九年（1550年），是时文盛已还乡八年。

以上稽考，只是对骆文盛之生平、仕履做了一番初步的钩沉，妥之与否，还望方家教之。

第五章　闵如霖考略

闵如霖是明代湖州著名的政治家和文学家，一生三典文衡，一主武举，屡居要职，政绩卓越。现据相关典籍，对闵如霖的生平、仕履情况做一番较为系统的钩稽和梳理，以作"知人论世"之助。

闵如霖，字师望，号午塘（或云"午堂"），乌程（今浙江湖州）人，家居乌程晟舍。

《（乾隆）乌程县志》卷六"人物·明"载："闵如霖，字师望，号午塘，家乌程晟舍里。"《皇明词林人物考》卷八"闵师望"条载："闵公名如霖，字师望，乌程人。"明朱大韶所编《皇明名臣墓铭·兑集》载明袁炜撰《南京礼部尚书午塘闵公行状》（以下简称《行状》），云：

> 公讳如霖，字师望，午塘其号也。公之先为汴人，宋宝庆中有将仕郎某者，避兵乱，徙家乌程之晟舍里。

则闵如霖字师望，号午塘，乌程晟舍人，乃可无疑也。然明张萱《西园闻见录》卷四十四"礼部三"载："闵如霖，字师望，号午堂，乌程人。"则闵如霖又有"午堂"之号，抑或"午堂"乃"午塘"之误，然不敢遽断，故录之以存疑。

生于弘治十六年（1503年），祖闵珵，父闵蕙，皆以如霖显贵，赠封礼部侍郎。

如霖生年，《行状》载之甚明："公之生以弘治癸亥八月二十八日。""弘治癸亥"即弘治十六年。又，《行状》载：

> 公讳如霖……寿官，公曾祖也。寿官生珵，珵生蕙，蕙生公。珵、蕙皆以公贵，赠礼部侍郎。

据此，如霖祖闵珵，父闵蕙，皆因如霖显贵，得以封赠礼部侍郎。

七岁而孤，受舅氏迫害，归依从父闵芹。

《行状》载：

> 公考赘于沈，生公七年没，沈淑人（笔者按：即如霖之母，封赠淑人）亦相继谢世。舅氏利公货，谋害之，置毒饮中，公觉，幸不死。乃尽弃，独跳身归闵，依从父检校君芹。

嘉靖七年（1528年）中举；嘉靖十一年（1532年）进士及第，改庶吉士。

《浙江通志》卷一百三十八"选举十六·明·举人"项"嘉靖七年戊子科"下录闵如霖之名，名下小注云："乌程人，壬辰进士。"同书卷一百三十二"选举十·明·进士"项"嘉靖十一年壬辰科林大钦榜"下录有"闵如霖"之名，名下小注云："乌程人，礼部尚书。"《行状》载："嘉靖戊子举于乡，壬辰登进士第，改庶吉士。"《（乾隆）乌程县志》卷六亦载如霖："嘉靖壬辰进士。""嘉靖戊子"即嘉靖七年，嘉靖壬辰即嘉靖十一年。按：如霖进士及第，改庶吉士，此中略有曲折。《弇山堂别集》卷八"一岁两考庶吉士"条载：

> 嘉靖壬辰初，取钱亮、许樘、闵如霖、卫元确……进呈矣，上阅卷见弥封有不固者，寝之。寻诏复选，得吕怀、范瑟、钱亮……闵如霖……盖以后选为重也。

同书卷八十二亦载：

> （嘉靖十一年）是岁，改庶吉士。已取钱亮、许樘、闵如霖……上阅卷，见弥封官姓名，疑有私，遂报罢。后复选吕怀、范瑟……闵如霖……命礼部右侍郎兼翰林院学士顾鼎臣教习。

嘉靖十三年（1534年），授翰林院编修。

《（乾隆）乌程县志》卷六载如霖："（嘉靖）甲午，授编修。"《行状》亦云："（嘉靖）甲午，授翰林院编修。""嘉靖甲午"即嘉靖十三年。

嘉靖十五年（1536年），奉诏充经筵展书官，校录御文，修《宋史》，并出使诸藩。

《（乾隆）乌程县志》卷六载："诏使宗藩，馈余悉不受。"未载如霖"使宗藩"之具体时间。考《行状》有如是之载：

> （嘉靖）丙辰，奉诏充经筵展书官，校录御文，并修《宋史》，以大庆斋御书使宗藩诸藩，馈遗悉却不受。

按："嘉靖丙辰"乃嘉靖三十五年（1556年），是时，如霖已升南京刑部尚书，且据《行状》所载，如霖"校录御文，并修《宋史》"事于嘉靖二十四年（1545年）已完成，故《行状》系如霖"奉诏充经筵展书官，校录御文，并修《宋史》，以大庆斋御书使宗藩诸藩"诸事于"嘉靖丙辰"（嘉靖三十五年），必误。考《行状》在如霖"奉诏充经筵展书官，校录御文，并修《宋史》，以大庆斋御书使宗藩诸藩"事后，有"（嘉靖）戊戌，为会试同考官"一事，则"校录御文"诸事必在"嘉靖戊戌"（亦即嘉靖十七年，1538年）之前。由此，"丙辰"当为"丙申"之误。

嘉靖十七年（1538年），任会试同考官，未几，升右春坊右中允，兼翰林院修撰。

《行状》载："（嘉靖）戊戌，为会试同考官，寻升右春坊右中允，兼翰林院修撰。""嘉靖戊戌"即嘉靖十七年。

嘉靖二十二年（1543年），主应天乡试；嘉靖二十三年（1544年），主武举事。

《行状》云："（嘉靖）癸卯，主应天乡试。（嘉靖）甲辰，复主武举试事。"张萱《西园闻见录》卷四十四"礼部三"亦载：

> 闵如霖……嘉靖癸卯，主应天乡试。既撤棘，有狂生某者，诣公自言，公令诵其文，诵未毕，公即抽所落卷示之，议弹甚悉，其人愧服而去。

"嘉靖癸卯"即嘉靖二十二年，"嘉靖甲辰"即嘉靖二十三年。又，《弇山堂别集》卷八十二"科试考二"亦载："（嘉靖）二十二年癸卯……命翰林院侍读华察、右春坊右中允闵如霖主应天试。"

嘉靖二十四年（1545年），任左春坊左谕德，奉诏纂修会典。

《皇明词林人物考》卷八"闵师望"条载如霖："转谕德，奉敕纂修会典。"《明分省人物考》卷四十六"浙江湖州府"下"闵如霖"项亦载："寻转谕德，奉敕纂修会典。"皆未言如霖"转谕德""修会典"之具体时间。然《行状》言之颇详："（嘉靖）乙巳，以校录御文并修《宋史》书成，升左春坊左谕德，复奉诏纂修会典。"明言如霖任左春坊左谕德、纂修会典的时间为嘉靖乙巳，亦即嘉靖二十四年。

嘉靖二十八年（1549年），任侍讲学士（或云侍读学士、讲读学士），署翰林院事。嘉靖三十年（1551年），升太常寺卿，掌国子监祭酒事。

明雷礼《国朝列卿纪》卷一百五十九"国子祭酒行实"条载："闵如霖……嘉靖壬辰进士，二十八年任侍讲学士，署院事。三十年，升太常寺卿，掌国子祭酒事。"《行状》云："迁翰林院侍读学士，寻升太常寺卿，掌国子监祭酒事。"未言具体时间。又，《弇山堂别集》卷四十六"讲读学士表"载："闵如霖……嘉靖二十八年任讲学。"同书卷六十三"国子祭酒年表"项载："闵如霖，浙江乌程人。由进士三十年常卿，掌监事。"则如霖任学士、太常卿及国子祭酒之时间甚明，唯《国朝列卿纪》云其为"侍讲学士"、《行状》云其为"侍读学士"、《弇山堂别集》言其为"讲读学士"，略有不同，未详孰是。

嘉靖三十一年（1552年），拜礼部右侍郎；嘉靖三十二年（1553年），转礼部左侍郎，并以侍郎兼翰林院学士之身份，主教庶吉士。

《行状》载：

（嘉靖）壬子，拜礼部右侍郎，转左。（嘉靖）癸丑，裕、景二府婚礼成，上嘉劳……是年，上选天下进士若干人为庶（吉）士，特命公以侍郎兼翰林学士，往主教事。

"嘉靖壬子"即嘉靖三十一年，"嘉靖癸丑"即嘉靖三十二年。按：《行状》载如霖转礼部左侍郎于"拜礼部右侍郎"之后，未明言具体时间，似承前与"拜礼部右侍郎"同为"嘉靖壬子"（嘉靖三十一年），实则不确。考《弇山堂别集》卷五十六"卿贰表"下"礼部左右侍郎"项，有如是之载："闵如霖，浙江乌程人。由进士（嘉靖）三十一年任右，三十二年转左。"知如霖由礼部右侍郎转礼部左侍郎乃在嘉靖三十二年。又，《弇山堂

别集》卷四十六"学士"项载:"闵如霖,浙江乌程人。嘉靖三十二年,以礼左侍任迁,吏左侍仍兼任。"同书卷八十三载:

> 三十二年癸丑,命少保、太子太保、礼部尚书、东阁大学士徐阶,翰林院侍讲、学士敖铣为考试官,取中曹大章等廷试,赐陈谨、曹大章、温应禄及第。是岁,特开科凡四百人,改进士张四维、王希烈、姜宝、万浩、南轩、孙铤、吴可行、梁梦龙、孙应鳌、晁东吴、孙九功、冯华、陆泰、马自强、李贵、赵祖鹏、吕旻、方万有、胡汝嘉、徐师曾、王文炳、姚弘谟、张巽言、王学颜、郭敬言、李蓘、蒋淳、王咏为庶吉士,命吏部左侍郎翰林院学士程文德、礼部左侍郎翰林院学士闵如霖教习。

所载如霖任翰林学士及"主教庶吉士"之具体时间与《行状》所载相同,皆为嘉靖三十二年。然《明分省人物考》卷四十六"浙江湖州府"下"闵如霖"条载:"(嘉靖)壬子,以礼部侍郎兼学士,主教庶吉士。"明凌迪知《万姓统谱》卷八十《闵如霖小传》及《皇明词林人物考》卷八"闵师望"条亦皆载:"(嘉靖)壬子,以礼部侍郎兼学士,主教庶吉士,与多士商论国家大故,使知辅养所急。"皆系如霖"以礼部侍郎兼学士,主教庶吉士"事于"嘉靖壬子",即嘉靖三十一年,误。

嘉靖三十三年(1554年),任吏部左侍郎,掌詹事府。

《皇明词林人物考》卷八"闵师望"条及《明分省人物考》卷四十六"浙江湖州府"下"闵如霖"条皆载如霖"主教庶吉士"后"寻改吏部,掌詹事府",未明言"改吏部"之具体时间。然《行状》载之甚明:

> (嘉靖)癸丑……特命公以侍郎兼翰林院学士……明年,改吏部左侍郎,掌詹事府事,供内撰文。

"嘉靖癸丑"(嘉靖三十二年,1553年)之"明年"即为嘉靖三十三年。又,《明史纪事本末》卷五十二载:

> 三十三年秋七月,命驸马都尉邬景和、安平伯方承裕、吏部尚书李默、礼部尚书王用宾、左都督陆炳、吏部左侍郎程文德、礼部左侍

郎闵如霖、吏部右侍郎郭朴、吴山，并直西内，撰玄文。

知嘉靖三十三年七月如霖仍在礼部左侍郎任上，其任吏部左侍郎当在是年七月以后。

嘉靖三十五年（1556年），任南京礼部尚书；嘉靖三十六年（1557年），致仕。

《弇山堂别集》卷四十九"南京礼部尚书表"项载："闵如霖，浙江乌程人。嘉靖壬辰进士，三十五年任，三十六年致仕。"《行状》云："（嘉靖）丙辰，升南京礼部尚书。明年，公上疏自陈，乞罢甚力，有诏许致仕，归。"《（乾隆）乌程县志》卷六记载相类。"嘉靖丙辰"即嘉靖三十五年。

嘉靖三十八年（1559年），卒，享年五十七，赠太子少保；卒后，葬长兴水口山。

《行状》载："（闵如霖）其卒以嘉靖己未七月初四日，享年五十有七。""嘉靖己未"即嘉靖三十八年。《皇明词林人物考》卷八"闵师望"条载："历官清华，应制敏捷，心虚神郎，遇事能断，赠太子少保。"《明分省人物考》卷四十六"浙江湖州府"下"闵如霖"条所载相同。《（嘉庆）长兴县志》卷十一"陵墓·明"载："礼部尚书闵如霖墓，在水口山。"

如霖为人宽厚，历官清华，三典文衡，一主武举，得人甚多。

《明分省人物考》卷四十六"浙江湖州府"下"闵如霖"条载："如霖宽大宏博，三典文衡，一主武举，较阅精审，咸称得人。"《（乾隆）乌程县志》卷六《闵如霖传》亦载：

> （如霖）宽大温博，与人交，不为畛域，然亦未尝苟同于人。历官清华不一，践繁剧而遇事能断，在明诸老往往以疑事质之，斟酌损益，咸当上心。三典文衡，较阅精审。掌国学，严身率物，不为苛细，六馆之士德之。

著有《午塘集》（或云《午塘先生集》）十六卷，另有《闵午塘诗集》七卷别行。

明董斯张《吴兴备志》卷二十二"经籍征第十八"载："闵如霖《午塘集》十六卷。"《千顷堂书目》卷二十三亦载："闵如霖《午塘集》十六卷。"《四库全书存目丛书》"集部"收录有十六卷的《午塘先生集》，包括

"诗"七卷(五言古诗、七言古诗、歌行、五言排律合一卷,五言律诗二卷,七言律诗三卷,七言绝句一卷),"序"三卷,"记"一卷,"墓志铭"二卷,"行状""祭文"合一卷,"书"二卷。又,《四库全书总目》著录有"《闵午塘诗集》七卷",《续文献通考》卷一百九十六"经籍考·集·诗集下·明"载:"闵如霖《午塘诗集》七卷",《续通志》卷一百六十二《艺文略·文类·第十二上》亦载:"《闵午塘诗集》七卷",知如霖另有七卷本诗集别行。

第六章　蔡汝楠考略

蔡汝楠是明代嘉靖年间浙江湖州的著名文学家、学者，一生勤于著述，成果颇丰，著有《六经札记》八卷，《筹边要略》，《舆地略》十一卷，《夏邑县志》八卷，《衡湘问辩》，《天文图略》，《奏议》一卷，《枢管集》，《述竹集》，《白石山人诗选》二卷，《诗说》一卷，《律初集》四卷等，另著有《自知堂集》二十四卷。其才名和诗歌在当时产生了重要的影响：

> 所至辄按图眺名山，赋为诗歌，镌之碑记，以贻四方。片楮所落，人呼曰："汉之祢衡也！"

蔡汝楠十八岁中进士，直至五十岁卒于官，一生辗转各地，多次身居要职，为政也取得了较为显著的成绩。他与著名的唐宋派代表人物王慎中、唐顺之都有交往，和另一位唐宋派的古文家茅坤是姻亲。然而，这样一位富有才名、著作颇丰，又与当时名士有着密切联系的重要人物，其生平仕履的具体情况，至今仍然没有得到完整、系统的梳理。有感于此，笔者依据相关典籍和史料，对蔡汝楠的生平、仕履情况简单稽考如下。

蔡汝楠，字子木，号白石，湖州德清人。正德十一年（1516年）生。徐学谟《徐氏海隅集》卷四二《宦迹列传》载："蔡汝楠，字子木，德清人。"董份《董学士泌园集》卷三六《明通议大夫南京刑部右侍郎白石蔡公墓志铭》（以下简称《墓志铭》）云：

> 其先上蔡人。宋迁都，而秘书郎源者，扈车驾抵浙，因徙德清，家焉。遂为德清人。……汝楠字子木，号白石，生正德□年十月初六日，卒嘉靖四十四年七月三十日。

茅坤《茅鹿门先生文集》卷二八《通议大夫南京工部侍郎白石蔡公行状》（以下简称《行状》）亦载："公名汝楠，字子木。……惜呼！享年仅五十而没。"

按：汝楠卒于嘉靖四十四年（1565年），享年五十，则当生于正德十一年。陆心源《三续疑年录》卷七"蔡白石五十（汝楠）"条："生正德十一年丙子，卒嘉靖四十四年乙丑。"

父玘，号夷轩，官至延平府同知；生母沈氏，妻臧氏，再娶吴氏。

《行状》：

> 公父夷轩公玘，由乡贡进士历延平府同知。公以南京工部侍郎考满，王父而下，并封通议大夫、南京工部侍郎。祖母严氏，嫡母陈氏，生母沈氏。妻臧氏……再娶吴夫人。

《墓志铭》："玘举于乡，为延平府同知，而同知生公。"

儿时，随父游南京国子监，听湛若水讲学，颇有解悟。

《明史》本传："儿时随父南京，听祭酒湛若水讲学，辄有解悟。"

《行状》：

> 甫八龄，随父夷轩公游南雍。时甘泉先生进诸生讲白沙之学，公以儿年曳父裾入帷中，从旁窃听之，辄点头，一座大惊。

黄宗羲《明儒学案》卷四十《甘泉学案四·侍郎蔡白石先生汝楠》："八岁侍父听讲于甘泉座下，辄有解悟。"程嗣章《明儒讲学考》"湛若水门人"列"蔡汝楠"之名。

按：据洪垣《湛甘泉先生墓志铭》，湛若水任南京国子监祭酒乃在嘉靖三年（1524）秋。是年，汝楠已九岁，故《行状》所云"甫八龄"、《明儒学案》所载"八岁"，皆不确。《明史》本传所言"儿时"，较审慎。

嘉靖十年辛卯（1531年）中举人。

栗祁《（万历）湖州府志》卷六《辟召·甲科·国朝举人》："嘉靖辛卯，蔡汝楠，玘子，德清。"嵇曾筠《（雍正）浙江通志》卷一三八"选举十六·明·举人"嘉靖十年辛卯科列"蔡汝楠"之名。

嘉靖十一年（1532年），进士及第，授行人职。

张弘道《皇明三元考》卷十"嘉靖十一年壬辰科大魁·少年进士"："蔡汝楠，德清人，年十八。"张朝瑞《皇明贡举考》卷六："壬辰嘉靖十一年会试，第三甲二百三十三名赐同进士出身，蔡汝楠，浙江德清县。"《明清进士题名碑录索引》系汝楠于嘉靖十一年三甲二百名，稍异。凌迪知《万姓统谱》卷九七："（蔡汝楠）登嘉靖壬辰进士，授行人。"《明儒学案》："蔡汝楠……嘉靖壬辰进士，除行人。"

按：《明史》本传："年十八，成嘉靖十一年进士。"张弘道《明三元考》亦言汝楠进士及第时年十八。皆不确。汝楠生于正德十一年（1516年），则嘉靖十一年（1532年）进士及第时，年方十七。

在行人任上，借传旨各地的机会，广访名山，赋诗刻石，一时声名鹊起。与时贤高叔嗣、唐顺之、王慎中等交游，声誉很隆。

《行状》：

> 授行人，函玺书赐齐楚诸王府，所至辄按图眺名山，赋为诗歌，镂之碑记，以贻四方。片楮所落，人呼曰"汉之祢衡"也。与燕张言、河南高叔嗣、毗陵唐顺之、晋安王慎中、钱塘许应元、姑苏黄省曾及皇甫兄弟辈，时时以声律相高，而公之誉问翩翩海内矣。

《明史》本传："成嘉靖十一年进士，授行人。从王慎中、唐顺之及（高）叔嗣辈学为诗。"王兆云《皇明词林人物考》卷八亦有相类记载。

嘉靖十二年（1533年），任刑部员外郎，寻因父老，为便奉养，上书乞转南省，改南京刑部员外郎，与著名诗人顾璘为忘年交。

《明史》本传："授行人……寻进刑部员外郎，徙南京刑部。"《明儒学案》卷四十《甘泉学案四·侍郎蔡白石先生汝楠》："举进士，授行人，转南京刑部员外郎。"《行状》：

> 夷轩年且衰，公繇刑部员外郎上书乞南省，以便禄养。于是改刑部。尚书顾公东桥，闻人也，雅奇公才，公至，遂为忘年友。

按："尚书顾公东桥"即顾璘，字华玉，号东桥，官至南京刑部尚书。汝楠改南曹，时贤朱曰藩曾以诗相赠，朱曰藩《山带阁集》卷九载《蔡子木改南曹遇赠》诗，即作于是时。诗云："几年天北倦风沙，玄武洲南暂寄家。山转贯城冲白鸟,波摇甬道入荷花。簿书自乞分曹便,观阙兀非去国赊。昭代两都无赋者,郎潜日见有光华。"

按:上引史料未明言汝楠任刑部员外郎及改南曹之具体时间。考汝楠任南京刑部员外郎十二年后,于嘉靖二十四年(1545年)出任归德府知府(详后),则其出任刑部员外郎及改南曹当在本年。

嘉靖二十年(1541年),告归省父于延平,与福建提学副使田汝成同游武夷山,作诗以写景抒怀;二人之作合为一帙,成《武夷游咏》一卷。

《四库全书总目·武夷游咏》:

> 明田汝成、蔡汝楠同撰。……嘉靖二十年四月,汝楠以刑部员外郎告归省父于延平,适汝成为福建提学副使,校士崇安,二人因偕游九曲,各成五言古诗十首,编为一帙。

蔡汝楠《自知堂集》卷一即载录其十首《武夷山诗》,其二云:"夙慕武夷游,已入晴川境。税我尘中车,振衣三秀岭。"可见,游览武夷乃汝楠之夙愿。董天工《武夷山志》载录汝楠诗作多首,大抵亦作于此一时期。

嘉靖二十四年(1545年),出守归德。府事亲力亲为,颇有善政,以强干而声闻两河间。上任未及三月,因母忧归去。

《行状》:

> 出守归德,归德,故州也……改为郡,而公以才为郡太守。佩二千石印绶,首出镇之,下车不数月,郡中肃然。当是时,公以强干闻两河间。

《墓志铭》:

> 自行人为郎凡十二年所,而转归德守。归德,故州也,方改郡,而公首至,譬之垦荒碛,诸无所承。公翦草莱,辟城郭,创郡治。小者立断,大者议闻。具条令督率诸县,备制度以整齐吏民。政一时皆新,声赫赫,震两河间矣。未及三月,又以母忧去。

《明史》本传:"廷议改归德州为府,擢汝楠知其府事。"

按：明太祖洪武元年（1368年）降归德府为州，属开封府。嘉靖二十四年复升州为府，汝楠为首任知府。李贤《明一统志》卷二七《归德府·名宦》：

> 蔡汝楠，由进士第，有才名。嘉靖二十四年创府，首任。当新造时，政以节省便民为务。

丁忧期间，广览百家之书，尤以经书为最。
《行状》：

> 以母忧归，归筑一室于前山之麓，且耻贤豪士不当以五言终身也。于是下帷，读三代以来孔、孟、庄、列、荀、杨，下及骚、选、释、老、列、仙、百家之书，而最注心者，古六经、今所刻《诸经札记》是也。

嘉靖二十七年（1548年），出任衡州知府，时人多以诗相赠。
《行状》："服阕，补衡州。"《墓志铭》："起而得衡州。"按制，丁母忧一般为三年。据此，汝楠"服阕，补衡州""起而得衡州"当在嘉靖二十七年。

按：汝楠出守衡州，时人多以诗相赠。王世贞《弇州四部稿》卷三三"诗部"《送蔡子木守衡州》、董斯张《吴兴艺文补》卷五八载皇甫涍《送蔡子木使楚二首》、尹台《洞麓堂集》卷七《白石子篇赠蔡子木出守衡州》诸诗可为证。

守衡州期间，多有惠政。修饬石鼓书院，聚诸生讲学，影响颇大。
《墓志铭》：

> 以母忧去，起而得衡州。公以归德初建，治当急；而衡朴淳宜缓，由是一切阔略文法，持大体，务长厚，数问民疾苦，因其谣俗，谕以得意，煦煦拊循。而令长丞尉，率职于上；父老里胥，导命于下。既无挢虔，亦无废弛。恺悌之政行，平和之气通，民忻忻若更生矣。……复立石鼓书院，集诸弟子材俊者其中。弦颂肆兴，球镈夹系，彬彬咏先王之风，乐而忘归。又进其尤材俊者，授古作之指，摩以道

义，勉之力行，其得贤士尤盛焉。

《行状》：

衡，僻楚之南，服故多废，而公则撤去故守归德时干局，稍稍以经术酝酿之，不务声名，惟以廉白长厚持大体，民甚德之。朔望数进父老于其庭，与之揖让，问民疾苦。复饬石鼓书院，与诸生弦颂其中。……公既去，郡之荐绅先生帅吏民尸而祠之。

明李安仁《石鼓书院志》上部《室宇志》："主静斋，临东厓，定性斋，临西溪，俱知府蔡汝楠立。"同书《人物志·名宦》：

蔡汝楠，字子木，号白石……每先朔望，率诸生诣书院讲论经书，命题考课，质疑问难，随叩而答。立有书院条约，会长会副，问德考业，风闻邻邦。长、永二郡诸生及官师举监，皆负笈来学。

《石鼓书院志》下部载汝楠《石鼓讲堂示诸生》一诗，首联云："只为斯文辟讲堂，愿留一绪在江乡。"可见其修饬书院心迹之一斑。

守衡闲暇，游览衡岳名胜。所到之处，以歌咏之；讲学之外，兼著书立说。故汝楠于衡州期间，颇有著述。

《行状》："衡，僻楚之南……封以内多名山岣嵝，祝融七十二峰之胜，而公既故善诗，政暇，数出游，游必咏歌。"《墓志铭》："封以内多名山，暇必出游，游必有赋。"今存《游衡山》《游南岳八首》《行自雁峰游花药寺》诸诗，可为之证。歌咏之外，兼及著书，《（万历）湖州府志》卷六："蔡汝楠……知衡州府，作兴士类，著《衡湘问辩》、《五经臆说》二书。"

嘉靖三十二年（1553年），升任四川按察副使，乞终养老父，不允。

《行状》："徙四川按察司副使。公上章乞终养，不报。"《墓志铭》："自衡转四川副使，以父且老，乞终养，不报。"《大清一统志》卷二八一："蔡汝楠，德清人，嘉靖间，知衡州府。……在郡五年，升四川按察副使。"按：蔡汝楠于嘉靖二十七年（1548年）知衡州知府，"在郡五年"后，升任四川按察副使，则其四川之任当始于嘉靖三十二年。

嘉靖三十三年（1554年），任江西右参政，再乞终养，仍不报。

第六章 蔡汝楠考略

《国朝列卿纪》卷一百二十"敕使河南行实"载蔡汝楠事迹云："（嘉靖）三十三年，升江西右参政。"《墓志铭》："转江西参政，再乞养，不报。"

同年，由于乞养不允，父玘来到江西，父子得以相聚。然不久，玘即逝去，汝楠扶榇回归乡里。

《行状》：

> 历江西参政，公又上章，乞终养，不报。已而，夷轩公不忍公之数上章不得也，乃过江西邸舍。公出则治簿书，入则侍夷轩公，父子以道相师友。……夷轩公病且革，公舆榇来归。

明徐象梅《两浙名贤录》卷四二"恬裕"项载"延平府同知蔡润之玘"云：

> 蔡玘，字润之，德清人……时汝楠以衡守报最，封玘阶中宪大夫，如其子官。未几，衡守擢四川按察御使，迁江西参政。前后三上疏，乞侍养，俱不报。玘闻之，怃然曰："父子受国厚恩，吾耄不能宣力，效尺寸上报天子，乃又以吾老故，令儿弃王事归自逸，吾何面目任衣冠耶？"亟贻书令弗归，身自就养江西，时玘年已七十六矣。会诞日，参政服金紫，称觞上寿，缙绅皆荣之。未几，以疾卒于藩署。

按：考汝楠于嘉靖三十六年（1557年）服阕，出任福建左参政，则其父玘之卒，当在本年或下年初。故汝楠江西右参政所任时间不长，不久即扶榇归乡。

在江西右参政任内，与江西籍著名学者邹守益、罗洪先相与论学，颇有交往。

《行状》：

> 历江西参政……间行郡，辄过邹东廓祭酒、罗念庵司谏，时时相与论学，以究性命之旨。

按：邹东廓即邹守益，号东廓；罗念庵即罗洪先，号念庵。二人皆为明代著名学者。《自知堂集》卷五所载《奉陪邹东廓曾华山二先生游青原》《简罗念庵修撰》诸诗亦可汝楠与邹、罗二人交游之证。

嘉靖三十六年（1557年），任福建左参政，升山东按察使；次年，任江西右布政使，转左布政使。

《国朝列卿纪》卷一二〇"敕使河南行实"载蔡汝楠事迹云：

> （嘉靖）三十六年，复除福建左，升山东按察使。……三十七年，升江西右布政使，转左。

按："福建左"即福建左参政。

嘉靖四十年（1561年），升任右副都御使，巡抚河南。

《国朝列卿纪》卷一二〇"敕使河南行实"载蔡汝楠事迹云："（嘉靖）四十年，升巡抚河南、右副都御使。"

汝楠巡抚河南期间，负责祭祷中岳，组织平寇，有功于朝廷。

傅梅《嵩书》卷四《宸望篇》："（嘉靖）四十年八月，以万寿圣节，遣右副都御使蔡汝楠祭祷中岳。"同书卷一五《韵始篇四》载汝楠《恭祀中岳》一诗，诗云："于赫中州镇，明禋凤敕宣。河清凝命日，岳顺祝禧年。方物蠲常品，宫香彻御前。共欢呼万寿，不独汉时传。"亦可见汝楠祭祷中岳，乃为贺万寿之节。又，《墓志铭》：

> 晋都察院副都御使、河南巡抚。时虏犯内地，山西诸寇猖獗，势且压境。公先机命将，歼其渠魁，散其余党，经略具布，纪纲肃然。而益绥以宽大，镇以宁静。疆场宴谧，民以乂安。庙堂益重之。

可见，汝楠于平定寇乱方面亦功勋卓著。

嘉靖四十二年（1563年），任兵部右侍郎；次年，徙官南京工部右侍郎。

明王世贞《弇山堂别集》卷五七《卿贰表·兵部左右侍郎》下列"蔡汝楠"之名，且云："浙江德清人，由进士（嘉靖）四十二年任右。"《墓志铭》：

> 晋兵部右侍郎，掌京营，理戎政，京营多与中贵人相连，数问遗

造请，公独谢，弗与通，固心望。又方疏戎政敝将上，诸中贵人益忌之。时肃皇帝以虏事怒本兵，而见公祝釐时足微跛，不悦，因中以飞语，徙南京刑部右侍郎。

《行状》：

公从诸公卿祝釐西斋宫，上从帷中望见公貌寝，出公为南工部侍郎。

两相对照，知《行状》所载之"貌寝"，实为《墓志铭》所言之"足微跛"。

按：《墓志铭》载汝楠"徙南京刑部右侍郎"，然《行状》则言"出公为南工部侍郎"，两相龃龉，必有一误。考《弇山堂别集》卷五九《卿贰表·南京工部左右侍郎》所载，明确列有"蔡汝楠"之名，且云："浙江德清人，由进士（嘉靖）四十三年调任右，四十四年卒。"又，《茅鹿门先生文集》卷二六《祭蔡白石先生文》曰："南京工部侍郎白石蔡公之没也，姻友茅坤千里使逆榇于江。"茅坤为汝楠之姻亲，汝楠长女嫁茅坤次子；二人交往甚密，颇为熟悉，茅坤所言，断不会误。故汝楠徙官，当以南京工部右侍郎为是。

嘉靖四十四年（1565年）七月，卒，享年五十岁。

《墓志铭》："公行二年，而足益病，医误治之，竟卒。盖年仅五十耳。……卒嘉靖四十四年七月三十日。"《行状》："享年仅五十而没。"

子炳齐，女二。

《行状》："公之子一人，炳齐，荫国子生，女二人。长字，予儿国缙；次许聘孝丰吴稼新。"《墓志铭》："子一，炳齐，官生，聘陈氏，继聘严氏。女二，长适国子生、茅仲籍副使仲子也，次适吴稼心。"

蔡汝楠一生交游广泛，与当时著名文人王世贞、茅坤、唐顺之、王慎中、吴国伦、谢榛、董份等人皆有交往；勤于创作，著述甚多，有《说经札记》八卷、《舆地略》十一卷、《自知堂集》二十四卷、《巡抚河南奏议》一卷，还有《枢莞集》《白石文集》《白石山人诗选》《白石诗说》等。此外，还和田汝成共同撰有《武夷游咏》一卷。

张萱《西园闻见录》卷六："蔡汝楠，字子木，尝为王元美、徐子舆、吴明卿、谢茂秦布衣友。"按：王元美即王世贞，徐子舆即徐中行，吴明卿即吴国伦，谢茂秦即谢榛。又，徐象梅《两浙名贤录》卷四七《文苑》：

  蔡汝楠，字子木……与燕张言、河南高叔嗣、毗陵唐顺之、晋安王慎中、钱塘许应元、姑苏王省鲁及皇甫兄弟辈时时以声律相唱和，而汝楠之文誉遂翩翩一时。

《明史》本传："从王慎中、唐顺之及（高）叔嗣辈学为诗。"梁维枢《玉剑尊闻》卷九："王元美与蔡子木、徐子舆、吴明卿、谢茂秦饮，子木被酒高歌。"《墓志铭》有"予与副使及公三人为束发交"之语，其中"予"即《墓志铭》之作者董份；副使即茅坤，曾任河南副使。

汝楠一生著述颇夥，《行状》："所著《六经札记》，而下别有《自知集》、《枢莞集》、《白石文集》八十卷，藏于家。"《明史》卷九六："蔡汝楠《说经札记》八卷"；同书卷九七："蔡汝楠《舆地略》十一卷"；卷九九："蔡汝楠《自知堂集》二十四卷"。又，《千顷堂书目》卷三："蔡汝楠《说经札记》八卷"；同书卷六："蔡汝楠《舆地略》十一卷"；卷三二："蔡汝楠《白石诗说》"。《万卷堂书目》卷二"奏议"："《巡抚河南奏议》一卷，蔡汝楠。"范邦甸《天一阁书目》卷四之二"集部"："《白石山人诗选》二册，明蔡汝楠著。"徐乾学《传是楼书目》："《自知堂集》二十四卷。以下明蔡汝楠，四本：《白石山人诗》一卷，一本；《白石山人诗选》二卷，二本；《述竹集》一卷，一本，抄本。"《（万历）湖州府志》："蔡汝楠……有《枢莞集》、《筹边要略》。"另，《四库全书总目》卷一九二载《武夷游咏》一卷，《提要》云："明田汝成、蔡汝楠同撰。"

下编 湖州文学述论

第七章　湖州文学发展概述

第一节　先秦至南朝时期湖州文学的发展概况

从先秦时期开始，在很长一段时期内，湖州文学并没有典型的、成一定系统或规模的文学作品流传下来。虽然据各类目录类典籍记载，三国时期武康人姚信著有十卷本的文集，此后，吴商、钮滔、沈林子等都著有文集，但都没有流传下来，故无法知其详。

在湖州文学中，流传下来的最早的有明确作者的文学作品是七首《前溪歌》，作者是东晋时期的湖州文学家沈玩。沈玩，也作沈充，字士居，武康（今属德清）人，曾著有《吴兴山墟名》，惜已不传。《前溪歌》最早见于《宋书·乐志》。《宋书·乐志》云："《前溪歌》者，晋车骑将军沈玩所制。"《前溪歌》乃是乐府歌谣，收入《乐府诗集》卷四十五《吴声歌曲》中，是一组颇有特色的江南水乡的爱情小调：

忧思出门倚，逢郎前溪度。莫作流水心，引新都舍故。
为家不凿井，檐瓶下前溪。开穿乱漫下，但闻林鸟啼。
前溪沧浪映，通波澄渌清。声弦传不绝，千载寄汝名。永与天地并。
逍遥独桑头，北望东武亭。黄瓜被山侧，春风感郎情。
逍遥独桑头，东北无广亲。黄瓜是小草，春风何足叹。忆汝涕交零。
黄葛结蒙笼，生在落溪边。花落逐水去，何当顺流还。还亦不复鲜。
黄葛生烂熳，谁能断葛根。宁断娇儿乳，不断郎殷勤。

这组诗生动地表达了一位女子对爱情的热切渴望和执着追求，语言清新流畅，情感真挚感人。流水和落花，富有江南水乡特色的意象，将诗歌装点得格外轻盈、秀逸。湖州文学一开始就以明净秀美的姿态展现在世人眼前。

南朝以前的湖州籍文学家除了沈玩以外，还有姚信、吴商、钮滔、沈林子等。

1. 姚 信

据各种史籍所载，湖州最早有文集流传的文人是三国时期武康人姚信。姚信字德祐，一字元直，吴兴人，曾任吴国太常卿。姚信著有文集十卷，可见其著述相当可观。《旧唐书》卷四十七《经籍下》载："《姚信集》十卷"，《新唐书》卷六十《艺文志》亦载："《姚信集》十卷"。可知在宋初《姚信集》仍然存在，且有十卷之多。然宋郑樵《通志》卷六十九《艺文略》却载："《姚信集》二卷"，则至南宋，《姚信集》已多有散佚，只剩二卷。南宋以后流传的《姚信集》即为二卷本。明焦竑《国史经籍志》卷五载："《姚信集》二卷"，明董斯张《吴兴备志》卷二十二《经籍征第十八》亦载："《吴太常姚信集》二卷"，清编《浙江通志》卷二百四十八《经籍八·集部一·别集》载："《姚信集》二卷，《录》一卷。"则明清时期，《姚信集》尚存，此后亡佚，不知所踪。

2. 吴 商

吴商生平，据《西吴里语》："字彦声，故鄣（按：今属安吉）人。通五经及百代之书。太康初，征为东宫校书郎，四方从学者不可胜数。历官侍中。"据董斯张《吴兴备志》所载，吴商曾为益阳令。吴商曾著有文集五卷，流传颇久。《旧唐书》卷四十七《经籍下》载："《吴商集》五卷"，《通志》卷六十九《艺文略》载："《益阳令吴商集》五卷"，焦竑《国史经籍志》卷五载："《吴商集》五卷"，《吴兴备志》卷二十二《经籍征第十八》载："《益阳令吴商集》五卷"，《浙江通志》卷二百四十八《经籍八·集部一·别集》亦载："《吴商集》五卷。"此后未见载录，当佚于清季。

3. 钮 滔

钮滔，据《西吴里语》："吴兴人，举孝廉，为松阳令。盖晋人而仕于宋者。"钮滔曾著文集五卷，辗转流传，佚于清代。《旧唐书》卷四十七《经籍下》载："《钮滔集》五卷"，《新唐书》卷六十《艺文志》亦载："《钮滔集》十卷"，《通志》卷六十九《艺文略》载："《吴兴孝廉钮滔集》

五卷",焦竑《国史经籍志》卷五载:"《钮滔集》五卷",《吴兴备志》卷二十二《经籍征第十八》载:"《吴兴孝廉钮滔集》五卷",《浙江通志》卷二百四十八《经籍八·集部一·别集》亦载:"《钮滔集》五卷。"此后未见载录,当佚于清代。

4. 沈林子

沈林子字敬士,乃南朝著名文学家沈约之祖父,一生戎马,屡立战功。"功封汉寿县伯,固让,不许。永初三年,卒。追赠征虏将军。元嘉二十五年,谥曰'怀'。"(《南史·沈约传》附)沈林子曾著文集七卷,至明代尚存,今已无处可觅。《旧唐书》卷四十七《经籍下》载:"《沈林子集》七卷",《新唐书》卷六十《艺文志》载:"《沈林子集》七卷",《通志》卷六十九《艺文略·别集三》载:"《征虏将军沈林子集》七卷",明焦竑《国史经籍志》卷五载:"《沈林子集》七卷。"则《沈林子集》自唐至明皆有传承,焦氏《国史经籍志》后,未见任何典籍载录,当佚于明季。

到了南朝,湖州文学第一次收获了丰硕的成果,不仅出现了像沈约、吴均这样的中国文学史上举足轻重的文学大家,也出现了如丘迟《与陈伯之书》这样的传诵千古的名篇。南朝的湖州文人以自己杰出的创作让湖州文学第一次在中国文学史上赢来了澎湃的掌声。

南朝湖州文坛上的知名作家,除了沈约、吴均以外,还有丘迟和裴子野。

丘迟(464~508年),字希范,乌程人,齐常侍丘灵鞠之子,历官太学博士、吴兴邑中正、永嘉太守、中书郎、司徒从事中郎等,卒于梁天监七年。丘迟幼年聪慧,文华出众,在齐梁两代颇为知名。其《与陈伯之书》一文,是中国文学史上传诵千古的名篇,现录之于下,以明其艺术上之精美:

迟顿首,陈将军足下无恙,幸甚,幸甚!将军勇冠三军,才为世出,弃燕雀之小志,慕鸿鹄以高翔。昔因机变化,遭遇明主,立功立事,开国称孤,朱轮华毂,拥旄万里,何其壮也。如何一旦为奔亡之虏,闻鸣镝而股战,对穹庐以屈膝,又何劣邪!寻君去就之际,非有他故,直以不能内审诸己,外受流言,沉迷猖獗,以至于此。圣朝赦罪责功,弃瑕录用,推赤心于天下,安反侧于万物,此将军之所知,不假仆一二谈也。朱鲔涉血于友于,张绣剚刃于爱子,汉主不以为疑,魏君待之若旧,况将军无昔人之罪而勋重于当世。夫迷途知返,往哲是与,不远而复,先典攸高。主上屈法申恩,吞舟是漏,将军松柏不剪,亲戚安居,高台未倾,爱妾尚在,悠悠尔心,亦何可言。今功臣名将,雁行有序,佩紫怀黄,赞帷幄之谋,乘轺建节,奉疆场之任。并刑马作誓,传之子孙。将军独腼颜借命,驰驱毡裘之长,宁不哀哉?夫以慕容超之强,身送东市;姚泓之盛,面缚西都。故知霜露所均,不育异类,姬汉旧邦,无取杂种。北虏僭盗中原,多历年所,恶积祸盈,理至焦烂。况伪孽昏狡,自相夷戮,部落携离,酋豪猜贰,方当系颈蛮邸,悬首藁街。而将军鱼游于沸鼎之中,燕巢于飞幕之上,不亦惑乎?暮春三月,江南草长;杂花生树,群莺乱飞。见故国之旗鼓,感生平于畴日;抚弦登陴,岂不怆恨?所以廉公之思赵将,吴子之泣西河,人之情也,将军独无情哉?想早励良规,自求多福,当今皇帝盛明,天下安乐,白环西献,楛矢东来,夜郎滇池,解辫请职,朝鲜昌海,蹶角受化。惟北狄野心,掘强沙塞之间,欲延岁月之命耳。中军临川殿下,明德茂亲,总兹戎重,方吊民洛汭,伐罪秦中,若遂不改,方思仆言,聊布往怀,君其详之。丘迟顿首。

《梁书》卷二十《陈伯之传》载:

　　陈伯之,济阴睢陵人也……频有战功,以勋累迁为冠军将军、骠骑司马,封鱼复县伯,邑五百户。……入魏,魏以伯之为使持节散骑常侍、都督淮南诸军事、平南将军、光禄大夫、曲江县侯。天监四年,诏太尉临川王(萧)宏率众军北讨,宏命记室丘迟私与伯之书曰……伯之乃于寿阳拥众八千归。

陈伯之亦可谓是一代名将,其拥兵与萧宏对峙时,丘迟的一封书信能够让其倒戈相向,真可谓三寸之舌强于百万之兵。丘迟的《与陈伯之书》具有如此大的力量,至少说明这是一封言辞恳切、情感真挚、令人动容的好书信。《与陈伯之书》一文的佳处就在于其情真意切、情景融合,既孜孜以理晓之,又恳恳以请动之,读之令人叹服。特别是"暮春三月,江南草长;杂花生树,群莺乱飞"几句,生动传神地摹写出江南春景的美丽怡人,构图清丽,富含生机,成为千古传诵的名句。

丘迟的诗作亦常有佳品。《竹林诗评》推崇其诗歌云："丘迟之作，如琪树玲珑，金芝布濩，九霄春露，三岛秋云。"钟嵘亦称道其诗"点缀映媚，似落花依草"。可见，其在当时是颇有诗名的。

丘迟之诗，由于时代久远，颇多散佚，逯钦立《先秦汉魏晋南北朝诗》仅保存其诗十二首。且看其《旦发渔浦潭》一诗：

> 渔潭雾未开，赤亭风已扬。棹歌发中流，鸣鞞响沓障。村童忽相聚，野老时一望。诡怪石异象，崭绝峰殊状。森森荒树齐，析析寒沙涨。藤垂岛易陟，岸倾屿难傍。信是永幽栖，岂徒暂清旷。坐啸昔有委，卧治今可尚。

渔浦潭在今浙江富阳东南。在这首诗中，诗人将清晨离开渔浦潭时所见到柔美、秀逸的景象生动地展现出来。早上，浓雾未开，水面上的一切景象都显得朦胧、柔美。远处、近处，无论是村童、野老、怪石、绝峰，也无论是荒树、寒沙、藤岛、孤屿，在诗人看来，都是那么和谐、安详，让人充满羡慕与怀想。"信是永幽栖，岂徒暂清旷"，清幽的环境，不禁让诗人油然而生长久栖息于此的愿想。整首诗意象密集，语言素朴，初读也许不觉其佳，然细细品味，自有一番神韵萦绕在诗里诗外，一唱三叹，颇有逸致。

此外，丘迟的《敬酬柳仆射征怨》一诗，借用乐府民歌《江南》中鱼戏莲叶的典故来表达思妇的闺怨，也颇有新意：

> 清歌自言妍，雅舞空仙仙。耳中解明月，头上落金钿。雀飞且近远，暮入绮窗前。鱼戏虽南北，终还荷叶边。惟见君行久，新年非故年。

诗用比兴手法，将思妇的闺怨与无奈表达得蕴藉含蓄，意味无穷。

裴子野（469~530年），字几原，居于吴兴故鄣（今浙江安吉县北）西南三十六里之永昌乡，祖籍为河东闻喜（今属山西）。其曾祖裴松之与祖父裴骃皆为中国历史上名声卓著的史学大家。裴子野主要生活在齐、梁两代，历官江夏王参军、诸暨令、著作郎、中书侍郎、鸿胪卿等。裴子野一生勤勉，勤于著述，其著作主要有《丧服传》一卷、《宋略》二十卷、《续裴氏家传》二卷、《众僧传》二十卷和诗文集十四卷。

裴子野诗作中写得较好的是下面两首咏雪之作：

　　飘飘千里雪，倏忽度龙沙。从云合且散，因风卷复斜。拂草如连蝶，落树似飞花。若赠离居者，折以代瑶华。（《咏雪诗》）
　　沐雪款千门，栉风朝万户。集霰渝丹巘，流云飘绣柱。滴沥垂土膏，阑干悬石乳。（《上朝值雪》）

这两首诗把雪写得颇有灵气，雪花飘摇，随风流撒，明净而又充满灵气。特别是第一首，从各个角度、不同层次将雪花的轻盈之态、晶莹之美、素朴之魂表现得淋漓尽致，动静结合，高下错落，很好地传达出雪的神韵。

《答张贞成皋诗》是裴子野表达爱国情怀的佳作，相对于上面两首咏雪之作，显得高亢得多，也豪迈得多，显示了裴子野诗风的另一面：

　　匈奴时未灭，连年被甲兵。明君思将帅，方听鼓鼙声。吾生恣逸翮，抚剑起徂征。非徒慕辛季，聊欲逞良平。出车既方轨，绝幕且横行。岂伊长缨系，行见黄河清。虽令懦夫勇，念别犹有情。感子盈编赠，握玩以为荣。跂子振旅凯，含诧备勒铭。

从这首诗中，仍然可以读到自建安以来士人心中所深深萦绕的那一抹驰骋疆场、建功立业的情怀和对英雄的企羡。

第二节　唐代湖州文学的发展与盛况

唐代的湖州文学，迎来了其发展历史上的第一次高潮。在经历了六朝的大规模开发和多元发展以后，到了唐代，湖州的人口增加，经济富庶，又拥有相对稳定、和平的社会环境，这些都为其文学的繁荣奠定了基础。

唐人李直方《白蘋亭记》称赞湖州："幅员千里，棋布九邑，卞山盘曲而为之镇，五溪丛流以导其气。其土沃，其气涛。"唐代杨夔《修东亭记》亦云："徭赋既调，风俗既安，遁逸有归，茕孓有依。"杜牧《移居霅溪馆》一诗更是称道湖州："万家相庆喜秋成，处处楼台歌板声。"有这么好的地域环境和经济基础，湖州成为许多唐代文人向往的地方。杜牧就是因为多次上书请求，才获得到湖州做官的机会。"安史之乱"爆发，很多北方知识分子南迁，其中很多人就来到湖州。他们和湖州的士人交游、唱和，为唐代湖州文学的发展和繁荣注入了新的活力。

唐代的湖州文学，无论是在数量上，还是在质量上，都达到了前所未有的高度。唐代湖州的文学家以他们的创作和杰出作品引领湖州文学向更广阔的天地进军。这时期的湖州文学，在诗歌、散文、小说等各个方面全面拓展和精进，文人辈出，精品迭现。湖州第一次以东南文学重镇的姿态出现在中国文学史上。

唐代的湖州文学，出现了文学家和文学作品的第一次"井喷"，众星云集，闪耀文坛。这其中，有以诗名世的钱起、孟郊、钱珝，诗论大家皎然，小说名家沈亚之。此外，还有学者型作家徐坚、名列"吴中四士"的包融、名列《箧中集》之首的沈千运和杰出女诗人李冶，等等。钱起、孟郊、皎然、沈亚之、钱珝五人不仅是湖州文学史上的名家，也是中国文学发展史中颇为知名者，对中国古代文学的繁荣和发展起到了一定的推动作用。为明其卓越的贡献和功绩，本章将以独立小节的方式对其加以重点介绍。除这五人以外，现将唐代湖州文坛其余名家的创作与功绩概述于下。

徐坚（约659~729年），字元固，长城（今湖州长兴）人，少时即勤奋好学，博览群书，进士及第后，曾任太子文学、左散骑常侍、黄门侍郎等。《全唐诗》卷一百七徐坚小传载录其生平事迹甚详：

> 徐坚字元固，湖州人，举进士。圣历中，为东都留守判官，专主表奏。王方庆称为掌纶诰之选，杨再思亦曰："此凤阁舍人样。"与徐彦伯、刘知几、张说同修《三教珠英》构意撰录，具有条流。书成，迁司封员外郎。中宗时，为给事中。睿宗朝，自刑部侍郎拜散骑常侍。开元中，改丽正书院为集贤院，以坚为学士，副张说知院事。坚多识典故，前后修撰格式氏族及国史等。凡七入书府，又讨集前代文词故实，为《初学记》。坚与父齐聃俱以词学著闻。长姑为太宗充容，次姑为高宗婕妤，并有文藻。议者方之汉世班氏。集三十卷，今存诗九首。

徐坚颇有学问，乃是一学者型文人，因修撰《初学记》而名声大噪。《全唐诗》小传云其有集三十卷，可见当时著述颇多，然现在很多已经散佚，非常可惜。徐坚的文学作品，现在能见到的仅有《全唐诗》所收录的九首诗歌和收录在《全唐文》卷二百七十二中的《论刑狱表》《请祔中宗表》《请停募关西户口疏》《先祭后燔议》《答王方庆问制服书》《唐故右骁卫大将军上柱国金河郡开国公裴公（索）墓志铭》和收录在《唐文拾遗》卷十七中的《救韦月将疏》这七篇散文。

　　从徐坚现存的九首诗歌来看，除了一些歌功颂德、美化奉承的应制奉和之作因缺乏真情实感而艺术成就不高之外，一些写景、送别之作写得颇为成功。且看其《饯许州宋司马赴任》一诗：

　　　　旧许星车转，神京祖帐开。断烟伤别望，寒雨送离怀。辞燕依空原，宾鸿入听哀。分襟与秋气，日夕共悲哉。

　　这首诗用"断烟""寒雨"这样的凄寒意象渲染了送别时气氛的悲凉，用"辞燕依空"和"宾鸿"哀鸣来述说朋友的远行和自己的忧伤，颇有意境。

　　徐坚诗中最为知名的乃是《棹歌行》一诗：

　　　　棹女饰银钩，新妆下翠楼。霜丝青桂楫，兰栧紫霞舟。水落金陵曙，风起洞庭秋。扣船过曲浦，飞帆越回流。影入桃花浪，香飘杜若洲。洲长殊未返，萧散云霞晚。日下大江平，烟生归岸远。岸远闻潮波，争途游戏多。因声赵津女，来听采菱歌。

　　这首诗生动地描绘了江南船家女的生活，语言流畅，风格俊美。特别是"影入桃花浪，香飘杜若洲"两句，颇为精致、传神，李商隐《拟意》诗"濯锦桃花水，湔裙杜若洲"两句就是从他这化用的。

　　包融，生卒年不详，玄宗开元年间曾任大理司直。包融乃开元、天宝间著名的诗人，与当时著名诗人贺知章、张若虚、张旭一起并称为"吴中四士"。《新唐书·包佶传》载："父（包）融，集贤院学士。与贺知章、张旭、张若虚有名当时，号'吴中四士'。"梁肃《秘书监包府君集序》一文盛赞包融："以文藻盛，名扬于开元中。"包融之子包何、包佶亦工，父子三人被时人称为"三包"，声名远播。辛文房《唐才子传》卷二《包融传》云："（包融）二子何、佶，纵声雅道，齐名当时，号'三包'。"包融诗作颇多散佚，《全唐诗》仅存诗八首。

包融《登翅头山题俨公石壁》一诗描绘湖州的日出之景与诗人观日出之心情，很有特色：

> 晨登翅头山，山瞳黄雾起。却瞻迷向背，直下失城市。暾日衔东郊，朝光生邑里。扫除诸烟氛，照出众楼雉。青为洞庭山，白是太湖水。苍茫远郊树，倏忽不相似。万象以区别，森然共盈几。坐令开心胸，渐觉落尘滓。北岩千余仞，结庐谁家子。愿陪中峰游，朝暮白云里。

这是一首题壁诗。依照时间推移的顺序，诗人描写了登上翅头山所见到的日出前和日出后的不同风光。因为诗人站得高，所以望得远，景象苍茫，境界开阔。诗歌最后因景抒情，自然妥帖。

下面这首《阮公啸台》是包融怀古诗的佳作，借对阮籍的吟咏抒发自己追慕古贤者的情怀：

> 荒台森荆杞，蒙笼无上路。传是古人迹，阮公长啸处。至今清风来，时时动林树。逝者共已远，升攀想遗趣。静然荒榛门，久之若有悟。灵光未歇灭，千载知仰慕。

阮公啸台，即广武台，阮籍曾登临吟啸以抒发内心愁苦。包融虽生活在大唐王朝，比阮籍的时代好很多，但他一生沉沦下僚，也是抑郁不得志，所以，他的内心有和阮籍相通之处。这首诗虽然是表达对阮籍的缅怀，但实际上是"借他人之酒杯，浇自己心中之块垒"，表达的是自己的愁怀。

沈千运（约701~760年），吴兴人，乃盛唐时期湖州颇为知名的诗人。《全唐诗》所载沈千运小传云：

> 沈千运，吴兴人，家于汝北。为诗力矫时习，一出雅正。王季友、于逖、孟云卿、张彪、赵征明、元季川皆其同调也。乾元中，季川兄结尝编七人诗为《箧中集》，千运为之冠。

辛文房《唐才子传》评价沈千运云："工旧体诗，气格高古，当时士流皆敬慕之，号为'沈四山人'。"《全唐诗》收录沈千运诗仅五首，看不到当时"为《箧中集》之冠"的盛况,可见其诗歌也多散佚。沈千运曾多次参加科举考试,但每次都名落孙山,仕宦的无望让他产生了回归田园的怀想。其《濮中言怀》一诗就是这种思想的反映:

圣朝优贤良,草泽无遗匿。人生各有命,在余胡不淑?一生但区区,五十无寸禄。衰退当弃捐,贫贱招毁讟。栖栖去人世,屯蹶日穷迫。不如守田园,岁晏望丰熟。壮年失宜尽,老大无筋力。始觉前计非,将贻后生福。童儿新学稼,少女未能织。顾此烦知己,终日求衣食。

"人生各有命,在余胡不淑?"自己为什么就找不到人生的淑达之道呢?诗人感到深深的困惑。"一生但区区,五十无寸禄",到了五十岁还没有一官半职,诗人感到深深的失落。既然不能以"达"来"兼济天下",那就用归隐来"独善其身"吧,"不如守田园,岁晏望丰熟"。回归田园,何尝不是一种人生选择呢?

由于一生蹭蹬,仕宦无门,长期的下层生活让沈千运深深地体味到亲情和友情的可贵。下面这首《感怀弟妹》就是他表达亲情的诗歌的代表:

今日春气暖,东风杏花拆。筋力久不如,却羡涧中石。神仙杳难准,中寿稀满百。近世多夭伤,喜见鬓发白。杖藜竹树间,宛宛旧行迹。岂知林园主,却是林园客。兄弟可存半,空为亡者惜。冥冥无再期,哀哀望松柏。骨肉能几人,年大自疏隔。性情谁免此,与我不相易。唯念得尔辈,时看慰朝夕。平生兹已矣,此外尽非适。

人世沧桑,"骨肉能几人",唯有亲情是最可贵的。"唯念得尔辈,时看慰朝夕",能与弟妹们经常见见面,对诗人而言,已经足以慰藉了,因为"兄弟可存半,空为亡者惜",对于亡者,想要相见已是不可能了。整首诗语言素朴无华,但情感却非常真挚感人。

《赠史修文》是沈千运抒写友情的一首诗,其中也浸润着作者人生困顿、惆怅失意的情怀:

故人阻千里,会面非别期。握手于此地,当欢反成悲。念离宛犹昨，俄已经数期。畴昔皆少年，别来鬓如丝。不道旧姓名，相逢知是谁。曩游尽蹇骞，与君仍布衣。岂曰无其才，命理应有时。别路渐欲少，不觉生涕洟。

"曩游尽蹇骞，与君仍布衣"，一种与朋友惺惺相惜、对命运不公的愤然情感跃然纸上。

时人称沈千运为"沈四山人"，是和他回归田园分不开的。他晚年归隐，过着平静、恬淡的生活。下面这首《山中作》就是他隐居生活的真实写照：

栖隐非别事，所愿离风尘。不辞城邑游，礼乐拘束人。迩来归山林，庶事皆吾身。何者为形骸，谁是智与仁。寂寞了闲事，而后知天真。咳唾矜崇华，迂俯相屈伸。如何巢与由，天子不知臣。

元结《箧中集序》评价沈千运为"以正直而无禄位""以忠信而久贫贱"，谓其诗歌"独挺于流俗中，强攘于已溺之后"，这是很高的评价。

严恽（？~870年），字子重，吴兴人，曾多次应举，皆落第。严恽与杜牧交好，彼此有诗唱和。《全唐诗》严恽小传云："严恽，字子重，吴兴人。举进士不第，与杜牧游。"严恽诗歌大多散佚，《全唐诗》仅存其《落花》一首：

春光冉冉归何处，更向花前把一杯。尽日问花花不语，为谁零落为谁开。

从诗题"落花"即可看出，这是一首伤春之作。诗人写得细腻、柔婉，"尽日问花花不语，为谁零落为谁开"两句尤为精警。杜牧曾和诗一首，南唐词人冯延巳《蝶恋花》词"泪眼问花花不语"一句也是受此诗影响。《全唐诗》卷五百二十四载录杜牧《和严恽秀才落花》一诗，诗云："共惜流年留不得，且环流水醉流杯。无情红艳年年盛，不恨凋零却恨开。"韵脚相同。两诗相比，显然严恽之作要略胜一筹。

钱珝，字瑞文，湖州长兴人，晚唐湖州著名诗人。钱珝是中唐著名诗人钱起的曾孙，亦长于诗歌创作，晚唐时即有诗集流传。钱珝一生辗转南北，仕途颇为坎坷。钱珝诗歌的代表作是唐昭宗光化三年（900年）贬为抚州司马途中所作的《江行无题一百首》。这一百首诗歌皆为五言绝句，是晚唐五言组诗的代表，主要抒写贬谪途中的所见所感、所思所怀，内容丰富，题材多样。从内容上说，这组诗可以分为"表达思乡之情""抒发羁旅行役之愁""描写旅途之景"和"揭露晚唐社会凋敝的现实"四个部分。表达思乡之情的作品如："渐觉江天远，难逢故国书。可能无往事，空食鼎中鱼。""佳节虽逢菊，浮生正似萍。故山何处望，荒岸小长亭。"抒写羁旅行役之愁的作品如："好日当秋半，层波动旅肠。已行千里外，谁与共秋光。""秋风动客心，寂寂不成吟。飞上危樯立，啼乌报好音。"描写旅途之景的作品如："新野旧楼名，浔阳胜赏情。照人长一色，江月共凄清。""夕景残霞落，秋寒细雨晴。短缨何用濯，舟在月中行。"揭露晚唐社会凋敝现实的作品如："兵火有余烬，贫村才数家。无人争晓渡，残月下寒沙。""翳日多乔木，维舟取束薪。静听江叟语，俱是厌兵人。"这些诗歌大多风格凄清，意境清寒，体现了身处晚唐社会、面对人生坎坷的诗人内心的凄苦与无奈。虽然诗中没有宏阔的气象和高远的境界，格局也不大，但写得生动感人，颇为不易。

第三节　宋代湖州文学的发展概况

两宋时期的湖州，经济比唐代有了更进一步的发展，城市繁荣，手工业和商业都很发达，人口也比以往有了较大幅度的增加。特别是到了南宋，湖州处在都城临安的经济、文化辐射圈内，获得了前所未有的发展机遇。湖州由于山水清远，环境清幽，在两宋时期又相对比较安定，所以很多知识分子都愿意居于湖州，仕于湖州。

宋代的湖州文学，在诗、词、散文、小说等各个方面都有了长足的发展，出现了一大批在中国文学史上有重要影响的文学家，如张先、刘一止、沈与求、叶梦得、周密、刘述、朱服、叶清臣、葛立方、倪俦、沈瀛、沈端节，等等。

叶清臣（1003~1049年），字道卿，乌程（今浙江湖州）人，天圣二年（1024年）进士及第，历官光禄寺丞、集贤校理、翰林学士、权三司使、侍读学士、河阳知州等，卒赠左谏议大夫。叶清臣词以《贺圣朝》最为有名：

> 满斟绿醑留君住，莫匆匆归去。三分春色二分愁，更一分风雨。花开花谢，都来几许。且高歌休诉。不知来岁牡丹时，再相逢何处。

这首词的风格哀婉低回，颇为感人。"三分春色二分愁，更一分风雨"两句写景抒情颇佳，苏轼《水龙吟》"春色三分，二分尘土，一分流水"可能就是受这首词的影响。

朱服（1048～?），字行中，乌程（今浙江湖州）人，熙宁六年（1073年）进士及第，历官国子司业、起居舍人、中书舍人、礼部侍郎等。

《全宋诗》录存朱服诗十三首和数则断句。这十三首诗包括行旅、咏怀、咏史、咏物等多种类型，可见其诗歌题材之丰富性。从朱服现存的诗歌来看，其诗风是萧散淡雅的。此举朱服吟咏梅花诗一首，以见其诗歌风貌之一斑：

> 幽香澹澹影疏疏，雪虐风飞亦自如。正是花中巢许辈，人间富贵不关渠。（《梅花》）

本诗对梅花的清雅和高洁进行了赞美，将梅花比作巢父和许由这类隐士，其实也间接透露出对那些隐居的高洁之士的称赞。

朱服之词，仅存《渔家傲·东阳郡斋作》一首：

> 小雨纤纤风细细，万家杨柳青阳里，恋树湿花飞不起。愁无际，和风付与东流水。 九十光阴能有几，金龟解尽留无计，寄语东阳沽酒市。拼一醉，而今乐事他年泪。

上阕写小雨湿花，表达春愁无际；下阕慨叹仕途多艰，表达以酒消愁之意。情感哀婉而悲凉。

叶梦得（1077～1148年），字少蕴，因隐居于湖州弁山之石林谷，故自号为"石林居士"。叶梦得藏书甚富，著述也颇多，曾著有《石林总集》一百卷，现已散佚。陈振孙《直斋书录解题》著录叶梦得有《石林居士建康集》十卷，乃叶梦得任江东安抚大使兼知建康府时的诗文著述，现仅存八卷。除此之外，叶梦得传世的著述还有《春秋传》《春秋考》《石林燕语》《避暑录话》《岩下放言》《石林诗话》《石林词》等。叶梦得是宋代名臣，历官颇多，《宋史》卷四百四十五为其立传。

叶梦得是位全能型的作家，诗、词、文皆擅长。其诗歌以表达隐居情怀的闲澹悠然之作为佳。且看《怀西山》一诗：

> 西山十亩强，高下略不齐。嵌空抱奇秀，上有凌云梯。架屋八九间，茅檐敢辞低。所欲面势好，老稚通扶携。密竹转修径，老松故成蹊。仲冬景气肃，碧草犹萋萋。仰视天宇大，四观渺回溪。徐行信足力，未畏成颠跻。周意各有适，孰云无町畦。平生几濡首，末路乃噬脐。不作巢幕燕，肯从触藩羝。胡为滥麈钺，坐听鸣鼓鼙。外物委虫臂，全生思马蹄。可能三径草，归路老更迷。

密竹修径、老松下蹊、萋萋碧草、渺渺回溪，徜徉其间，无拘无束，徐行信步，可仰观天宇，俯瞰溪流，诗人感到无比的惬意与欢欣。

其《西斋初成廨中旧有太湖石数十株因植之庭下》一诗表达的情感亦是如此：

> 万壑千岩不易求，壶中聊寄小瀛州。稍看碑兀云峰出，便有檀栾桂树幽。绝境自知难遽忘，奇踪争怪独能留。山翁已老犹儿戏，漫拟伸眉一散愁。

"万壑千岩不易求"，有一清幽之地可供隐居足矣。所居之地，可看云峰碑兀，亦有檀桂清幽。融入其中，诗人感到无比轻松、自在，难怪他要"漫拟伸眉一散愁"了！

叶梦得词作的代表是其描写弁山秋色的《水调歌头》一词：

> 秋色渐将晚，霜信报黄花。小窗低户深映，微笑路绕欹斜。为问山翁何事，坐看流年轻度，拚却鬓双华？徒倚望沧海，天净水明霞。
> 念平昔，空飘荡，遍天涯。归来三径重扫，松竹本吾家。却恨悲风时起，冉冉云间新雁，边马怨胡笳。谁似东山老，谈笑净胡沙。

这首词应该是叶梦得晚年归隐弁山时所作，描绘了一幅生动、美丽的《弁山暮秋图》，表达了作者归隐之后的惬意情怀，"归来三径重扫，松竹本吾家"。

《全宋文》共收录叶梦得文二十三卷,可见其散文的数量是非常多的。叶梦得的散文不仅数量多,类型也多,举凡奏议、书启、序跋、表、记、论、赞、墓铭,等等,都有涉及。叶梦得的散文往往说理明晰,行文雅净、通畅,清代四库馆臣评价其文章成就云:"文章高雅,犹存北宋之遗风。南渡以后,与陈与义可以肩随。尤、扬、范、陆诸人皆莫能及。"(《四库全书总目提要·建康集》)可见,叶梦得文章的艺术成就还是很高的。此处仅举《绅书阁记》一文为例,以见叶梦得散文创作之特色及风格:

> 孔子曰:"仕而优则学,学而优则仕。"古之君子未尝一日不学也。故传记告高宗亦曰:念终始,典于学。而譬学于殖,不殖将落者,原伯鲁之所忧也。建康承平时,号文物都会。绍兴初,为守官,大兵之后,屯戍连营,城郭郁为榛莽,无复儒衣冠。盖尝求《周易》,无从得。于是凛然,惧俎豆之将坠,勉营理学校,延集诸生,得军赋余缗六百万,以授学官,使刊六经。后七年,余复领留钥市廛,五方杂居,生聚之盛。虽非前日比,然询汉唐诸史,尚未也。顾余老,且荒废,亦安所事简策。念汉初去孔子时尚未远,一更秦乱,而书亡五十一篇,诗亡六篇,《周礼·冬官》尽亡。经且如是,而况其他屋壁之藏,幸得保有余,其至于今尚存者,学士大夫相与扶持传习之效也。今四方取向所亡散书,稍稍镂板渐多,好事者宜当分广其藏,以备万一。公厨适有羡钱二百万,不敢他费,乃用遍售经史诸书,凡得若干卷。厅事西北隅有隙地三丈有奇,作别室,上为重屋,以远卑湿,为之藏,而著其籍于有司。退食之暇,素习未忘,或时以展诵,因取太史公金匮石室之意,名之曰"绅书阁",而列其藏之目于左右。后有同志,日增月益之,愈久当愈多,亦足风示吾僚,使知仕不可不勉于学。干戈将息而文治兴,有民人社稷者,亦皆思读书,无重得罪于吾先君子之言云。

全文篇幅不算长,但信息量不少,叙述清晰,条理井然,将建立绅书阁的原因、目的、期望等交代得非常清楚。行文明晰而顺畅,情感诚恳而真挚。

沈与求(1086~1137年),字必先,一字和仲,德清人,是两宋之交著名的政治家，也是湖州文坛上一位卓有成就的文学名家；著有《龟溪集》十二卷，其中，诗有三卷，包括一卷古体之作、两卷近体之作，文有九卷，包括"制""表""奏状""启""碑""记""赞""铭""赋""行状""祭文"等多种文体。

葛立方（？~1164年后），字常之，自号懒真子，绍兴八年（1138年）进士及第，历官秘书正字、秘书省校书郎、中书舍人、吏部侍郎等，著有《韵语阳秋》二十卷。

葛立方词集名为《归愚词》。其词大多纡徐委备，淡雅自然。且看其《满庭芳》一词：

> 栗里田园，乌衣门巷，别来几换星霜。华阳仙窟，翠竹彩衣香。梦堕当涂风月，披绛帐，欲指鳣堂。浮鸥外，来宁老子，特泛雪溪航。
> 相逢。春正好，梅舒香白，柳曳宫黄。且相将一笑，乐未渠央。须念离多会少，难轻免，百盏霞浆。深深劝，舞回飞雪，乐奏小宫商。

这首词写到了湖州风光，表达了对家乡风物的赞美和依恋，细细倾诉，娓娓道来，没有急管繁弦，让人感到一种平淡素净之美。

倪偁（1116~1172年），字文举，号绮川。绍兴八年（1138年）进士及第，历官常州教授、太常寺主簿、太常博士等。倪偁词集名为《绮川词》，《全宋词》录存其词三十三首。倪偁的许多词注重对湖州风物的描摹和表现，比如下面这首《南歌子》：

> 积水凝深碧，斜阳散满红。扁舟轻漾白蘋风。曲港孤村萦绕、路相通。　野色浮尊净，荷香入座浓。胜游聊复五人同。恰似辋川当日、画图中。

这首词生动地描绘了作者在日暮之时扁舟轻漾白蘋洲所见到的美丽风光。碧水斜阳，曲港荷香，作者似乎游览在图画中。景色恬静而秀美，作者轻松而怡然，一种对故乡的热爱之情荡漾在词中。

同样的词还有下面这首《蝶恋花》：

> 长羡东林山下路。万叠云山，流水从倾注。两两三三飞白鹭。不

须更觅神仙处。夜久望湖桥上语。欸乃渔歌,深入荷花去。修竹满山梅十亩。烦君为我成幽趣。

东林山坐落在湖州东林乡境内,在历史上颇为有名。词描写东林美景,高下相谐,动静成趣,颇具感染力。

和前面两首雅静秀逸的写景词不同,倪偁下面这首描写弁山暴雨的词就显得壮阔飞动,很有气势:

昨夜狂雷怒,鞭起卞山龙。怪见朝来急雨,万木偃颠风。试看潭头落涧,一片练波飞出,河汉与天通。向晚余霏落,巾已垫林宗。向高岩,凭曲槛,抚孤松。为雕好句,快倾桑落玉壶空。借问庐山三峡,与此飞流溅沫,今日定谁雄。乞与丹青手,写入紫微宫。(《水调歌头》)

整首词想象奇特,气势飞动,风格豪迈,境界壮阔,显示了倪偁词的另一面。

沈瀛,字子寿,号竹斋,吴兴人。宋高宗绍兴三十年(1160年)进士及第,历官国子司录、枢密院编修、梧州知州、江州知州、江东安抚使司参议等。沈瀛是宋代湖州重要词人,著有《竹斋词》,《全宋词》共录存其词九十首,是存词较多的宋代湖州词人之一。

沈瀛的词题材广泛,举凡写景、咏物、抒怀、咏史等不同方面,皆有涉及。下面这首《念奴娇》就是一首写景和咏史的佳作:

郊原浩荡,正夺目花光,动人春色。白下长干佳丽最,寒食嬉游人物。雾卷香轮,风嘶宝骑,云表歌声遏。归来灯火,不知斗柄西揭。
六代当日繁华,幕天席地,醉拍江流窄。游女人人争唱道,缓缓踏青阡陌。乐事何穷,赏心无限,惟惜年光迫。须臾聚散,人生真信如客。

词之上阕写南京郊外的春日丽景以及人们出游的热闹和喧哗,下阕笔锋一转,由现实的热闹场景联想到南京在历史上曾经经历的繁华和热闹,"六代当日繁华,幕天席地,醉拍江流窄",当年六朝的繁华,现在又在哪里呢？"须臾聚散，人生真信如客"，在历史的长河中，人只不过是一个过客，聚散须臾。词人由现实想到历史，引入对人生的思考，从而使整首词有了深度。

当然，沈瀛写景咏史之作中更为有名的还是下面这首《满江红·九日登凌歊台》词：

> 姑孰名邦，黄山畔、古台巍立。秋渐老、重阳天气，郊原澄碧。隐隐西州增远望，长江一带平如席。怅英雄、千古到如今，空遗迹。
> 吴太守，文章伯。寻胜事，酬佳节。拥笙歌千骑，遍游南陌。襟带江城当一面，折冲千里无强敌。更行看、击楫溯中流，妖氛息。

凌歊台在安徽当涂县西面，为南朝刘裕所建。绍兴三十一年（1191年）秋，虞允文指挥军队在当涂县采石矶大败金兵，令许多人为之振奋。登上凌歊台的沈瀛感慨万分，于是写下了这首词，希望南宋朝廷能够出现像"中流击楫"的祖逖那样的将领，带兵北伐，收复故地。整首词空阔而苍凉，集中体现了沈瀛的爱国情怀。

沈瀛的咏物词也颇有特色。在他的咏物词中，有几首吟咏荷花的词作，精致而传神，很有艺术感染力。此举一首：

> 荷花含笑调薰风，两情著意尤浓。水精栏槛四玲珑，照见妆容。醉里偷开盏面，晓来暗坼香风。不知何事苦匆匆，飘落残红。（《画堂春·风中荷花》）

这首词描写荷花在风中的娇美之态，将其想象成一位娇羞的美女，富有神韵。

沈瀛晚年归隐家乡湖州，过着怡然安闲的生活，心态平和而欣喜，这从他的《满江红·半世飘蓬》词里就可以充分读到。词云：

> 半世飘蓬，今何幸、得归乡曲。却还似、重来燕子，认巢新屋。好是秋晴风日美，饭香云子炊如玉。念蟹螯、满把欲黄时，篘新绿。
> 仍更有，初开菊。何妨更，重添竹。与此君相对，且无荣辱。待得吾庐三径就，此生素愿都齐足。任三竿、红日上檐梢，眠方熟。

词风平淡而素净，字里行间充满了词人身心彻底皈依的安然和喜悦之情。

沈瀛留存下来的诗歌很少，《全宋诗》仅收录其《石人》诗一首，诗题下小注云："在德清县南戴巷，邑人呼为石人头。"这是一首描写德清风物的诗：

> 检点行程岁岁同，石人头畔且从容。向来奉口溪边月，此夜乾元寺里钟。

沈端节，生卒年不详，字约之，吴兴人，乃南宋湖州词坛重要词人，著有《克斋词》一卷。《全宋词》录存其词四十五首。《四库全书总目提要·克斋词》评价沈端节词云："吐属婉约，颇具风致，固不以《花庵》《草堂》诸选不见采录减价矣。"由此可知，沈端节词风以婉约为主。且看其《卜算子》一词：

> 客里见梅花，独赏无人共。风度精神总是伊，又是归心动。把酒破忧端，熏被寻佳梦。梦觉香残一味寒，有泪都成冻。

词由独赏梅花触发自己羁旅行役的孤独之感，情感哀婉，意境凄清，让人为之动容。

沈端节词多有佳篇，比如下面这首《念奴娇》：

> 寻幽览胜，凭危栏、极目风烟平楚。自笑飘零惊岁晚，欲挂衣冠神武。芳甸时巡，醉乡日化，庭实名花旅。阆风蓬顶，自来不见烽戍。
> 宴罢玉宇琼楼，醉中都忘却，瑶池归路。俯瞰尘寰千万落，渺渺峰端栖雾，群玉图书，广寒宫殿，一一经行处。相羊物外，旷怀高视千古。

这首词情景交融，表达了对不见烽戍、没有战争的仙界生活的羡慕，含蓄委婉地批判了词人所生活的南宋现实社会。

相对于词而言，沈端节的诗散佚颇多，《全宋诗》仅存其诗四首，此外，还有一联断句。《全宋诗》所收录的四首诗歌，皆为沈端节吊挽张孝祥的作品，可见其与张孝祥之间情谊颇深。兹录一首，以见沈端节诗歌风格之一斑：

> 十年帅越倦驰驱，适意方谋一壑居。贾谊有才终太傅，薛收无寿处中书。伤心风月江山在，过隙光阴梦幻虚。红紫飘零春色尽，后凋松柏独萧疏。（《挽于湖》）

诗题中的"于湖"就是张孝祥。张孝祥字安国，号于湖居士，南宋著名爱国词人。诗歌对张孝祥的才华和业绩进行了赞颂，对其逝去表示了哀挽。诗人认为，张孝祥有贾谊之才、薛收之功，但官位不显，享年不永，故而深表慨叹。

第四节 元代湖州文学的发展与概况

元朝建立之初，许多遗民文人怀着对故国的眷恋和对元朝统治的不满，纷纷归隐，走向山林，出现了一批遗民隐逸诗人，如钱选、龟溪二隐、朱嗣发等。故而，元代前期的湖州文学以反映隐逸生活和表达故国之思占了很大比例。元代的湖州文坛，赵孟𫖯及其家族成员的创作是一个值得关注的现象，赵孟𫖯的家族成员中，其妻管道升、妻姐管道杲、其子赵雍、侄赵由俊、婿王国器、外孙王蒙、弟赵孟吁等都是当时湖州文坛上的著名人物。除赵氏家族的创作外，元代湖州文坛的名家还有钱选、姚式、朱晞颜、郯韶、韦居安、沈禧、张翌、沈梦麟、张以仁、黄蚧等。

钱选，字舜举，号玉潭，别号习懒翁、霅川翁、清臞老人，吴兴人。钱选在当时颇有诗名，著有诗集《习懒斋稿》。《吴兴备志》卷十二载："赵子昂、王子中、牟应龙、肖子中、陈天逸、陈仲信、姚式、钱选，皆能诗，号'吴兴八俊'。"钱选名列于"吴兴八俊"，可见其诗歌创作在当时还是颇受认可的。

除了诗名卓著外，钱选还是元代著名画家，《浙江通志》卷一百七十九载："（钱选）善画，用笔高者至与古人无辨。尝借人《白鹰图》临摹，装池以所临本归之，主人弗觉也。赵文敏早岁从之，问画法。文敏入朝，诸人皆附以取官爵，选独龃龉不合。流连诗画以终其身。"钱选的诗以题画或咏画之作为主，这是他融通和兼善诗、画两种艺术的最好体现。且看下面

两首诗:

> 瞻彼南山岑,白云何翩翩。下有幽栖人,啸歌乐徂年。丛石映清沘,嘉木澹芳妍。日月无终极,陵谷从变迁。神襟轶寥廓,兴寄挥五弦。尘影一以绝,招隐奚足言。(《题浮玉山居图》)
> 山色空蒙翠欲流,长江清澈一天秋。茅茨落日寒烟外,久立行人待渡舟。(《题秋江待渡图》)

以诗来摹写画面,融诗画于一体,不仅写出了画面之景,还传达出画之神韵,很是不简单。

钱选的写景诗亦富特色,且看其描写春日之景的佳作:

> 晴日溪光动草堂,两峰浮翠瞰沧浪。独挥羽扇成何事,更叹芒鞋为底忙。一水澄清鱼避影,万红狼藉蝶分香。东风自是无情物,白日杨花莫漫狂。(《春暮》)

这首诗写得秀丽而灵动,将春日美丽之景与诗人在春日中的欣喜心情生动地传达了出来,特别是"一水澄清鱼避影,万红狼藉蝶分香"一联,对仗工整,写景传神,很见功力。

姚式,字子敬,号筠庵,归安人,曾任绍兴和锡山两地儒学教授。姚式是元代湖州诗坛重要诗人,诗名亦列"吴兴八俊"之中,为赵孟頫所推崇。《吴兴备志》卷十二载:"赵子昂尝谓人曰:'姚子敬天资高爽,相见令人怒,不见令人思。'又赠诗云:'吾爱子姚子,风流如晋人。白眼视四海,清言无一尘。'其为子昂敬畏如此。"

姚式的诗歌简洁流畅,语言朴素,有着平淡真诚之美。这种风格从下面两首题画诗中可见一斑:

> 问君何许水边村,亦有扁舟乘兴人。无限好山茅屋外,他年倘许我为邻。(《题息斋居士画钱德钧水村图》)
> 夜月参差秀影,天风浮动繁香。仿佛钗横鬓乱,恼人不减红妆。(《题子昂墨梅图》)

郯韶，字九成，吴兴人，自号云台散吏，又号苕溪渔者。清人顾嗣立《元诗选》于作者小传部分介绍颇详："（郯）韶，字九成，吴兴人。好读书，慷慨有气节。至正中，尝辟试漕府掾，不事，奔竞。澹然以诗酒自乐，自号'云台散吏'，又号'苕溪渔者'。日往来于玉山，与诸君相唱和。素不善画，偶捉笔为山水图，辄烂漫奇诡，坐客咸啧啧称叹。作诗务追开元、大历之盛。杨铁厓称其格力与北州李才辈相上下。"

郯韶诗歌题材丰富，题画、酬赠、写景、咏怀等方面皆有涉及，且各具特色。特别是他的写景诗，清新流畅，很值得一读：

江水飞花作雪轻，月明似入剡溪行。可怜一夜天涯雨，又听春潮打橹声。(《过渔浦》)

莫泊兰陵郡，朝过绿野庄。飞花渡江阔，垂柳荫门长。扫地春阴合，梳头荷气凉。几时重著屐，来此话沧浪。(《题宋氏绿野庄》)

这两首诗写景秀逸而明净，意境疏朗，很具特色。

郯韶还作有《西湖竹枝词》六首，生活气息浓郁，清新可爱，也是难得的佳作。现择其二首，录之于下：

十五女儿罗结垂，照水学画双娥眉。长桥桥下弯弯月，偏向侬家照别离。

妾家西湖住横塘，门前杨柳万条长。冯郎醉后莫折断，留待重来系马缰。

韦居安，生卒年不详，号梅磵，吴兴人，著有《梅磵诗话》。《宋诗纪事》卷六十八略载其生平云："（韦）居安，吴兴人，宋季进士，司纠三衢。著《梅磵诗话》。景定壬戌，得数椽于城南慈感渡侧，询之，故老云：'距贾耘老水阁旧址不远'。因作五言八句：卜居求静处，喜傍碧溪湾。隔岸高低柳，当轩远近山。天开图画久，人共水云闲。闻说贾耘老，旧曾居此间。"景定壬戌即理宗景定三年（1262年），"慈感渡"即潮音桥所在之地。潮音桥在明嘉靖十八年（1539年）以前是个渡口，名潮音渡。潮音渡原名慈感寺渡，即《宋诗纪事》所言之"慈感渡"。

韦居安有一首描写湖州风光、表达隐逸情怀的《摸鱼儿》词，颇为雅丽婉转，很有情致：

> 绕苕城、水平波渺，双湖遥睇无际。就中唯有鱼湾好，占得西关佳致。杨柳外、羡泛宅浮家，当日玄真子。溪山信美，叹陈迹犹存，前贤已往，谁会景中意。　萧闲甚，筑屋三间近水。汀洲香，泛兰芷。清风明月知多少，肯滞软红尘里。垂钓饵，这春水、生时剩有桃花鳜。烦襟净洗，待办取轻蓑，来分半席，相对弄清泚。

"当日玄真子"指唐代著名隐士、文学家张志和，"就中唯有鱼湾好"的"鱼湾"，为张志和当年苕溪垂钓处。词上阕怀古，表达对前贤隐者的追慕情怀；下阕抒情，表达对家乡苕溪美景的热爱和对隐居生活的赞美。

"龟溪二隐"乃是指李彭老、李莱老兄弟。李彭老，字商隐，号筼房；李莱老，字周隐，号秋崖。因二人曾隐居龟溪，故诗人以"龟溪二隐"称之。周密《浩然斋雅谈》卷下载："秋厓李莱老，与其兄筼房竞爽，号'龟溪二隐'。"龟溪在今德清县境内，《浙江通志》卷十二"德清县·龟溪"云："龟溪一名孔愉潭，即余不溪之中流也。"

"龟溪二隐"的词风以轻柔婉丽为主，情感细腻，属于南宋姜夔、张炎为代表的清丽婉转一派。现各举一例，以见一斑：

> 正千门系柳，赐宫烛、散青烟。看秀靥芳唇，涂妆晕色，试尽春妍。田田。满阶榆荚，弄轻阴、浅冷似秋天。随处饧香杏暖，燕飞斜轷秋千。　朱弦。几换华年。扶浅醉、落红前。记旧时游冶，灯楼倚扇，水院移船。吟边。梦云飞远，有题红、都在薛涛笺。听绝残箫倦笛，夜堂明月窥帘。（李彭老《木兰花慢》）

> 玉倚风轻，粉凝冰薄，土花祠冷无人。听吹箫月底，传暮草金城。笑红紫、纷纷成雨，溯空如蝶，恐堕珠尘。叹而今、杜郎还见，应赋悲春。　佩环何许，纵无情、莺燕犹惊。怅朱槛香销，绿屏梦渺，肠断瑶琼。九曲迷楼依旧，沉沉夜、想觅行云。但荒烟幽翠，东风吹作秋声。（李莱老《扬州慢·琼花次韵》）

朱晞颜，字景渊，长兴人，著有《瓢泉吟稿》五卷，收入《文渊阁四库全书》。在诗歌创作上，无论是古体还是近体，无论是五言还是七言，也无论是律诗还是绝句，朱晞颜都有不俗的表现。

就题材而言，朱晞颜的写景诗写得大气而俊朗，颇有特色。下面两首诗可以为例：

> 岗势萦回入缭垣，坡陀崇级上攀缘。八窗空阔浑无暑，一罅高寒别有天。隐隐佩环迷洞府，悠悠钟鼓隔山川。我来俯仰嗟陈迹，浪说仙家八百年。(《碧落堂》)
>
> 古驿临官渡，人烟聚一墟。江分南北限，山断圣凡居。落日孤飞鹜，寒潮逆上鱼。乡关何处所，城郭带烟芜。(《瓜洲》)

两首诗表达的情感虽然完全不同，但"八窗空阔浑无暑，一罅高寒别有天"与"江分南北限，山断圣凡居"这样的写景句子都有着磅礴大气的共同特点。

相比而言，诗人在描写家乡风物的时候，就多了一份淡淡的欣喜之情：

> 吴兴山水窟，清远古今闻。水入孤城合，山来别县分。寒川明野烧，晓碓湿溪云。试买乌程酒，微馨透客醺。(《吴兴杂咏》)
>
> 青山缭绕倚丛台，名迹空存尽草莱。岘首有碑空堕泪，门前无客且衔杯。春晴鱼鸟从人乐，日暮牛羊下垄来。相对欲谈今古事，野僧一笑领花开。(《题岘山亭》)

在家乡，除了山水"清远古今闻"以外，还可以享受到"微馨透客醺"的美味乌程酒，感觉到"春晴鱼鸟从人乐"，看到"日暮牛羊下垄来"。这一切，都让诗人感到神往，从而对故乡充满深深的眷恋之情。

朱晞颜的词大多是酬赠、祝颂之作，当然，也有情感真挚的写景抒怀之词。下面这首《过秦楼·客中端午》就是一个代表：

> 水碧纱厨，月圆纨扇，悄悄午窗曾共。祛愁楚艾，照眼安榴，节物把人传送。无奈长昼如年，莺趁吟情，蝶迷乡梦。怅归期多误，暮云凝望，乱愁如茸。谁念我、闷对骚经，慵寻遗谱，冷落赴湘琴弄。醒魂正渴，筒碧初干，买健听人呼粽。不似归来故园，同泛香蒲，频倾春瓮。尽痴儿呆女，齐唱湖楼兴动。

这首词表达了作者在端午时节客居他乡的愁苦与无奈，同时表达了对家乡的深深思念，情感真挚，颇为感人。

沈禧，字廷锡，元代湖州文坛著名词人，生平不详。《全金元词》收录沈禧词五十余首，题材多样，举凡写景、咏物、题画、酬赠、隐逸、祝颂等都有，且各具特色。相较而言，其写景之作成就更为突出，下面这首词可为一例：

> 溪上雨晴天似洗，遥峰几点空濛里。策杖虹桥闲徙倚。当此际，霞光映水浮鲜绮。　最是晚来增好趣，渔歌樵唱堪人耳。唤我浩然吟兴起。风景美，幔亭赤壁徒为尔。（《渔家傲·虹桥晚眺》）

沈禧词在写景方面有自己的特色，即不尚渲染，注重用朴素之笔将原生态的美真实地展现出来。

沈禧有一首描写太湖月色的《清平乐·太湖月波》词，空灵秀逸，有晶莹剔透之美，也很值得一读：

> 秋蟾澄皎，影落波心小。三万六千何渺渺，倒浸玉京琼岛。　姮娥笑倚栏杆，素鸾飞处光寒。唤起谪仙同玩，浩歌击碎狂澜。

第五节　明代湖州文学的发展与概况

明代商品经济的繁荣为小说、戏曲等通俗文学的发展注入了强大的动力，刻书业的发达也在很大程度上推动了文学的繁荣。在诸多有利因素的助推下，明代的湖州文坛迎来了"百花齐放"的盛况，雅文学和俗文学并驾齐驱，都取得了辉煌的成就。

明代的湖州文坛，作家众多，名家辈出，有沈贞、严震直、蔡汝楠、徐中行、顾应祥、骆文盛、陈霆、茅坤、茅维、凌濛初、臧懋循，等等。现择其要者，简单介绍于下。

沈贞，生卒年不详，字符吉，长兴人，自号"茶山老人"，作品集名为《茶山集》（或称《茶山稿》）。《弘治湖州府志》载沈贞生平云："（沈贞）字符吉，长兴人，不乐仕。虽在畎亩，手不释卷。一日，县令欲辟之，先使人觇其意。贞知之,避匿不出。宅傍有井,冬夏原泉涌流不止,溉田数百亩。贞往来吟咏其上,自号茶山老人。有《茶山稿》十二卷行于世。"凌迪知《万姓统谱》卷八十九中亦云:"沈贞,字符吉,长兴人。元末隐居横玉山中,号茶山老人。性介,笃学,博通经史,尤长于诗。安贫乐道,特立独行。所著有《茶山集》十卷。"由此可知,沈贞是元末明初的一位隐逸文人。其隐居之"横玉山",即今长兴观音山。沈贞创作勤奋,著述颇多,《弘治湖州府志》云其"有《茶山稿》十二卷行于世",《万姓统谱》云其"所著有《茶山集》十卷",清人黄虞稷《千顷堂书目》卷十七中则记载有《茶山集》五十四卷;说法不一,无从查证。然有一点可以肯定,那就是沈贞的著述原是不少的。

然沈贞流传下来的作品却不甚多,可见有颇多散佚,非常可惜。清人朱彝尊《明诗综》录存沈贞诗歌十首,其中七首乃模拟《楚辞·九歌》而作之《乐神曲》,另有三首七言律诗。

沈贞的《乐神曲》虽然名为"明鬼神之理、祷祀之意",实则表达的是湖州百姓祈求神灵佑护,祈盼平安幸福的祈福之曲。正如作者所说:"《乐神曲》者,拟《楚辞·九歌》而作也。吴人尚鬼,祀必以巫觋迎送,舞歌登献。其辞亵嫚,禳灾徼福,不知其分,滋黩甚矣。故为此辞,以明鬼神之理,祷祀之意,祛其荒淫之志焉。"且看其中之一首:

> 保我之民兮邑此方,崇其墉兮浚其隍。民不惊兮志定,眷灵修兮作民。命堤杨兮结阴,青青兮蔽林。女墙坚兮有郭,有郭绕洄湾兮,濠归于壑,灵之来兮玄都。扬旗旌兮若荼,陈一豕兮两羭,载斟之兮百壶。城兮隍兮,吾永无虞。

此一首为敬奉城隍的作品,从中可以看出百姓对神灵的敬畏,对平安生活的向往。

沈贞的写景诗清新灵动,注重以心会景,风格秀丽。且看其《桃花坞山行》一诗:

> 青丝玉壶当马提,山花笑压银鞍低。冷雾衮衮袭瑶草,暖风拂拂吹棠梨。诗笔落纸兴不浅,醉眼傲人春自迷。幽禽应笑客狂甚,飞入落红深处啼。

这首诗写诗人行经开满桃花的山坳时所见到的美丽场景,表达了其欣喜之情。"冷雾衮衮袭瑶草,暖风拂拂吹棠梨"一联对仗非常工整,写景也颇有特色。

沈贞写景,非常注重对景物的细致观察,然后进行细致描绘。他不仅能准确地勾勒出外在的景物之貌,也注重传达其内在的神韵之美,故常有佳篇名句。下面这首《湖上》诗就是如此:

远水晴山湖上村,柳花飞雪拥柴门。鱼吹浪沫翻萍叶,鸟浴堤沙糁草根。独老一区扬子宅,谁争三里谢公墩。清吟冷馆无寥赖,皓首空招楚客魂。

"鱼吹浪沫翻萍叶,鸟浴堤沙糁草根"两句细致而生动,非常富有神韵,堪称锦句。

严震直(?～1402年),字子敏,乌程人,官至工部尚书,著有《流芳录》《遣兴集》。《浙江通志》卷一五九载:"(严震直)奉命至广西修兴安灵渠……治陡闸三十有六,修石渠以便行者,通石函以利灌溉,凿去江滩碍舟之石,自是往来无虞,工不重举,役不苟作。归奏,太祖喜曰:广西堤塘,昔久不成,今老严成此巨功,朕授任得人矣。"由此可知,严震直曾有赴广西修筑堤塘之举。故其诗作中有不少描写广西风物的作品,下面两诗即是一例:

夜泊梧州江水边,九疑山下水连天。南巡帝辇今何在,万壑松萝锁翠烟。(《泊梧州》)

绣豸金貂出凤池,垂杨到处挂晴丝。云行驿路闲芳杜,雨润山城长荔枝。高灿烛花明更远,浅斟桂酒醉应迟。孤衷耿耿难移枕,坐待鸡人报晓时。(《广西道中》)

严震直留存下来的词作很少,《全明词》仅录存其《柳梢青》词一首:

峻岫排云。层峦喷雪,漱玉声闻。势泻银河,光飘匹练,白滢花纹。 崖头百尺沄沄,水晶帘、高挂晴曛。一泓澄泐,清沁冰壶,又许谁分?

这首词生动地描写了瀑布飞泻之景。作者从形、声、势、态等多个方面着笔,以喷雪之形、漱玉之声、银河飞泻之势、匹练光飘之状来描摹瀑布,非常生动形象,很有艺术美感。

闵珪(1430~1511年),字朝瑛,乌程人,天顺八年(1464年)进士及第,历官御史、江西副使、广东按察使、右佥都御史、广西按察使、右副都御史、刑部右侍郎、右都御史、南京刑部尚书、刑部尚书等,卒赠太保,谥"庄懿",乃明朝一代名臣,著有文集十卷。闵珪的诗歌,以《题玩芳亭》一首颇为知名。诗云:

群芳掩映草亭虚,知是元龙旧日居。满地绿阴新雨后,一帘香雾午风初。屏开屈戌春无际,人倚阑干画不如。容我数来闲坐久,爱临流水看芙蕖。

写景清新秀逸,特别是"满地绿阴新雨后,一帘香雾午风初"一联,颇为生动,表达了一份优雅而惬意的情怀。

顾应祥(1483~1565年),字惟贤,号箬溪,长兴人,精于算学,著有《归田诗》四卷。顾应祥的诗歌,较多地描写家乡湖州的风物。比如下面这首描写其登道场山眺望太湖壮丽风景的诗:

天风阻舟岘山麓,促我来游道场谷。平生览胜兴独豪,飞步宁愁病双足。松山郁郁云漫漫,石磴曲似羊肠蟠。忽然谷底天籁发,千岩万壑惊奔湍。层梯历尽浮屠出,俯瞰平湖如广席。湖中七十二峰青,疑有巨灵一挥植。相携何必双绿鬘,白云明月天地间。丈夫适意即仙境,浪说海外三神山。浮世悠悠旦复旦,弹指百年过已半。何如从此谢尘纷,独立丹崖发长叹。(《游道场山登绝顶次东坡韵》)

这首诗描写了道场山的雄奇和登上道场山所见到的太湖的壮丽之景,气势雄伟,风格硬朗、雅健。

顾应祥还有一些写景诗,以表达自己崇尚隐逸的情怀为主,诗风淡雅素净。下面这首《泉石》就是如此:

野人不作繁华梦,只爱山间泉石清。扫处乱云黏帚重,汲来新月注壶明。卧听漱月醒尘耳,坐拂苍苔解宿酲。莫道膏肓已成癖,此中幽趣有谁争。

顾应祥词今存八首,多为人世沧桑的感悟和林泉隐逸情感的表达。其中,较有气象的是下面这首《满江红·李半溪大尹用岳武穆韵作满江红为刘坦翁司空寿,戏次其韵一阕,用呈坦翁》:

扰扰浮生,逐名利、无休无歇。能几个、达观知道,霜清日烈。濯足清苕溪上水,振衣苍弁峰头月。更随缘、说法混渔樵,情亲切。身逾健,头未雪。六根净,三尸灭。守本来面目,原无欠缺。烹炼常成戊己土,补修不用胡芦血。看他时、一鹤破秋空,登天阙。

这首词是次韵祝颂之作。"刘坦翁"即刘麟,因其号"南坦",故称之为"坦翁"。刘麟曾隐居湖州,为"苕溪五隐"之一,曾与多人结社交流,是当时的著名文士。这首词对刘麟高洁的隐逸情怀进行了赞美,同时,相信刘麟他日能够"一鹤破秋空,登天阙",表达了作者的祝福。

顾应祥还有一首回文词《菩萨蛮》,显示了他高超的写作技巧,富有情致:

横溪一带烟凝碧,晴风远映槐庭日,村径曲穿林,芳塘夕度阴。轻凉微动竹,隔圃幽鸣玉。乱风吟午松,疏雨过亭空。

这首词无论是从前往后读,还是从后往前读,都通畅,故谓之"回文"。其写景清新雅淡,风格素洁,颇有意境。

唐枢(1497~1574年),字惟中,一字子镇,号一庵,归安人,登嘉靖五年(1526年)进士第。曾任刑部主事,后罢黜为民,回乡讲学著书,历四十年。隆庆初复官,以年老加秩致仕。《全明词》据《湖州词徵》收录唐枢《江南弄》词一首,词风甚为柔弱、含蓄:

香拨飞云出绮屏,六幺春软转关轻,房晖远对不堪情。江月明,人不见,数峰青。

陈霆（？~1550年），字声伯，德清人，自号水南居士，别号诸山真逸、可仙道人。陈霆乃明代著名学者，一生勤勉，著述颇多，有《水南集》《水南稿》《渚山堂词话》《唐徐纪传》《宣靖备史》《仙潭志》《两山墨谈》等。

陈霆是明代湖州著名文学家，他的作品不仅数量多，质量也颇高。《四库存目丛书·集部》收录陈霆《水南稿》十九卷，其中前十卷为诗歌，共有诗作七百多首；十一卷至十四卷为词，十五卷至十七卷为文，十八卷、十九卷为诗话。可见，在陈霆的创作中诗词占大部分。他是明代湖州诗坛上一位非常重要的诗人。

韦商臣，字希尹，长兴人，登嘉靖二年（1523年）进士第，历官大理评事、清江县丞、德安推官、四川参议等，著有《南苔集》一卷。

赵金，生卒年不详，字淮献，乌程人。《静志居诗话》载其事迹云："（赵金）著书阛阓间，入其门者有如深篁。恒坐小艇，出入五湖，陶然自酌。南坦、箬溪二尚书结岘山会，造庐请入社，不应也。年八十九而卒。有《浮林集》，其诗不蹈时习，取境故超。"谓其诗"不蹈时习，取境故超"，评价颇高。从赵金现存的诗歌来看，是否取境高超，还不能确定，但在"不蹈时习"、具备清新自然的风格这一点上，还是很明显的。比如下面这两首诗：

> 去去余不路，遨游一问津。村孤船作市，地绝水为邻。菱藕官租足，鱼虾野馔新。众山遥映带，相对碧嶙峋。（《过菱湖》）
> 自爱闲居卜近郊，独将心迹寄衡茅。桃花水泛鱼吹浪，芹草泥香燕补巢。杂植桑麻供国税，细分杞菊入山肴。平生方外谁为友，冷澹云霞信可交。（《郊居》）

这两首诗的共同特点是取景自然，语言平实，意境朴素却真实感人。诗中还透露出诗人淡淡的悠然与惬意之感。

赵金的词在《全明词》中只录存一首，在风格上和上面的两首诗一样，朴素、真实，表达了惬意自足的隐者情怀。这种情怀是和《静志居诗话》中所提到的诗人"恒坐小艇，出入五湖，陶然自酌"的生活是符合的：

> 湖天渺，一片水云沙鸟。俯景茫茫空懊恼，孤吟秋色老。　自爱

琅玕芝草，茅屋碧山环绕。高卧长松心尽了，年来机事少。（《谒金门》）

闵如霖（1503~1559年），字师望，号午塘，乌程人，闵珪的从孙，登嘉靖十一年（1532年）进士第，官终南京礼部尚书，卒赠太子少保。《四库存目丛书·集部》收录闵如霖《午塘先生集》十六卷，可见其著述还是颇多的。

董份（1510~1590年），字用均，号泌园，乌程人，登嘉靖二十年（1541年）进士第，官至礼部尚书兼翰林学士，著有《泌园集》三十七卷。董份有几首描写湖州风景的诗歌，朴素清新，很有意境。此列两首：

　　一放苕溪棹，来从田野间。黄云千顷稻，青霭万重山。秋草客行路，夕阳人闭关。悠然看孤鸟，飞往复飞还。（《苕霅道中》）
　　云似鱼鳞压市低，竹簰载笋出梅溪。逢人闲问昆山路，葛岭西头更向西。（《梅溪》）

写自然之景，言生活之事，显得朴素自然，平淡之中蕴含了浓浓的生活气息和人生况味。仔细品哑，颇有神韵。

茅坤（1511~1601年），字顺甫，号鹿门，湖州人，登嘉靖十七年（1538年）进士第，历官知县、礼部主事、广西兵备佥事、大名兵备副使等。茅坤是明代文学大家，所选编的《唐宋八大家文钞》在当时和后世都影响很大。据《明史·茅坤传》记载，《唐宋八大家文钞》"盛行海内，乡里小儿无不知茅鹿门者"。

茅坤一生著述也颇多，有《白华楼吟稿》《玉芝山房稿》《耄年录》等。其中，《白华楼吟稿》纯收诗歌，计十卷；《玉芝山房稿》和《耄年录》则为诗文合集。茅坤的诗歌，体裁多样，题材丰富，举凡抒怀、咏物、咏史、写景、题画、祝颂，应有尽有。尤其是描写家乡风物的诗歌，更是充满深情：

　　落日绾溪行，微风挂席轻。霄光掌上没，爽气望中生。采采芙蓉露，萧萧鸿雁声。前村树色里，渐觉曙烟横。（《秋日苕上晓行》）
　　春到清明春倍嘉，春山无处不飞花。马蹄半踏胭脂嶂，盖影行穿

锦绣沙。几狎樵苏喧笑语，那逢侠客斗繁华。曷来岩邑多遗俗，岂似红尘游冶家。(《清明日过武康山中》)

写景生动而传神，字里行间透露出对家乡风物的喜爱之情。

蔡汝楠（1516~1565年），字子木，号白石，湖州德清人。蔡汝楠是明代名臣，登嘉靖十一年（1532年）进士第，历官刑部员外郎、按察使、布政使、右副都御使、兵部侍郎等。同时，蔡汝楠也是当时著名文人，与唐宋派代表人物王慎中、唐顺之皆有来往，与著名文学家茅坤是姻亲。蔡汝楠一生勤勉，著述颇丰，有《六经札记》八卷，《筹边要略》、《舆地略》十一卷、《夏邑县志》八卷、《衡湘问辩》《天文图略》，《奏议》一卷、《枢管集》《述竹集》，《白石山人诗选》二卷，《诗说》一卷、《律初集》四卷等，另有《自知堂集》二十四卷。蔡汝楠才华横溢，时人将其比作汉代的著名文学家祢衡，可见其在当时文坛地位之高、影响之大。在诗歌创作方面，蔡汝楠初学六朝，继而学习刘长卿，最后学习陶渊明和韦应物，兼包并蓄；其诗歌质朴浑融，很有艺术成就。

徐中行（1517~1578年），字子与，号龙湾，长兴人，自号"天目山人"。登嘉靖二十九年（1550年）进士第，历官授刑部主事、汀州知州、汝宁中察、长芦转运判官、山东佥事、云南参政、福建按察使、江西布政使等。徐中行乃明代著名诗人，与诗坛名宿李攀龙、王世贞齐名，同为诗坛"后七子"之选。著有《天目山堂集》二十一卷、《青萝馆诗》六卷。

《浙江通志》卷一百七十九评价徐中行云："(徐)中行宽然长者，于诗格高调逸，近体弘丽悲壮，读之神耸。"从徐中行现存的诗歌来看，确实有不少"格高调逸""弘丽悲壮"的作品。下面的两首诗可作为参照：

东岳峥嵘迥不群，中峰瑞霭更氤氲。天门雪尽河流合，日观春晴海色分。风起秦松常似雨，气蒸汉检欲成云。千秋霸迹终销歇，犹说相如封禅文。(《登泰山》)

天敞平湖万里台，秋高雁色照行怀。三湘白石波间动，七泽青山镜里开。风静仙人吹笛去，月明神女弄珠来。徘徊便拟休餐住，俗吏惭非曼倩才。(《岳阳楼》)

这两首诗格调高亢，境界宏阔，气象生动，确实有"弘丽"之风。

第七章 湖州文学发展概述

吴梦旸，字允兆，归安人，为人耿直，雅好吟诗，著有《射堂诗钞》十四卷，是明代湖州著名诗人。吴梦旸作诗偏向"苦吟"一派，于创作上苦心经营，因而其笔下多有名篇佳句出现。且看下面这首《秋草》：

> 八月幽并百草黄，还闻一曲奏清商。关河今夜皆寒色，陵寝前朝但夕阳。久客自然迷道路，后时能不畏风霜。吴儿莫说漂零易，未到边头古战场。

这首诗虽以秋草为题，实际上是以敏锐的感觉细致地传达出秋天的凄清与衰飒，风格低回，略带哀婉，颇有艺术感染力。

吴稼竳，字翁晋，自号大涤先生，孝丰人，著有《元盖副草》二十卷，亦为明代湖州文坛的重要诗人。其诗歌以写景咏怀之作最为突出。这类诗歌往往能够做到观察细致、情感真挚，同时又能营造出浑融的意境，颇能显示诗人的创作水平。下面这首《夜阻江上》就是一例：

> 风揭空江浪忽兴，停舟断岸石棱棱。遥闻野寺一声磬，近辨渔家几处灯。归信不如潮有准，客程翻似梦无凭。薄寒谁为更衣计，闲杀中闺半臂绫。

茅维（1576~?），字孝若，号僧昙，归安人，乃万历年间湖州文坛的重要人物，著有《佩觽草》二卷、《菰园初集》六卷、《闽游集》等。茅维不仅为明代湖州的重要诗词作家，还是非常著名的戏曲家，其《凌霞阁内外编诸曲》是非常重要的戏曲作品总集。茅维的戏曲创作在中国戏曲发展史上也占有重要地位。

董斯张（1587~1628年），原名嗣章，字然明，号遐周，一号借庵，乃明代湖州著名文学家，著有《静啸斋词》一卷，另有《吴兴备志》三十二卷，材料翔实，内容丰富，是湖州方志中的名著。此外，董斯张还著有《广博物志》《吴兴艺文补》。

陈忱（1615~1670年），字遐心，一字敬夫，号雁宕山樵、默容居士，乌程人，乃明末清初湖州著名小说家。陈忱于明亡后绝意仕进，靠卖卜为生，与顾炎武、归庄等名士共同组织惊隐诗社，颇有影响。曾著有《雁宕杂著》《雁宕诗集》《续廿一史弹词》、曲本《痴世界》等，今皆已不存。

85

陈忱的创作中最为有名的，还是《水浒后传》。《水浒后传》共四十回，乃敷演《水浒传》故事而成，讲述梁山好汉李俊、阮小七等三十二人在登云山、饮马川重新聚义，杀贪官，惩恶霸，又渡海至海外的暹罗国建立基业，最后由于心系南宋朝廷安危，回来救驾，接受宋高宗赐封的故事。小说的人物形象刻画生动鲜明，语言通俗晓畅，有颇多精彩场景的描写，显示了作者高超的小说建构能力。

董说（1620~1686年），字若雨，号西庵，又号鹧鸪生、漏霜，乌程人，乃明末湖州著名小说家。明亡后，隐居在丰草庵，改名林蹇，字远游，号南村。又名林胡子，自称槁木林。中年出家，在苏州灵岩寺为僧，法名南潜，字月涵，又作月岩。董说一生勤勉，博学多才，关注和研究的内容颇多，范围极广，涉及天文、地理、医卜、象数、经史、律吕、音韵，等等，擅长草书，精通经学，一生著述宏富，有《丰草庵诗集》《丰草庵杂著》《七国考》《补樵书》《楝花矶随笔》等，但最为知名的，乃是小说《西游补》。《西游补》共十六回，描写唐僧师徒四人过火焰山之后，孙悟空因化斋而为鲭鱼精所迷，进入梦幻的"青青世界"，经历了种种奇遇，最后被虚空主人唤醒，寻着师父，化斋而去的故事。小说情节荒诞，笔墨诙谐，对晚明社会的人情世相进行了深刻的批判和讽刺，是《西游记》续书中最具特色、最有成就的一部。鲁迅《中国小说史略》称赞其"造事遣辞，则丰赡多姿，恍忽善幻，奇突之处，时足惊人，间以徘谐，亦常俊绝，殊非同时作手所敢也"。

范汭，字东生，乌程人，生平情况不详，著有《湛园集》四卷、《范东生诗》四卷以及与好友吴鼎芳唱和的《披襟唱和集》。

明代湖州的文学家众多，除了以上简单介绍者之外，还有蒋瑶、牟鲁、陈曼年、陈敬直、王继贤、吴贞闺、吴静闺、孟称舜、韩智玥、韩曾驹等，限于篇幅，不一一介绍了。

第六节　清代湖州文学的发展与概况

清代的湖州文学延续了明代的辉煌，继续向前发展，在诗、词、文、小说、戏曲等各个方面都有了辉煌的表现。清代湖州文学名家众多，限于篇幅，只能选其重要者，简单介绍于下。

严允肇，字修人，归安人，登顺治十五年（1658年）进士第，官寿光知县，著有《石樵诗稿》。严允肇家境贫寒，其《述哀》一诗描述全家十口凄寒的生活以及母亲深夜织布以养活全家的辛劳，表达了对母亲的深深感恩之情，非常感人：

母之生我日在角，络纬鸣机夜深作。歌成黄鹄不忍闻，大孤啼饥小孤弱。乱离伏莽乞余命，十口流离窜丛薄。朝呻夜吟不暂休，骨肉幸免填沟壑。长养众雏毕婚嫁，慈帏未省含怡乐。当时奉檄心独喜，今我穷悴至于此。俯仰无因供菽水，衾影之间愧人子。

清人沈德潜《清诗别裁集》中评价此诗："去官无禄，不能供母氏菽水，犹为抱惭，况有禄而无母可供者乎？此种诗，不忍作，亦不忍读。"非常敏锐地揭示出这首诗感人至深的特点。

严我斯（？~1698年），字存庵，归安人，乃康熙三年（1664年）状元，著有《尺五堂诗删》六卷。《四库全书总目·尺五堂诗删》评价严我斯之诗云："其诗近体最富，古体仅十之二三，大抵长于华赡之作。汤惠休所谓如镂金错采，亦雕缋满眼者也。"严我斯的诗歌确实有华赡和雕缋满眼之作，但不全如此。且看下面两首：

偶泛双溪棹，来游半月泉。野桥斜有路，秋壑净无烟。客到听松处，僧闲落照边。此中忘世味，一坐一泠然。（《半月泉用苏公起句》）
胜地吴山下，招提近可寻。虚堂鸣夕磬，高树坐寒禽。瓢笠忘身世，莺花自古今。倚阑频眺望，愁绝大江阴。（《重阳庵》）

这两首诗的风格就颇为朴素自然，写景平淡雅静，毫无"镂金错采"之感。

徐倬，字方虎，号蘋村，德清人，清代湖州文坛著名诗词作家。幼时受业于大学问家倪元璐和刘宗周，登康熙十二年（1673年）进士第。曾辑录《全唐诗录》，受到康熙帝嘉奖，特授礼部侍郎之职。

徐倬《水龙吟·杨花和宋牧仲韵》一词吟咏杨花，把在风中飞舞的杨花比作历代的薄命女子，很有新意。将杨花的"任东风簸弄"与女子的不能主宰自己命运联系起来，表面上是为杨花而伤感，实则是为历代的薄命女子掬一把同情之泪。这样写，没有停留在单纯咏物的层次，从而使整首

词有了深度:

> 年年惯送春归,萦花惹草随春坠。征夫头上,雪儿歌里,一般愁思。最是伤心,红绡香褪,云深月闭,任东风簸弄,欺侬无主。既颠落,还扶起。　自是瑶华池馆,费殷勤,绣茵虚缀。生成薄命,文姬家散,绿珠身碎,转眼成空。浮尘吹尽,碧天如水。再休提枝上,红绵多少,迸人清泪。

沈三曾,字尹斌(又作"允彬"),一字怀庭,乌程人,登康熙十五年(1676年)进士第,曾参与校对《全唐诗》,且先后分纂《大清会典》《渊鉴类函》等书。沈三曾为人恭谨,敦本睦俗,人称之为"怀庭先生",著有《十梅书屋诗集》十卷,文集六卷,词集为《赐书堂词》。

沈涵(1651~1718年),字度汪,号心斋,归安人,乃沈三曾之弟。登康熙十五年(1676年)进士第,官至内阁学士兼礼部侍郎。其《悯农诗》细致描绘了一位下层女子在田间辛勤劳作的场景,将女子的辛苦与无奈生动地表现出来,颇让人为之动容:

> 他乡唯饷妇,此地见耕妻。只合缲春茧,偏劳治夏畦。褰裳驱犊饮,绕畦任儿啼。脱粟休嫌薄,贫闺用不齐。

从这首诗可以看出,诗人对下层百姓的苦难生活是怀着深深的同情的。沈涵的词风格柔婉,情感细腻,常写得真诚而动人。下面这首《虞美人》词就是最好的代表:

> 新凉晓透孤衾冷,谁弄纱窗影?声声却似子规啼,报道不如归去不如归。　呢喃双燕思离别,别尽江南客。此宵闲梦是谁惊?最恨西风落叶两无情。

这首词抒发了客居在外的词人对家乡深深的思念之情,风格清婉,真挚感人。

吴景旭(1611~1695)年,字旦生,号仁山,归安人,著有《历代诗话》八十卷,影响颇广。另有《南山堂自订诗》,附录词作。吴景旭有许多

关注和描写劳动人民生活和劳作的诗歌,生动而真实,富有生活气息和乡土情趣。且看下面这首《罱泥行》:

  一溪小雨直如发,尖头艓子长竿揭。凭将两腕翕复张,形模蚍蛤相箝镊。载归取次壅桑间,平铺滑汰孩子跌。起自深谷登高岸,万里沧桑在咫尺。舍南力惰但熟眠,舍北地肥尽生叶。今年节候早宜蚕,茧大于瓮丝沃雪。

"罱泥"就是捞起的河床表层的淤泥,"罱"是一种捞淤泥的工具。河床表层的淤泥比较肥沃,江南水乡的老百姓经常将其捞出来,放至田间或者桑地,充作肥料。罱泥也是湖州老百姓经常采用的一种积肥方式。吴景旭的这首诗将罱泥的工具、劳作方式和对农桑的积极作用叙述得清清楚楚,生动而形象,充满了生活气息。

吴景旭的词多为小令,风格婉转而细腻。下面这首词就是如此:

  一川平绿,撑出柳塘弯个曲。令客词宗,相对清虚碧落中。 偶然至止,带得几行秋水字。酒债诗逋,且问先生打算无?(《减字木兰花·同余子澹泛碧浪湖》)

"一川平绿,撑出柳塘弯个曲",生动地写出了碧浪湖的可爱、怡人,同时也传达出作者对故乡风物的喜爱之情。

沈尔燝,字风于,号冀昭,乌程人,登康熙二十一年(1682年)进士第,长于作词,著有《月团词》一卷。且看其《鹧鸪天·醉吴氏南园乘月还家》一词:

  醉别名园落日西,蒲帆漾月画桥低。青溪如梦刚刚到,红烛迎人慢慢移。残露冷,曙乌栖。朦胧还问夜何其。侍儿为拂蒙头雪,知在梨花小径归。

"吴氏南园"即南山堂,乃吴景旭在莲花庄旧址所建,所以又称"吴氏南园",为当时湖州的风景胜地之一。全词写景生动,充满情趣,轻柔曼妙,犹如画境。

韩献，字希一，乌程人，乃康熙三十五年（1696年）副贡生，著有《楚游词》。其《沁园春·寄家兄莱园，时任东明令》一词，写景抒怀，颇有意境，是难得的佳作：

试望中原，漳河沆漭，古治黎阳。美天际双凫，回翔燕赵，掌中百里，指顾齐梁。前度风流，晚香亭畔，原是吾家吏隐乡。凭栏望，随白云南去，绿树微茫。　当时酒圣诗狂，夸群季才名共一方。想冀北春深，花开卧阁，江南梦好，草满池塘。回首壮游，依稀佳话，风雨清宵几对床。他年约，待相将同醉，绿野成堂。

董炳文，字耿光，又字霞山，乌程人，著有《畹香乐府》《百花词》。其《玉楼春·玉蕊花》一词，咏物形象而生动，可堪其词作之代表：

玲珑一树生绡缬，瀛女骖鸾曾暗折。摘花持献玉宸前，插向翠罂称独绝。　除却唐昌无处觅，谁把山矾轻比絜。落英铺地透帘栊，浑似阶前飞碎月。

沈树本，字厚余，号舱翁，归安人，曾官翰林院编修，著有《舱翁诗集》。其《大水叹》诗五首真实地描绘了康熙四十七年（1708年）浙西地区发生的洪灾给湖州地区的百姓带来的苦难，非常具有震撼力。兹选录其第二首列于下：

溪水日夜长，莫辨芦荻洲。桥面撑巨筏，门内维行舟。邻家有破灶，来往纷游鯈。望中见屋脊，簸荡如浮沤。下田不可救，沉没无一留。高田筑版闸，全力保瓯窭。须臾仍溃决，一概成洪流。谁绘绛洞图，为民陈凤楼。帝尧方容徼，应切怀襄忧。

诗人用实录的方式将这次洪灾的情况描绘下来，让人感到触目惊心。从中也可以看到沈树本对下层百姓生活的关注。

姚世钰，字玉裁，号薏田，归安人，生卒年不详，著有《孱守斋遗稿》四卷。其《吴兴太守行》一诗，以歌颂唐太守美政的方式，巧妙地传达了湖州老百姓所经历的苦难生活，讽刺深刻，入木三分：

唐公多美政,第一数停征。能令一叶荫,遮遍湖州城。湖州本水国,旱潦频相撄。上司入奏报,皇帝蒙嗟矜。救灾议留漕,振廪开常平。奈何春夏交,雨点天瓢倾。二麦悉烂死,原蚕又无成。县吏夜催租,打门鸡狗惊。不食三日矣,失限罪所丁。民实畏官府,民岂甘敲搒。可怜饥馑迫,始觉性命轻。是时三伏热,触暑如遭烹。尪羸县门集,县官醉方醒。平头摇羽扇,轻风来清冷。翠瓜切玉片,朱李沉寒冰。巍峨坐堂皇,鞭笞车砅砰。扑挟臀无肤,老耄难逃刑。何来朱书符,传自太守厅。吏胥俱戁额,颜状失狰狞。逝将焚如死,岂意脱然生。退衙遣归农,闾里欢逢迎。忍饥幸少安,两月宽作程。租禾分辛苦,补败期秋成。何以报太守,请歌吴兴行。不愿公三公,不愿公九卿。愿得长借公,流泽苕溪清。百姓乐复乐,受福惟王明。

唐靖,字闻宣,武康人,康熙中诸生,著有《前溪集》十四卷。《四库全书总目提要·前溪集》谓其:"诗颇具风骨,间伤率易。"

严启煜,字玖林,号蓼滩,归安人,康熙、雍正间人,曾官永康训导,著有《竹香山房诗》。其《榆皮行》诗描写饥饿的老百姓无以为食,只能以榆树皮充饥的悲惨景象,触目惊心,沉痛而悲凉:

井庐无烟野无草,万户嗷嗷缺一饱。村南村北总成群,去剥榆皮行及早。何人括尽榆荚钱,枯干只剩榆皮坚。榆皮可食少官税,悔不种地成榆田。枝头聚雀泣相语,新长嫩芽君莫取。雀乎雀乎慎勿争,我辈舍榆方掘鼠。

戴文灯(1712~1766年),字经农,一字鲍斋,号光林,归安人,登乾隆二十二年(1757年)进士第,官礼部员外郎,著有《甜雪词》二卷。戴文灯《满江红·寒食东风》一词,描绘故乡湖州怡人的春色和秀美的山水,诗情画意,很是优美:

寒食东风,凭问讯,故园水木。春社后,茗旗新焙,糟床初熟。一咏一觞花径藉,半晴半雨梨云簌。看绿蓑,玉版贮筠笼,猫头竹。
一事快,生涯足。山罨翠,湖凝绿。最夕阳西下,渔歌断续。桑苎翁经随手纂,元真子传从头读。倚钓船,一棹白蘋洲,波纹縠。

严鼎臣,字徐卿,归安人,著有《化蝶斋词》。其《摊破浣溪沙·百花洲》词描写湖州锦绣风光,表达惬意之情,颇有意境:

> 平远山南路正长,百花洲上草含香。锦绣成堆开又落,好风光。不入园林争富贵,只随时节斗芬芳。春去秋来多少事,付斜阳。

《大清一统志》卷二百二十二云:"百花洲在乌程县南岘山寺左,宋淳熙中郡守孙觉开辟,芰荷桐柳,环绕亭榭,游者踵接。"则此词是严鼎臣描写家乡风光无疑。词的重点是对百花州上的草进行了描绘和歌颂,这些野草"不入园林争富贵",具有高洁的情怀。词人其实是托意于草,表达对独立人格和高洁情操的赞美。

第八章 沈约创作述论

沈约（441~513年），字休文，吴兴武康（今属德清）人。其祖沈林子，为宋征虏将军；父沈璞，官淮南太守。在沈约十三岁那年，宋孝武帝刘骏讨伐元凶，沈璞由于逢迎晚而被杀。❶ 由此，沈约被迫潜逃，有过一段辛酸的经历。沈约一生历仕宋、齐、梁三代，总体而言，仕途较为顺利。其生平行历，《梁书》本传及《南史》本传载录甚详。《梁书》本传谓其："起家奉朝请。济阳蔡兴宗闻其才而善之。兴宗为郢州刺史，引为安西外兵参军，兼记室。"此后，沈约历官尚书度支郎、襄阳令、御史中丞、车骑长史、吏部郎中、东阳太守、五兵尚书、尚书左仆射等，年七十三而卒，谥曰"隐"，故世称其为"沈隐侯"。

沈约天资聪颖，博览群书，又勤于著述，于文、史诸方面都颇有建树。据《梁书》本传所载，沈约的著述有"《晋书》百一十卷，《宋书》百卷，《齐纪》二十卷，《高祖纪》十四卷，《迩言》十卷，《谥例》十卷，《宋文章志》三十卷，《文集》一百卷"，又撰有《四声谱》。然而，令人遗憾的是，除了《宋书》和一部分文学及理论创作以外，这些著述中的大部分都已经散佚不传了。沈约存世的文学创作，明代张溥辑为《沈隐侯集》，收入《汉魏六朝百三家集》。

沈约是南朝第一流的文学大家，也是湖州文学史上最早的著名文学家，是南朝"永明体"诗歌的创始人之一。他提出了著名的"四声八病"说，成为"永明体"诗歌创作的重要理论。"永明体"诗歌揭开了诗歌由比较自由的古体诗走向格律谨严的近体诗的序幕，在这种诗歌发展和新变的过程中，沈约始终居于诗歌理论和创作实践的中心，指引着诗歌的发展，备受

---

❶ 沈璞之死，实另有原因，宋王钦若《册府元龟》卷九百二十《总录部·仇怨第二》载："沈璞以元凶之乱，疾遂增笃，不堪远迎。世祖义军至新亭，方得致身。先是，琅邪颜峻愿交，璞不酬其意，峻以致恨。及世祖将至都，方有谗说。以璞奉迎之晚，横罹其祸。时年四十八。"

时人推崇，被尊称为"一代辞宗"。沈约巨大的理论贡献和杰出的创作实践，使他在南朝名盛一时，与同时代的任昉一起被誉为"沈诗任笔"。梁简文帝萧纲在《与湘东王论文书》中，推崇沈约为"文章之冠冕，述作之楷模"。沈约不仅是一位理论与实践并重、创作和批评兼长的作家，而且是齐梁文学的领袖人物，影响了整个齐梁文学的发展。

《汉魏六朝百三家集》卷八十七、卷八十八收录了沈约集。其中，卷八十七收录沈约的辞赋和文章，卷八十八收录其诗歌。在沈约的文学创作中，最为人称道、成就最高的，是诗歌。沈约的诗歌，内容丰富，题材多样，反映出沈约广阔的创作视域和丰富的生活经历。

第一节　沈约的诗歌创作

就题材而言，沈约的诗歌可以分为山水诗、咏物诗、闺思艳情诗、抒怀诗和游仙诗等几类。

先来看沈约的山水诗。南朝是中国山水诗大兴的时期。东晋以降，由于国家政治、经济、文化中心南移，知识分子大量南迁，江南山水之美得到充分认识和开发，山水诗以前所未有的面貌和规模昂首走进了南朝文学的园地。在南朝的山水诗人中，谢灵运、谢朓是公认的大家，他们的山水诗不仅数量多，而且质量高。与他们相比，沈约的山水诗无论在数量上，还是在质量上，都稍逊一筹，然而，亦不乏自身特色。沈约的山水诗大致可以分为两类：一是出任东阳太守之前的侍宴、侍游之作，如《三日侍凤光殿曲水宴应制》《为临川王九日侍太子宴》《九日侍宴乐游苑》《三日侍林光殿曲水宴应制》等。这类诗歌大多是欢宴场合中的应诏、即兴之作，内容上以描述欢宴为主，难有佳品。另一类作于其出任守东阳时，代表了其山水诗的最高成就，佳品颇多，代表作有《早发定山》《新安江水至清浅深见底贻京邑游好》《泛永康江》《游金华山》《登玄畅楼》等。

其《早发定山》一诗云：

夙龄爱远壑，晚莅见奇山。标峰彩虹外，置岭白云间。倾壁忽斜竖，绝顶复孤圆。归海流漫漫，出浦水浅浅。野棠开未落，山樱发欲然。忘归属兰杜，怀禄寄芳荃。眷言采三秀，徘徊望九仙。

这首诗作于沈约赴东阳途中。全诗境界高远，画面宏阔，描摹景物多用远望和广角镜头。前六句写山，以一个"奇"字统领，注重色彩的搭配和线条的映衬。"彩虹"与"白云"的凸显，使画面格外明秀，而"倾壁"的"斜竖"与"绝顶"的"孤圆"，使画面充满了立体感，对比鲜明。沈约非常注重炼字，用一"标"字和一"置"字，仿佛是人为将山峰"标"于彩虹之外、"置"于白云之间，想象颇为雄奇，构图亦颇为传神。诗的后半部分写水、写花，也是非常生动、传神。如果说诗的前半部分是一幅"静景画"，那么后半部分就是一幅"动景画"，水流"漫漫"与"浅浅"的描摹，使画面具有了层次感。"野棠"的"未落"、"山樱"的"欲然"，又使画面充满了生机。远近相谐，高低错落，动静相生，深浅相合，又充满了生机和神韵。谁能不承认这是风景画中的神品？

沈约山水诗的名作，还有《登玄畅楼》一诗。诗曰：

危峰带北阜，高顶出南岑。中有陵风榭，回望川之阴。岸险每增减，湍平互浅深。水流本三派，台高乃四临。上有离群客，客有慕归心。落晖映长浦，焕景烛中浔。云生岭乍黑，日下溪半阴。信美非吾土，何事不抽簪。

观察的视角时上时下，灵活多变，写景也是非常生动传神。比如"落晖映长浦，焕景烛中浔。云生岭乍黑，日下溪半阴"几句，生动地传达出夕阳映照下的长浦由于"云生"而"岭乍黑"的神奇景象；一个"乍"字，形象地传达出自然界光线明暗的迅速变化。

此外，沈约《新安江水至清浅深见底贻京邑游好》一诗，也颇为知名。诗云：

眷言访舟客，兹川信可珍。洞彻随清浅，皎镜无冬春。千仞写高树，百丈见游鳞。沧浪有时浊，清济涸无津。岂若乘斯去，俯映日磷磷。纷吾隔嚣滓，宁假濯衣巾。愿以潺湲水，沾君缨上尘。

"千仞写高树，百丈见游鳞"，写景大气而磅礴。

仔细分析沈约山水诗的框架结构，可以看到谢灵运山水诗构架的影子。谢灵运山水诗的结构，常常是"交代出行+自然之景+玄言说理"这样"1+

"1+1"的结构,所以后人评价谢灵运的诗歌"有句无篇",说的就是谢灵运山水诗不够浑融的弊病。其实,沈约的山水诗也有这样的不足。就以上面这首《新安江水至清浅深见底贻京邑游好》为例,"眷言访舟客,兹川信可珍"两句是"交代出行",接下来几句是描摹自然山水之美景,最后"纷吾隔嚣滓,宁假濯衣巾。愿以潺湲水,沾君缨上尘"几句,带有明显的议论、说理的痕迹。因而,从这一层面而言,沈约的山水诗是深受谢灵运山水诗影响的,正如陈祚明《采菽堂古诗选》所言:"休文诗体,全宗康乐。"

再来看沈约的咏物诗。咏物也是南朝文人广泛采用的一类题材,咏物诗、咏物赋在南朝颇为兴盛。据不完全统计,沈约的咏物诗有三十余首。这说明沈约也是热衷于咏物题材的一位诗人。

沈约的咏物诗与此前诗人的咏物诗相比,在题材内容、风格手法、寄情方式等方面,都有了较大的拓展。在沈约的咏物诗里,像"桃""梨""荷""橘""竹""松""梧桐""杜若""柳""山榴""鹿葱"等植物,"雁""蝉"等动物,"筝""笙""篪"等乐器,"雨""雪""月""云"等自然现象,都成为摹写和吟咏的对象。应该说,沈约咏物诗中的物象世界是丰富多彩的。他是一个观察生活非常细致的诗人,常常能够自然地将日常生活中进入眼帘的景象与事物随手纳入诗歌吟咏的范围,从而大大开拓了咏物诗的题材,为中国咏物诗的发展与成熟做出了自己的贡献。

就写作手法和表达方式而言,沈约的咏物诗可以分为两类,一类是"单纯咏物",另一类是"以物表心"。其"单纯咏物"的作品,如下面这首《咏湖中雁》:

> 白水满春塘,旅雁每回翔。唼流牵弱藻,敛翮带余霜。群浮动轻浪,单泛逐孤光。悬飞竟不下,乱起未成行。刷羽同摇漾,一举还故乡。

春塘白水,旅雁回翔,这本身就是一幅极美的图画。诗人以传神之笔细致地描绘出"雁戏春塘"的动人场景,"牵""带""动""逐"等字,将大雁的姿态描摹得栩栩如生,体现出沈约高超的摹写技巧和定格物象的能力。正如谭元春在《古诗归》卷十三中评价这首诗时所说:"群浮、单泛、悬飞、乱起,尽湖雁多寡、上下、迟疾、斜整之状,可作一湖雁图。"

沈约咏物而"以物表心"的作品亦有多首,其中较有代表性的如下面这首《咏新荷应诏》：

> 勿言草卉贱，幸宅天池中。微根才出浪，短干未摇风。宁知寸心里，蓄紫复含红。

荷花以"出淤泥而不染，濯清涟而不妖。中通外直，不蔓不枝，香远益清，亭亭净植"（周敦颐《爱莲说》）的品性为历代文人所喜爱，进而成为诗人们争相歌咏的对象，然而这是以后的事。在沈约以前，以荷花作为歌咏对象的诗作并不多见。沈约的这首《咏新荷应诏》诗，虽然短小，却很洗练、爽净，有一股简劲的力量在其中。这是一首应诏而作的诗，一般而言，应诏、应制之类的作品，由于时间短，缺乏情感酝酿，往往难有佳作。但沈约的这首作品却没有应制作品常有的阿谀奉承、故作雅致，而是写得凝练直劲，可以算作应制诗中较好的作品了。诗开头"勿言草卉贱，幸宅天池中"两句，以议论入题，指出不要因荷花的微贱而轻视它，它一旦进入皇宫内院，长于"天池"之中，身价就不一样了。中间两句转入对荷花的描摹和歌咏，"微根才出浪，短干未摇风"。"微""短"二字形象地传达出荷花由于花梗细弱、枝干短小而未能随风摇曳的真实状态，从而巧妙地照应了诗题中的"新荷"二字。诗的最后用"宁知寸心里，蓄紫复含红"来托物言志，表面上是说"有谁知道，如此短小、不起眼的荷花，一旦等到夏天到来，它尽情开放的时候，将会用姹紫嫣红的绚丽布满整个池塘"，实际上是通过对荷花的歌咏，隐隐地道出了自己的宏图大志。

清人李重华曾在《贞一斋诗说》中说："咏物诗有两法，一是将自身放顿在里面，一是将自身站立在旁边。"沈约"单纯咏物"的咏物诗就是"将自身站立在旁边"，而"以物表心"的咏物诗，就是"将自身放顿在里面"。

再来看沈约的闺思艳情诗。"闺思"亦称"闺怨"，指的是女子闺中的相思、哀怨之情，以这类题材作为描写对象的诗歌就称为"闺思诗"或者"闺怨诗"。而以较为露骨的笔法描摹妇女的容貌、体态和男女艳事的诗歌，就称为"艳情诗"。沈约的闺思艳情诗有三十余首，其中"闺思诗"的代表作品有《携手曲》《夜夜曲》等，"艳情诗"的代表作品有《六忆诗》《少年新婚为之咏》等。

沈约的闺思诗继承了传统闺怨诗的特点，注重对感情的细致描绘，内容以表现女子的相思和离愁为主。且看下面这首《夜夜曲》：

河汉纵且横，北斗横复直。星汉空如此，宁知心有忆？孤灯暖不明，寒机晓犹织。零泪向谁道，鸡鸣徒叹息。

诗以寒秋夜景起笔，以斗转星移的宏阔宇宙为背景，刻画了思妇满腔的惆怅。"孤灯暖不明，寒机晓犹织"，相思难耐，夜深不寐，只得以织机来排遣心中的苦闷，但即使夜夜织布到天明，又有什么用呢？鸡鸣之时，留下的还是一声长长而沉重的叹息！思妇之凄凉与孤独，凸显于纸上！再如《古意》一诗：

挟瑟丛台下，徙倚爱容光。伫立日已暮，戚戚苦人肠。露葵已堪摘，淇水未沾裳。锦衾无独暖，罗衣空自香。明月虽外照，宁知心内伤。

年轻的女子独自挟瑟走到丛台之下，伫立于夕阳中，发出阵阵哀叹。"露葵已堪摘，淇水未沾裳。锦衾无独暖，罗衣空自香"，昔日的形影相随，如今的形单影只；锦衾再暖，罗衣再香，又有什么用呢？哀伤无处可托，心事更是无人可述。再如下面这首《拟青青河畔草》：

漠漠床上尘，心中忆故人。故人不可忆，中夜长叹息。叹息想容仪，不言长别离。别离稍已久，空床寄杯酒。

女子居家，故人远游，相思难耐，彻夜不眠。无尽的哀怨，在沉重的叹息与无奈的"寄杯酒"中生动地展现出来。

沈约的艳情诗多以贵族女子为描写对象，注重细节刻画，着力表现女子的容貌、举止、体态、衣着等。且看其《六忆诗四首》：

忆来时，的的上阶墀。勤勤叙别离，慊慊道相思。相看常不足，相见乃忘饥。

忆坐时，点点罗帐前。或歌四五曲，或弄两三弦。笑时应无比，嗔时更可怜。

忆食时，临盘动容色。欲坐复羞坐，欲食复羞食。含哺如不饥，擎瓯似无力。

第八章 沈约创作述论

> 忆眠时，人眠强未眠。解罗不待劝，就枕更须牵。复恐傍人见，娇羞在烛前。

诗以联章的形式，通过不厌其烦地表现女子日常生活中的细节，渲染出女子的娇羞可人。

再如《少年新婚为之咏》一诗：

> 山阴柳家女，薄言出田墅。丰容好姿颜，便僻巧言语。腰肢既软弱，衣服亦华楚。红轮映早寒，画扇迎初暑。锦履并花纹，绣带同心苣。罗襦金薄厕，云鬓花钗举。我情已郁纡，何用表崎岖。托意眉间黛，申心口上朱。莫争三春价，坐丧千金躯。盈尺青铜镜，径寸合浦珠。无因达往意，欲寄双飞凫。裾开见玉趾，衫薄映凝肤。羞言赵飞燕，笑杀秦罗敷。自顾虽悴薄，冠盖曜城隅。高门列驷驾，广路从骊驹。何惭鹿卢剑，讵减府中趋。还家问乡里，讵堪持作夫。

这首诗直接对女性的形体进行描写，言其"腰肢既软弱，衣服亦华楚""托意眉间黛，申心口上朱""裾开见玉趾，衫薄映凝肤"，极尽描摹之能事，是名副其实的艳情之作。

再来看沈约的"咏怀诗"。所谓"咏怀诗"，就是那些吟咏诗人怀抱、情志的诗歌。沈约一生辗转，多年颠沛流离，再加上其性格比较柔弱和敏感，所以常会因时、因事而生发出许多惆怅和感慨。这种惆怅和感慨诉之于诗，就形成了沈约伤感悱恻的咏怀之作。如《学省愁卧》一诗：

> 秋风吹广陌，萧瑟入南闱。愁人掩轩卧，高窗时动扉。虚馆清阴满，神宇暧微微。网虫垂户织，夕鸟傍檐飞。缨佩空为忝，江海事多违。山中有桂树，岁暮可言归。

这首诗以"愁"字为基调，以秋风起笔，描绘了萧瑟凄冷的秋天景象，营造出一种纷杂、黯然神伤的氛围，从而把内心中的愁思细致地描绘出来。"缨佩空为忝，江海事多违"，道出了诗人愁绪满怀而又无可奈何的心情。诗歌最后感怀岁暮，抒发人生"可言归"的愿望，归隐之意溢于言表。

除以上几类诗歌外，沈约还有一首悼亡之作，写得情深意切，真挚感人，值得一读：

> 去秋三五月，今秋还照梁。今春兰蕙草，来春复吐芳。悲哉人道异，一谢永销亡。帘屏既毁撤，帷席更施张。游尘掩虚座，孤帐覆空床。万事无不尽，徒令存者伤。（《悼亡诗》）

月圆月缺，花开花谢，但是人一旦逝去就再也不能回来。诗的前部分以大自然的永恒反衬出人生短暂、一去不返的哀愁，后部分将主观情绪与客观环境相融合。"游尘掩虚座，孤帐覆空床"，人去床空，物在人亡，传达出作者不绝如缕的伤痛。感物以怀故，惆怅而情伤。

最后，来看沈约的游仙诗。沈约一生深受道家思想影响，因此，他的诗中常有描摹缥缈的神仙生活、表达对神仙境界企羡和幻想的作品。且看其《和竟陵王游仙诗二首》：

> 夭娇乘绛仙，螭衣方陆离。玉銮隐云雾，溶溶纷上驰。瑶台风不息，赤水正涟漪。峥嵘玄圃上，聊攀琼树枝。
> 朝止阊阖宫，暮宴清都阙。腾盖拥奔星，低銮避行月。九疑纷相从，虹旌乍升没。青鸟去复还，高唐云不歇。若华有余照，淹留且晞发。

诗写得飘举而陆离，充满轻盈灵洁之气。仙界的圣洁，没有尘世的纷繁喧嚣与污浊之气，一切都显得那么空灵，那么自由。在游仙诗中，沈约暂时忘却了仕途和生活中的种种忧愁，心灵和情感得到了充分放松。羡慕仙界之轻盈，乃是为了宽释人间之繁重，这是许多游仙诗人共同的情感表达方式。

沈约游仙诗中的代表，还有下面的这首《游沈道士馆》：

> 秦皇御宇宙，汉帝恢武功。欢娱人事尽，情性犹未充。锐意三山上，托慕九霄中。既表祈年观，复立望仙宫。宁为心好道，直由意无穷。日余知止足，是愿不须丰。遇可淹留处，便欲息微躬。山嶂远重迭，竹树近蒙笼。开襟濯寒水，解带临清风。所累非外物，为念在玄踪。朋来握石髓，宾至驾轻鸿。都令人径绝，惟使云路通。一举凌倒

景，无事适华嵩。寄言赏心客，岁暮尔来同。

秦皇汉武，作为人间的帝王，虽然地位高峻，且有御宇之力，却依然摆脱不了对仙道的追求与渴慕。然而，他们崇慕仙道，真的是"心向往之"吗？"宁为心好道，直由意无穷"两句道出了真相，原来，他们渴慕仙道是有所欲求的。比照诗人自己，则是"曰余知止足，是愿不须丰。遇可淹留处，便欲息微躬"。诗人的好道，才是真正的心有所仪。值得一提的是，诗人把清丽的自然之景植入游仙之作中，从而使传统的游仙诗摆脱了枯燥的说教，具有了清新的灵气。"山嶂远重迭，竹树近蒙笼。开襟濯寒水，解带临清风"，如此美丽的山林之景，使游仙之作带上了纯净明洁的特质，颇能引人注目。

此外，沈约的《前缓声歌》是其游仙诗中写得颇有气势的一首，也值得一读。诗曰：

羽人广宵宴，帐集瑶池东。开霞泛彩霱，澄雾迎香风。龙驾出黄苑，帝服起河宫。九疑辒烟雨，三山驭螭鸿。玉銮乃排月，瑶軗信凌空。神行烛玄漠，帝斾委曾虹。萧歌美嬴女，笙吹悦姬童。琼浆且未洽，羽辔已腾空。息凤曾城曲，灭径青都中。隆祐集皇代，委祚溢华嵩。

诗将仙游的场景写得非常壮观，具有灵动之气。唯一的不足是诗的最后两句"隆祐集皇代，委祚溢华嵩"，多少带有一点阿谀皇帝的意味，在一定程度上影响了这首诗的艺术成就。

第二节 沈约的辞赋

据《汉魏六朝百三家集》卷八十七所载之《沈约集》，沈约现存辞赋共十一篇，分别是《郊居赋》《悯途赋》《悯国赋》《丽人赋》《伤美人赋》《拟风赋》《桐赋》《高松赋》《悯衰草赋》《天渊水鸟赋》和《反舌鸟赋》。从题材上看，沈约的十一篇赋可以分为隐逸、写怀、丽情和咏物四类。

《郊居赋》是沈约所有辞赋中篇幅最长的一篇，也是艺术成就最高的一篇。这篇赋集中抒发了沈约向往田园隐逸的情怀。赋之开篇云：

> 惟至人之非已，固物我而兼忘。自中智以下洎，咸得性以为场。兽因窟而获骋，鸟先巢而后翔。陈巷穷而业泰，婴居湫而德昌。侨栖仁于东里，凤晦迹于西堂。伊吾人之褊志，无经世之大方。思依林而羽戢，愿托水而鳞藏。固无情于轮奂，非有欲于康庄。披东郊之寥廓，入蓬蒿之荒茫。既从竖而横构，亦风除而雨攘。

开篇明志，表达自己对隐逸生活的向往。那么，为何要隐逸呢？作者说：

> 迹平生之耿介，寔有心于独往。思幽人而畛念，望东皋而长想。本忘情于狥物，徒羁绁于天壤。应屡叹于牵丝，陆兴言于世网。事滔滔而未合，志悁悁而无爽。路将殚而弥峭，情薄暮而踰广。抱寸心其如兰，何斯愿之浩荡。咏归欤而踯躅，眷岩阿而抵掌。

原来，一方面由于作者生性耿介，有心于独往；另一方面，又由于"志悁悁而无爽"，理想不得实现。因而，促使他有了回归田园、隐于郊居的想法。同时，作者"不慕权于城市，岂邀名于屠肆。咏希微以考室，幸风霜之可庇"。于是，他幻想着能够有这样一处居所：

> 尔乃傍穷堑，抵荒郊，编霜荻，葺寒茅。构栖噪之所集，筑町疃之所交。因犯檐而刊树，由妨基而剪巢。决渟洿之汀濙，塞井甃之沦坳。菽芳枳于北渠，树修杨于南浦。迁瓮牖于兰室，同肩墙于华堵。织宿楚以成门，籍外扉而为户。既取阴于庭槐，又因篱于芳杜。开阁室以远临，辟高轩而旁睹。渐沼沚于溜垂，周塍陌于堂下。其水草则苹萍芡芰，菁藻兼菰。石衣海发，黄荇绿蒲。动红荷于轻浪，覆碧叶于澄湖。湌嘉实而却老，振羽服于清都。其陆卉则紫鳖绿蒁，天着山韭，雁齿麇舌，牛唇凫首。布瀵南池之阳，烂漫北楼之后。或罴渚而苊地，或萦窗而窥牖。若乃园宅殊制，田圃异区。李衡则橘林千树，石崇则杂果万株。并豪情之所侈，非俭志之所娱。欲令纷披荟郁，吐绿攒朱。罗窗映户，接溜承隅。开丹房以四照，舒翠叶而九衢。抽红英于紫带，衔素蕊于青跗。其林鸟则翻泊颉颃，遗音下上。楚雀多名，流嘤杂响。或斑尾而绮翼，或绿衿而绛颡。好叶隐而枝藏，乍间关而

来往。其水禽则大鸿小雁,天狗泽虞。秋鹥冬鹅,修鹙短凫。曳参差之弱藻,戏瀺灂之轻躯。翅抌流而起沫,翼鼓浪而成珠。其鱼则赤鲤青魴,纤鲦巨蠵,碧鳞朱尾,修颅偃额。小则戏渚成文,大则喷流扬白。不兴羡于江海,聊相忘于余宅。其竹则东南独秀,九府擅奇。不迁植于淇水,岂分根于乐池。秋蜩唫叶,寒雀噪枝。来风南轩之下,负雪北堂之垂。访往涂之畛迹,观先识之情伪。每诛空而索有,皆指难而为易。不自已而求足,并尤物以兴累。亦昔士之所迷,而今余之所避也。

沈约用饱蘸情感之笔,全面、生动而形象地描绘了一幅郊居风景图。在这幅图中,有着各种各样繁茂的植物、灵动的动物。画面内容丰富,色彩鲜艳,栩栩如生。作者不厌其烦地从各个方面、不同层次细细地描摹这幅郊居风景图。可以看出,他是对这种郊居生活充满喜爱和期待的。因而,赋的结尾说:

其芳袭余。风骚屑于园树,月笼连于池竹。蔓长柯于檐柱,发黄华于庭菊。冰悬溜而带坻,雪萦松而被埻。鸭屯飞而不散,雁高翔而欲下。并时物之可怀,虽外来而非假。实情性之所留滞,亦志之而不能舍也。

沈约赋中的写怀之作,主要有《悯途赋》《悯国赋》两篇,其中,《悯国赋》仅存部分,已经无法窥其全貌。《悯途赋》抒发作者的羁旅思乡之情,写得颇为感人,不妨一看:

结榜穷渚,思临长屿。情依旧越,身经故楚。彼长路之多端,伊客心之无绪。欢因循而易失,悲由心而难拒。此北海之信辽,知余思之方阻。日掩长浦,风扫联葭。叠云凝愤,广水腾华。听奔沸于洲屿,望掩暧乎烟沙。依云边以知国,极鸟道以瞻家。免凄怆于羁离,亦殷勤于行路。叹余途之屡蹇,奚前芳之可慕。

这篇赋虽然短小,但写景抒情融合无间,具有很强的艺术感染力。"日掩长浦,风扫联葭。叠云凝愤,广水腾华",融情于景,借景言情,巧妙而生动。结尾四句"免凄怆于羁离，亦殷勤于行路。叹余途之屡蹇，奚前芳之可慕"，情感直接呼告而出，具有震撼人心的力量。

沈约的丽情赋主要有《丽人赋》和《伤美人赋》两篇。其中，《丽人赋》描写了这样一位女子：

> 有客弱冠未仕，缔交戚里。驰骛王室，遨游许史。归而称曰：狭斜才女，铜街丽人。亭亭似月，嫣婉如春。凝情待价，思尚衣巾。芳逾散麝，色茂开莲。陆离羽佩，杂错花钿。响罗帏而不进，隐明灯而未前。中步檐而一息，顺长廊而迴归。池翻荷而纳影，风动竹而吹衣。薄暮延伫，宵分乃至。出闺入光，含羞隐媚。垂罗曳锦，鸣瑶动翠。来脱薄妆，去留余腻。沾妆委露，理鬓清渠。落花入领，微风动裾。

寥寥数笔，将女子的美丽神态描摹得生动而形象，美而不艳，丽而不腻。"池翻荷而纳影，风动竹而吹衣"，侧面描写女子的美丽，颇为传神，富含神韵，乃篇中锦句。

南朝是我国咏物文学大盛的阶段，有许多文学家都为咏物文学的发展做出了卓越贡献，沈约就是其中有代表性的一位。沈约不仅创作了大量的咏物诗，还创作了卓越的咏物赋。在其仅有的十一篇赋中，咏物赋就有六篇，占据了一大半的比例。沈约的咏物赋，不注重对所咏之物的细致描绘，而是着眼于对客观事物神韵的抒写和描摹。他笔下的事物，无论是桐树还是高松，无论是衰草还是水鸟，都具备一种超尘脱俗的气韵。值得注意的是，东晋以至南朝的艺术家和文人普遍有注重神理气韵的审美倾向，沈约也如此。其咏物赋中所表现出的注重物之灵气与神韵的特点，就是这种审美倾向的反映。且看其《桐赋》：

> 龙门之桐，远望青葱。专岩擅岭，或孤或丛。枝封暮云，叶映昼虹。抗兰橑以栖龙，拂雕窗而团露。喧密叶于凤晨，宿高枝于鸾暮。合影阳崖，标峰东陆。俯结玄阴，仰成翠幄。乍仿佛于行雨，时徘徊于丹毂。绕齐彩于碧林，岂惭光于若木。

从大处着笔，把小小的桐树写得大气而蓬勃，凸显其神理气韵。"抗兰橑以栖龙，拂雕窗而团露。喧密叶于凤晨，宿高枝于鸾暮"，壮阔而昂扬，写出了不同凡俗的气概。

再看其《高松赋》：

郁彼高松，栖根得地。托北园于上邸，依平台而养翠。若夫蟠株耸干之懿，含星漏月之奇。经千霜而得拱，仰百仞而方枝。朝吐轻烟薄雾，夜宿迷鸟羁雌。露虽滋而不润，风未动而先知。既捎云于清汉，亦倒景于华池。轻阴蒙密，乔柯布濩。叶断禽踪，枝通猿路。听骚骚于既晓，望隐隐于将暮。暧平湖而漾青绿，拂缯绮而笼丹素。于时风急，垄首寒浮。塞天流蓬，不息明月孤悬；檀栾之行，可咏邹枚之客。存焉清都之念，方远姑射之想。悠然攫柔情于蕙圃，涌宝思于珠泉。岂徒为善之小乐，离缴之短篇。若此而已乎？

同样是气势磅礴，不同凡响，将高松写得气韵生动，神理不凡。

孙梅《四六丛话》卷四载："左陆以下，渐趋整练；齐梁而降，益事妍华，古赋一变而为骈赋。"指出齐梁时期的赋已经从古赋发展为骈赋。以沈约之赋比照之，孙氏所言不差。沈约的赋注重对偶，精于炼字，体现出声律、音韵之美。这一方面和南朝注重绮丽婉美的文学风尚相关，一方面也和沈约有意识地对声律之美的探索密不可分。

第三节 沈约的散文

沈约的散文，据严可均《全上古三代秦汉三国六朝文·全梁文》统计，共有一百七十余篇。沈约的文章，体裁多样，内容丰富，有铭、颂、赞等颂赞类散文，有诏、敕、疏、启、表、弹文等公文类散文，有书信类散文，有论说类散文，也有碑、志、传、状类散文，等等。

在沈约的文中，最为知名、影响最大、成就最高的是《谢灵运传论》。为明其详情，现录之于下：

民禀天地之灵，含五常之德。刚柔迭用，喜愠分情。夫志动于中，则歌咏外发。六义所因，四始攸系。升降讴谣，纷披风什。虽虞夏以前，遗文不睹；禀气怀灵，理无或异。然则歌咏所兴，宜自生民始也。周室既衰，风流弥著。屈平宋玉导清源于前，贾谊相如振芳尘于后。

英辞润金石，高义薄云天。自兹以降，情志愈广。王褒、刘向、扬、班、崔、蔡之徒，异轨同奔，递相师祖。虽清辞丽曲，时发乎篇，而芜音累气，固亦多矣。若夫平子艳发，文以情变，绝唱高踪，久无嗣响。至于建安，曹氏基命，二祖陈王，咸蓄盛藻。甫乃以情纬文，以文被质。自汉至魏四百余年，辞人才子文体三变。相如巧为形似之言，班固长于情理之说，子建、仲宣，以气质为体，并标能擅美，独映当时。是以一世之士，各相慕习。原其飚流所始，莫不同祖风骚。徒以赏好异情，故意制相诡。降及元康，潘、陆特秀，律异班、贾，体变曹、王，缛旨星稠，繁文绮合。缀平台之逸响，采南皮之高韵。遗风余烈，事极江左。有晋中兴，玄风独振。为学穷于柱下，博物止乎七篇。驰骋文辞，义单乎此。自建武暨乎义熙，历载将百。虽缀响联辞，波属云委，莫不寄言上德，托意玄珠，遒丽之辞，无闻焉尔。仲文始革孙、许之风，叔源大变太元之气。爰逮宋氏，颜谢腾声，灵运之兴会标举，延年之体裁明密，并方轨前秀，垂范后昆。若夫敷衽论心，商榷前藻，工拙之数，如有可言。夫五色相宣，八音协畅，由乎玄黄律吕，各适物宜。欲使宫羽相变，低昂互节。若前有浮声，则后须切响。一简之内，音韵尽殊；两句之中，轻重悉异。妙达此旨，始可言文。至于先士茂制，讽高历赏，子建函京之作，仲宣霸岸之篇，子荆零雨之章，正长朔风之句，并直举胸情，非傍诗史。正以音律、调韵取高前式，自骚人以来，此秘未睹。至于高言妙句，音韵天成，皆暗与理合。匪由思至，张、蔡、曹、王，曾无先觉；潘、陆、谢、颜，去之弥远。世之知音者，有以得之，知此言之非谬。如曰不然，请待来哲。

全文行云流水，酣畅淋漓，以精到和准确的笔触对前代文学发展的一般情况做出简要的、恰如其分的描述和概括，体现了沈约准确、全面的文学眼光和卓越的把握、概括能力。全文一气呵成，言简意赅，很好地展现出沈约文章精练、准确的特点。同时，文辞顺畅，注重对偶，声韵铿锵，富有气势，也是沈约这篇文章的显著特点。值得一提的是，这篇文章反映了沈约的文学发生和发展论思想，对于准确了解和把握沈约的文学思想，有重要的意义和价值。正因为如此，这篇文章有着很高的知名度。

此外，沈约《答陆厥问声韵书》集中反映了他的声律思想，因而亦常为人所提及。《答陆厥问声韵书》：

> 宫商之声有五，文字之别累万，以累万之繁，配五声之约，高下低昂，非思力所举，又非止若斯而已也。十字之文，颠倒相配，字不过十，巧历已不能尽，何况复过于此者乎？灵均以来，未经用之于怀抱，固无从得其仿佛矣。若斯之妙，而圣人不尚，何邪？此盖曲折声韵之巧，无当于训义，非圣哲立言之所急也。是以子云譬之雕虫篆刻，云："壮夫不为"。自古辞人，岂不知宫羽之殊，商徵之别，虽知五音之异，而其中参差变动，所昧实多。故鄙意所谓此秘未睹者也。以此而推，则知前世文士，便未悟此处。若以文章之音韵，同弦管之声曲，则美恶妍蚩，不得顿相乖反。譬犹子野操曲，安得忽有啴缓失调之声？以洛神比陈思，他赋有似异手之作。故天机启则律吕自调，六情滞则音律顿舛也。士衡虽云炳若缛锦，宁有濯色江波，其中复有一片，是卫文之服。此则陆生之言，即复不尽者矣。韵与不韵，复有精粗，轮扁不能言之，老夫亦不尽辨此。

文章侃侃而谈，言之成理，气势充沛，反映了沈约对声律规律的清醒认识，是研究沈约声律思想不可多得的一篇佳作。

当然，我们应该承认，沈约的文章大多是应时、应制而作，内容较为单薄，总体艺术成就也不高。因此，沈约之文远没有其诗歌有那么高的知名度，萧纲在《与湘东王书》一文中说："至如近世谢朓、沈约之诗，任昉、陆倕之笔，斯实文章之冠冕，述作之楷模。"可见，时人推重的是他的诗，而不是他的文章。此外，萧统编《文选》，于沈约一百七十余篇文中仅选录四篇，亦可作为沈约文章成就不高、知名度不大的一个侧面反映。

第四节 沈约文集的流播与传承

沈约的文集于梁天监年间即已编定，共有一百卷之巨。《南史》卷五十七《沈约传》载："天监中，又撰《梁武纪》十四卷……《文集》一百卷，皆行于世。"陈代吴郡文人陆从典幼年时即已见到编定的沈约文集。《陈书》卷三十《陆琼传》附子陆从典传云："陆琼，字伯玉，吴郡吴人也……第三子从典，字由仪。幼而聪敏，八岁读《沈约集》，见《回文研铭》，从典援笔拟之，便有佳致……"

《沈约集》初编定时为一百卷，然《隋书》卷三十五《经籍四》载："梁特进沈约集一百一卷。"多出一卷。据江藩《半毡斋题跋》所言，乃为序录。隋唐以至宋初，《沈约集》始终以百卷传承；唐宋之际，《沈约集》析出三十卷而成《集略》，与百卷本并行。《旧唐书》卷四十七《经籍下》载："《沈约集》一百卷，《沈约集略》三十卷。"《新唐书》卷六十《艺文志》亦载："《沈约集》一百卷，又《集略》三十卷。"此后，百卷本即失传。北宋王尧臣撰《崇文总目》时，《沈约集》仅剩九卷，《崇文总目》卷十一载："《沈约集》九卷。"南宋时期，又出现了十五卷本和一卷的别集本，陈振孙《直斋书录解题》卷十六载："《沈约集》十五卷，《别集》一卷，又九卷。"陈氏云："（沈）约有文集百卷，今所存惟此而已。十五卷者，前二卷为赋，余皆诗也。别集杂录诗文，不分卷。九卷者，皆诏草也。阁馆书目（按：即指《崇文总目》）但有此九卷及诗一卷，凡四十八首。"然此十五卷本，后世亦不见传承。南宋尤袤《遂初堂书目》载有"沈休文集"，然不云卷数。九卷本《沈约集》至元初仍在，元脱脱《宋史》卷二百八《艺文七》载："《沈约集》九卷，又诗一卷。"此后九卷本亦散佚不见。

明代流传的沈约文集共有六个版本系统，即一卷本、二卷本、四卷本、五卷本、六卷本和十六卷本。

一卷本沈约文集见于《万卷堂书目》和明高儒《百川书志》的记载。《万卷堂书目》卷四"别集"项载："《休文集》一卷"，《百川书志》卷十二载："《沈休文文集》一卷"，注云："梁尚书仆射武康沈约撰，凡五十八篇。"是本纯为文集，不载录诗歌。《百川书志》卷十四另著录有"《沈休文诗集》一卷"，注云："梁吴兴沈约撰，乐府九十七首，杂诗八十一首。"是本版式未详，现不知藏于何处。

二卷本乃明张溥《汉魏六朝百三家集》本。《汉魏六朝百三家集》卷八十七、八十八共收录《梁沈约集》两卷，其中卷八十七为文、卷八十八为诗。

四卷本主要有沈启原辑万历十三年沈启原刊本、万历十三年袁敏学刊本、万历三十七年杨鹤刊本和万历四十一年刊《武康四先生集》本。明代流传的四卷本沈约文集多为沈启原所辑。沈启原，字道升，秀水县（今属嘉兴）人，登嘉靖三十八年进士第。《明代版刻综录》第二册载："《沈隐侯集》四卷",注云:"梁沈约撰,明沈启原辑。"沈启原辑得沈约文集四卷以后,冠以"《沈隐侯集》"之名,于万历十三年刊印。此刊本现在上海图书馆、南京图书馆有藏。同年,袁敏学亦据沈氏辑本刊刻四卷本,冠以《沈隐侯集》,是本现已不知所踪。万历三十七年,杨鹤再次刊刻四卷本沈约文集,冠以《沈休文集》之名。杨鹤,字修龄,等万历三十二年进士第,历任洛南、长安县县令,累迁兵部右侍郎。清江藩《半毡斋》曾藏有杨鹤此一刊本,江氏为之作跋语。是本现藏于上海图书馆。又,明万历四十一年刻《武康四先生集》时,亦收录《沈休文集》四卷。此外,明祁承㸁《澹生园藏书目》卷十三《集部第六·别集上》载有四卷本《沈休文集》,然未知刊于何时。

五卷本沈约文集有明万历刻本和明程荣刊本,冠名皆为《沈休文集》。此外,《澹生园藏书目》卷十三《集部第六·别集上》亦著录有"《沈休文集》四册",注云:"四卷,沈约。"惜未能言明刊于何时或为何人所刊。

六卷本沈约文集为万历年间岳元声刊本。岳元声,字之初,号石帆,嘉兴县人,万历年间进士及第,历官旌德县县令、南京兵部侍郎等职,著有《圣学范园图》。《明代版刻综录》第二册载:"《沈隐侯集》六卷,明万历岳元声刊。"是本现不知所踪,当已亡佚。

十六卷本仅见明徐渤《徐氏家藏书目》卷六"别集类"所载,冠名为《沈约集》。未知何人所刊,版式亦不明,现不知所踪。

此外,毛晋汲古阁亦曾校刻沈约集。《汲古阁校刻书目》载:"《沈隐侯集》,一百五十一叶。"惜不知其为几卷。

现存沈约文集善本主要有:明万历十三年沈启原刊本《沈隐侯集》四卷(一本有清人朱桂之所题之跋),明万历四十一年刊《武康四先生集》本《沈休文集》四卷,明万历刊《沈休文集》五卷,明程荣刊《沈休文集》五卷(曾归清人丁丙,后有丁氏跋语)。现存沈约集通行本乃《丛书集成三编》本《沈隐侯集》二卷、《汉魏六朝百三家集》本《梁沈约集》二卷。

在齐梁文坛上,沈约能够清醒地认识到文学发展的趋势和规律,大胆而富有创建地提出一套较为系统的声律理论,不仅为南朝文学创作思想的丰富和发展做出了积极贡献,也为唐诗这一诗国高潮的到来做了理论上的准备和实践上的探索。其开拓的价值和探索之意义,值得重视。同时,沈约以内容和形式兼善的个人创作,丰富了南朝的文坛和中国文学的生态园。

此外，他作为一代文坛领袖，积极奖掖后进，为南朝文坛培育和储备了许多优秀的文学创作能手，在推进南朝文学的繁荣方面功不可没。就湖州文学的发展而言，沈约不仅是第一位重量级的"闯将"，更是湖州文学展现在世人面前的第一面重要"旗帜"！

第九章　吴均创作述论

吴均（469~520年），字叔庠，吴兴故鄣（今属湖州安吉）人，家世贫寒，虽有俊才，然无显宦，一生沉沦下僚，辗转奔波，颇为凄凉。其生平情况，在《南史》卷七十二、《梁书》卷四十九所载之《吴均传》中言之颇详。《南史》云：

> 吴均，字叔庠，吴兴故鄣人也。家世寒贱，至均好学，有俊才。沈约尝见均文，颇相称赏。梁天监初，柳恽为吴兴，召补主簿，日引与赋诗。均文体清拔有古气，好事者或敩之，谓为"吴均体"。均尝不得意，赠恽诗而去，久之复来，恽遇之如故，弗之憾也。荐之临川靖惠王，王称之于武帝，即日召之，赋诗，悦焉。待诏著作，累迁奉朝请。先是，均将著史以自名，欲撰《齐书》，求借齐起居注及群臣行状，武帝不许。遂私撰《齐春秋》奏之，书称帝为齐明帝佐命，帝恶其实录，以其书不实，使中书舍人刘之遴诘问数十条，竟支离无对，敕付省焚之。坐免职。寻有敕召见，使撰《通史》，起三皇，讫齐代。均草《本纪》、《世家》已毕，唯《列传》未就，卒。均注范晔《后汉书》九十卷，著《齐春秋》二十卷，《庙记》十卷，《十二州记》十六卷，《钱塘先贤传》五卷，《续文释》五卷，《文集》二十卷。

吴均一生著述颇多，然多有散佚。从流传下来的作品看，吴均诗文兼擅，且皆能达到较高的艺术水准。将其放置到南朝整个创作生态中来看，他也能够算得上是一位卓尔不群的诗文名家。他"清拔有古气"的"吴均体"在当时和后世都有着不小的影响。

明代张溥《汉魏六朝百三家集》卷一百〇一辑录有《吴均集》一卷，其中包括赋五篇、表一篇、书三篇、檄二篇、说一篇、连珠二首、乐府三十七首、诗一百〇一首,在辑存吴均作品方面居功甚伟。此后,严可均《全上古三代秦汉三国六朝文》、逯钦立《先秦汉魏晋南北朝诗》对吴均的文和诗又进行了搜罗和录存。前贤的诸多努力,才使得吴均的作品有较多留存到了现在。

第一节 吴均的诗歌创作

韩愈说"物不得其平则鸣",欧阳修说"非诗能穷人,穷者而后工也"。吴均正因为沉迹于下层,贫寒的生活磨炼了他的诗才,造就了他的诗艺;同时,长期的下层生活,让他看到了许多别人看不到的沧桑、不平与苦难,再加上生性耿直,不平则鸣,发而为诗,就形成了其清峻峭拔、古朴真挚的特点。

吴均以诗名家,最能体现其"清拔有古气"的是乐府诗。吴均的乐府诗,从内容上来看,可以分为"刚""柔"两个方面。"刚"的方面是指表现将士、游侠驰骋边塞、报国守疆、慷慨然诺、挥洒激情的作品。如下面的几首诗:

  蹀躞青骊马,往战城南畿。五历鱼丽阵,三入九重围。名慑武安将,血污秦王衣。为君意气重,无功终不归。(《战城南》)
  羽檄起边庭,烽火乱如萤。是时张博望,夜赴交河城。马头要落日,剑尾掣流星。君恩未得报,何论身命倾。(《入关》)
  剑头利如芒,怕持照眼光。铁骑追骁虏,金羁讨黠羌。高秋八九月,胡地早风霜。男儿不惜死,破胆与君尝。(《胡无人行》)
  结客少年归,翩翩骏马肥。报恩杀人竟,贤君赐锦衣。握兰登建礼,拖玉入含晖。顾看草玄者,功名终自微。(《结客少年场》)

这几首乐府诗,风格刚健峭拔,慷慨遒劲,直承建安诗歌的慷慨悲凉,对唐代边塞诗的苍劲雄奇有着直接影响。

吴均乐府诗在内容方面的"柔"是指其以思妇怀人为主要描写对象的作品以及一部分艳情之作。这类作品大多哀婉缠绵,充满了绵绵的柔意。且看下面几首:

贱妾先有宠，蛾眉进不迟。一从西北丽，无复城南期。何因暂艳逸，岂为乏妍姿。徒有黄昏望，宁遇青楼时。惟惜应门掩，方余永巷悲。匡床终不共，何由横自私。（《妾安所居》）

桂树夹长陂，复值清风吹。氤氲揉芳叶，连绵交密枝。能迎春露点，不逐秋风移。愿君长惠爱，当使岁寒知。（《夹树》）

袅袅陌上桑，荫陌复垂塘。长条映白日，细叶隐鹂黄。蚕饥妾复思，拭泪且提筐。故人宁知此，离恨煎人肠。（《拟古四首·陌上桑》）

锦带杂花钿，罗衣垂绿川。问子今何去，出采江南莲。辽西三千里，欲寄无因缘。愿君早旋返，及此荷花鲜。（《拟古四首·采莲曲》）

"思妇诗"是中国众多诗歌类型中的一大类，早在《诗经》中，就有了哀婉凄恻、感人肺腑的思妇之作。"思妇"这一"母题"在中国文学发展的长河中，辗转传承，不断创新，在各个时期都能产生一批优秀的经典作品。吴均以乐府来写思妇，把思妇的孤寂之状和怀人之思抒写得细腻而又哀婉，一唱三叹，很有动人的魅力。在中国思妇诗发展的历史进程中，吴均应有一席之地。

如果说吴均的"刚性"乐府诗更多的是表达其诗歌"峭拔"一面的话，那么，其"柔性"乐府诗则更多地体现出"清婉"的一面。二者合一，就形成了吴均诗歌既"清"且"拔"的特色。

除了乐府之作以外，吴均还有诗歌一百余首。就内容而言，可以分为酬赠之作、咏怀之作、写景之作、咏物之作、送别之作、边塞之作、艳情之作，等等。

吴均虽一生沉沦下僚，但并不寂寞。他朋友众多，上至卿王重臣，下至白衣士子，都有所交往。吴均的文采，很早就为沈约所称赏，而沈约就是当时的朝廷重臣。此外，吴均曾任建安王萧伟扬州记室。萧伟迁江州，吴均曾有"补国侍郎，兼府城局"的待遇，但由于贫寒的出身和耿直的性格，他始终未能晋身上层。在吴均的交游圈中，还有柳恽、周兴嗣、王僧孺、何逊等人，其中，最值得一提的是柳恽。柳恽于梁天监二年（503年）出任湖州太守，招吴均为主簿，柳、吴二人经常赋诗酬唱，成为湖州文学史上的一段佳话。

吴均现存诗歌中，有多首是和柳恽相酬唱的，可见二人感情之一斑：

黄骊飞上苑，渌芷出汀洲。日映昆明水，春生鸤鹊楼。飘扬白花舞，烂漫紫萍流。书织回文锦，无因寄陇头。思君甚琼树，不见方离忧。（《与柳恽相赠答六首》其一）
　　秋云静晚天，寒夜方绵绵。闻君吹急管，相思杂采莲。别离未几日，高月三成弦。蹀迭黄河浪，嘶唱陇头弦。寄君蘼芜叶，插著丛台边。（《与柳恽相赠答六首》其六）

吴均的酬赠诗，不仅数量较多，质量也较高。除上举赠答柳恽的两首以外，其赠答诗的佳作还有《酬周参军》《赠姚郎》等。且看此二诗：

　　日暮忧人起，倚户怅无欢。水传洞庭远，风送雁门寒。江南霜雪重，相如衣服单。沉云隐乔树，细雨灭层峦。且当对樽酒，朱弦永夜弹。（《酬周参军》）
　　星汉正参差，佳人不在斯。宿昔暂乖阻，何异远分离。露染蘼芜叶，日照芄兰枝。风光已飘薄，云采复透迤。劳梦无人觉，默默心自知。（《赠姚郎》）

酬赠之诗要想写出佳作，颇有难度，而吴均这两首诗写景抒情非常妥帖，融合无迹，可算是酬赠诗中的佳作。吴均的赠别诗情感真挚，哀婉感人，浸染着诗人心中的沧桑和凄寒。且看下面三首诗：

　　故人杯酒别，天清明月亮。露下寒葭中，风起秋江上。衣染潺湲泪，棹犯参差浪。匕首直千金，七宝雕华装。生离何用表，赖此持相饷。（《酬别》）
　　相送出江浔，泪下沾衣襟。何用叙离别，临岐赠好音。敬通才如此，君山学复深。明哲遂无赏，文华空见沉。古来非一日，无事更劳心。（《发湘州赠亲故别三首》其一）
　　故人来送别，帐酒临行阡。露繁秋色慢，气怆螗声煎。雁渡章华国，叶乱洞庭天。复有向隅泪，中肠皆涕涟。但愿千丈松，结景云之峰。山高日华早，枝多风彩重。我还爱芳杜，君住揖骊龙。（《寿阳还与亲故别》）

凄婉哀寒是吴均此类诗的基本格调。

相较而言,吴均的写景诗风格较为清朗,格调较为明快自然,在其诗歌中有着独特的色彩。比如下面的这两首诗:

  远涧自倾曲,石溆复戈戈。含珠岸恒翠,怀玉浪多圆。疏峰时吐月,密树下开天。瑶绳尽玄秘,金检上奇篇。是有琴高者,陵波去水仙。(《登寿阳八公山》)
  山际见来烟,竹中窥落日。鸟向檐上飞,云从窗里出。(《山中杂诗三首》其一)

《登寿阳八公山》一诗中,"含珠岸恒翠,怀玉浪多圆。疏峰时吐月,密树下开天"两联颇为精绝。一"翠"、一"圆"、一"吐"、一"开",颇可见诗人炼字之匠心;动静结合、高下相配,又使诗歌具备画面的美感和音乐的动感。与之相比,《山中杂诗三首(其一)》则显得更加清新小巧、自然玲珑。开头一句"山际见来烟",仅着一"来"字,便向读者展示了一幅日暮西山、炊烟袅袅淡入蓝天的美丽景象。下一句"竹中窥落日",言明自己置身于竹林之中;以一"窥"字,进一步表现了诗人此时闲适的心境。第三句"鸟向檐上飞",看似平淡,实含精警,表明作者回到屋前。落日时分,鸟雀归巢,在屋檐上叽叽喳喳,热闹非凡。最后一句,选择白云从窗子里飘过的美丽画面,营造出一份恬静的美感,突出地表现了诗人的闲适生活。整首诗写山中日暮的景色,每句一景,看似毫不相干,没有内在的联系,然而四句整合起来,却营造出一种悠然不尽的神韵。因此,沈德潜称赞它:"四句写景,自成一格。"(《古诗源》)

值得注意的是,吴均的许多写景诗并不是单纯写景,而是在景物中蕴含了人生感慨,委婉曲折,颇有深意。例如,《春咏》一诗:"春从何处来,拂水复惊梅。云障青琐闼,风吹承露台。美人隔千里,罗帏闭不开。无由得共语,空对相思杯。"借用传统的"香草美人"写法,曲折地表达自己理想不得实现的怅惘和苦闷。

同样的怅惘与失落之情,在吴均的咏物诗中也经常可以看到。且看下面的三首诗:

  龙门有奇价,自言梧桐枝。华晖实掩映,细叶能披离。不降周王

子，空待岁时移。严风忽交劲，遂使无人知。(《共赋韵咏庭中桐》)

　　细柳生堂北，长风发雁门。秋霜常振叶，春露讵濡根。朝作离蝉宇，暮成宿鸟园。不为君所爱，摧折当何言。(《咏柳》)

　　我有一宝剑，出自昆吾溪。照人如照水，切玉如切泥。锷边霜凛凛，匣上风凄凄。寄语张公子，何当来见携。(《宝剑》)

无论是庭中的桐树，还是堂北的细柳，抑或是"出自昆吾溪"的宝剑，都带有作者的身影，都在代言诗人人生的无奈和不被重视的失落之感。当然，除了蕴含身世之感以外，从吴均的咏物诗中也常常可以见出其描摹物态的高超水平。《咏雪》一诗可作一例："微风摇庭树，细雪下帘隙。萦空如雾转，凝阶似花积。不见杨柳春，徒看桂枝白。零泪无人道，相思空何益。"诗中"萦空如雾转，凝阶似花积"两句颇为奇绝，不仅写出了雪的外在形态，更写出了其内在神韵，颇值得称道。

相比于咏物诗的"曲折言志"而言，吴均的咏怀诗在表达内心情感方面虽亦有"曲折达情"的一面，但总体上要直接一些。且看其《咏怀二首》：

　　仆本报恩人，走马救东秦。黄龙暗迢递，青泥寒苦辛。野战剑锋尽，攻城才智贫。唯余一死在，留持赠主人。
　　元叔势位卑，长卿宦情寡。二顷且营田，三钱聊饮马。悬风白云上，挂月青山下。心中欲有言，未得忘言者。

在吴均现存的诗歌中，还有一定数量的边塞诗，较为知名者，有《边城将四首》《古意七首》等。兹分别将其第一首列之于下，以见其风貌之一斑：

　　塞外何纷纷，胡骑欲成群。尔时始应募，来投霍冠军。刀含四尺影，剑抱七星文。袖间血洒地，车中旌拂云。轻躯如未殡，终当厚报君。(《边城将四首》其一)
　　杂虏寇铜鞮，征役去三齐。扶山剪疏勒，傍海扫沉黎。剑光夜挥电，马汗昼成泥。何当见天子，画地取关西。(《古意七首》其一)

南朝齐梁年间，宫体诗鼎盛，且影响很大。吴均作为生活于此一时期的知识分子，耳濡目染，不可能不受到宫体诗的影响，因而，南朝诗歌的柔弱之气也可在吴均诗歌中找到。最能体现吴均诗歌柔弱之风的，是其思妇、闺怨之作。其思妇、闺怨之作除前面提到的乐府诗以外，写得较好的还有以下几首：

> 胡笳屡凄断，征蓬未肯还。妾坐江之介，君戍小长安。相去三千里，参商书信难。四时无人见，谁复重罗纨。(《闺怨二首》其一)
> 春草可揽结，妾心正断绝。绿鬓愁中改，红颜啼里灭。非独泪成珠，亦见珠成血。愿为飞鹊镜，翩翩照离别。(《闺怨二首》其二)
> 去妾在河桥，相思复相辽。凤皇簪落发，莲花带缓腰。肠从别处断，貌在泪中消。愿君忆畴昔，片言时见饶。(《去妾赠前夫》)

这类作品"清"有余而"拔"不足，在体现"有古气"的特色方面稍有欠缺。

第二节　吴均的辞赋、散文与小说

以往人们往往喜欢用"清拔有古气"来评价吴均的诗歌，其实，不仅是诗歌，"清拔有古气"应该是吴均所有作品的总体特点。其赋、文等不同文体的作品，都具备"清拔有古气"的特点。

一、吴均的辞赋

张溥《汉魏六朝百三家集》卷一百〇一辑录的《吴均集》一卷中，共收录了《吴城赋》《八公山赋》《碎珠赋》《橘赋》《笔格赋》五篇赋。这五篇赋各具特色，而《吴城赋》《八公山赋》尤能体现出吴均作品"清峭峻拔"的特色。

> 古树荒烟，几千百年，云是吴王所筑，越王所迁。东有铸剑残水，西有舞鹤故廛。萦具区之广泽，带姑苏之远山。仆本蓄怨，千悲亿恨，况复荆棘萧森，丛萝弥蔓，亭梧百尺，皆历地而生枝；阶筠万丈，或至杪而无叶。不见春荷夏槿，唯闻秋蝉冬蝶。木魅晨走，山鬼夜惊，不知九州四海，乃复有此吴城。(《吴城赋》)

吴城,即苏州。整篇赋一气呵成,流畅而省净,慷慨而刚健,很好地体现出吴均作品"清峭峻拔""有古雅气"的特色。

再来看《八公山赋》:

> 峻极之山,蓄圣表仙,南参差而望越,北迤逦而怀燕。尔其盘桓基固,含阳藏雾,绝壁岭巘,层岩回互。桂皎月而常团,云望空而自布。袖以华闻,带以潜淮,文星乱石,藻日流阶。若夫神基巨镇,而卓荦荆河,箕风毕雨,育岭生峨。高岑直兮蔽景,修坂出兮架天。以迎云而就日,若从汉而回山。露泫叶而原净,花照矶而岫鲜。促嶂万寻,平崖亿绝。上被紫而烟生,傍带花而来雪。维英王兮好先,会八公兮小山。驾飞龙兮翩翩,高驰翔兮冲天。

八公山在今安徽省寿县,据清代湖州人沈炳巽所撰《水经注集释订讹》卷三十"淮水"项载:"八公山,在寿州北少东,淮水之南。《寰宇记》云:'一名肥陵山。'淮南王安与其宾客八公俱登此山学仙,今山有安时故台及石,上有人马迹。"吴均此赋文辞朗练,古朴而干脆。寥寥数语,将八公山的地理位置、景物气象、气势神韵等,精到而传神地描绘出来。惜墨如金却气韵非凡,显示出吴均高超的写景状物能力。

一般认为,赋的特色就是丰墨繁彩,层层摹写,细细勾勒,反复渲染,而吴均的赋却一反常态。他精简笔墨,放弃传统赋家层层描摹的层叠式"富态书写",借鉴诗歌含蓄、简约的写法,用尽可能简短的文辞传达出事物的气韵和神采。例如,他的《笔格赋》:

> 幽山之桂树,恒萦风而抱雾,叶委郁而陆离,根纵横而盘互,尔其负霜舍液,枝翠心赤,翦其匡条,为此笔格。跌□则岩岩方爽,似华山之孤生。上管则员员峻逸,若九疑之争出。长对坐而衔烟,永临窗而储笔。

此赋古练精省,深受其诗歌"清拔有骨气"的风格影响。

二、吴均的散文

在中国文学史上,吴均的创作中深为人所称道的,除了诗以外,还有散文。在南朝描写山水景物的散文中,吴均的《与朱元思书》是最为人称道的精品佳作之一：

> 风烟俱净，天山共色。从流飘荡，任意东西。自富阳至桐庐，一百许里，奇山异水，天下独绝。
>
> 水皆缥碧，千丈见底。游鱼细石，直视无碍。急湍甚箭，猛浪若奔。
>
> 夹峰高山，皆生寒树。负势竞上，互相轩邈。争高直指，千百成峰。泉水激石，泠泠作响。好鸟相鸣，嘤嘤成韵。蝉则千转不穷，猿则百叫无绝。鸢飞唳天者，望峰息心。经纶世务者，窥谷忘反。横柯上蔽，在昼犹昏。疏条交映，有时见日。

朱元思，据黎经诘《六朝文笺注》，当作"宋元思"，字玉山。元思乃吴均之友，此虽为吴均写给友人的书信，然全文却以写景为主。作者将富春江沿途之山水，描绘得明净而生动。文章开头"风烟俱净，天山共色"八个字，磅礴大气，朗练高远，尺幅千里，出手不凡。"从流飘荡，任意东西"，又表达出惬意随性、从容流宕的轻松闲适心情，具有摇曳流动之美。全文在"奇山异水"四字的统领下，用简省传神之笔生动地描摹出"自富阳至桐庐，一百许里"山光水景的"独绝"之处，让人击节称赏。吴均不愧是描摹山水的大家，闪转腾挪，得心应手。全文虽短小，却处处玲珑；虽简洁，却时时秀逸。文辞明秀，声韵谐美，动静相合，高下得宜，给人以无穷的美感享受。

在吴均的散文作品中，像这样短小而秀逸的佳作还有《与施从事书》：

> 故鄣县东三十五里，有青山，绝壁干天，孤峰入汉。绿嶂百重，清川万转。归飞之鸟，千翼竞来。企水之猿，百臂相接。秋露为霜，春萝被径。风雨如晦，鸡鸣不已。信足荡累颐物，悟衷散赏。

这篇短文写的是其家乡故鄣的风景，同样省练而明秀、生动而深具神韵之美。

三、吴均的小说

吴均是南朝颇为知名的小说家，撰有《续齐谐记》一卷，今人评价其为"无论叙述故事或刻画人物都有较高的艺术技巧"（袁行霈《中国文学史》第二卷）。今据元陶宗仪《说郛》卷一百十五下所载吴均《续齐谐记》录文两则，以见吴均卓越的小说创造才能：

> 汉宣帝以皂盖车一乘赐大将军霍光，悉以金铰具。至夜，车辕上金凤凰辄亡去，莫知所之，至晓乃还。如此非一，守车人亦尝见。后南郡黄君仲北山罗鸟，得凤凰，入手即化成紫金，毛羽冠翅，宛然具足，可长尺余。守车人列上云："今月十二日夜，车辕上凤凰俱飞去，晓则俱还，今则不返，恐为人所得。"光甚异之，具以列上。后数日，君仲诣阙，上凤凰。子云："今月十二夜，北山罗鸟所得。"帝闻而疑之，置承露盘上，俄而飞去。帝使寻之，直入光家，止车辕上，乃知信然。帝取其车，每游行，即乘御之。至帝崩，凤凰飞去，莫知所在。（嵇康诗云："翩翩凤辖逢此网罗"）（《金凤凰》）
>
> 京兆田真兄弟三人共议分财，生赀皆平均，惟堂前一株紫荆树，共议欲破三片。明日，就截之，其树即枯死，状如火然。真往见之，大惊，谓诸弟曰："树本同株，闻将分斫，所以憔悴。是人不如木也。"因悲不自胜，不复解树。树应时荣茂，兄弟相感，合财宝，遂为孝门。真仕至大中大夫。（陆机诗云："三荆欢同株"）（《紫荆树》）

所述之事，皆有一定的荒诞怪异，富有浪漫主义精神，然叙述平实，犹如真有其事一般。从这里，也可以看出吴均非凡的小说构建能力。

第三节　吴均的影响

一、吴均的创作影响

吴均以其全面的创作能力和高超的创作水平，在中国文学史上产生了深远的影响，特别是其"清拔有骨气"的"吴均体"，深为后世诗人所追捧。许多诗人自觉接受吴均的诗歌创作风格和创作手法，并将其引入自己的创作中，创作出许多仿效"吴均体"的诗歌，形成了吴均及其作品在后世传播与接受的一道亮丽的风景线。兹举数例，以见出吴均之深远影响：

> 庭树发春辉，游人竞下机。却匣攀歌扇，开箱择舞衣。桑萎不复惜，看光遽将夕。自有专城居，空持迷上客。（纪少瑜《拟吴均体

应教》)

　　上家山，家山依旧好。昔去松桂长，今来容须老。上家山，临古道，高低入云树，芜没连天草。草色绿萋萋，寒蛩遍草啼。噪鸦啼树远，行雁帖云齐。岩光翻落日，僧火开经室。竹洞磬声长，松楼钟韵疾。苔阶泉溜缺，石凳青莎密。旧径行处迷，前交坐中失。叹息整华冠，持杯强自欢。笑歌怜稚孺，弦竹纵吹弹。山明溪月上，酒满心聊放。丱发此淹留，垂丝匪闲旷。青山不可上，昔事还惆怅。况复白头人，追怀空望望。(李绅《余顷居梅里常于惠山肄业旧室犹在垂白重游追感多思因效吴均体》)

　　悲离古所共，尔我情更难。泣逐惊飙泫，心随摧景酸。矧复值斯时，檐前朝露团。云去潇湘影，水合洞庭澜。朱弦日在御，思君何忍弹。(皇甫汸《送叔氏效吴均体三首》其一)

　　所列出的三位诗人，纪少瑜是南朝人，生活年代与吴均相近，可见吴均的诗在当时就产生了较大的影响，为人所仿效。李绅是唐代诗人，皇甫汸是明代诗人。由此可知，吴均的诗在其以后的不同时代，都深受认可，声名远播，影响深远。上列的三首诗，风格古朴、素淡，明显可以看出受吴均诗歌的影响。

二、吴均文集的流播

　　吴均的文集，《梁书·吴均传》载其有二十卷，《隋书》卷三十五《经籍四》亦载："梁奉朝请吴均集二十卷"，《旧唐书》卷四十七《经籍下》及《新唐书》卷六十《艺文志》皆载"《吴均集》二十卷"，然据南宋藏书家晁公武所言，唐世《吴均集》实则只有十卷，故北宋王尧臣《崇文总目》著录《吴均集》为十卷。到了南宋，《吴均集》仅存三卷，晁公武《郡斋读书志》卷四上载："《吴均集》三卷"，且云："（吴均）有集二十卷，唐世搜求，止得十卷。今又亡其七矣。"

　　吴均集于明代传承不广，明代众多公私书目，对其进行著录的仅有《秘阁书目》《汲古阁校刻书目》《徐氏家藏书目》等寥寥数家。钱溥《秘阁书目》载录有《吴均集》，然未明卷数。毛晋《汲古阁校刻书目》载："吴朝请（均）集，五十八叶"，未云具体卷数，然从页数来看，或仅有一卷。然《徐氏家藏书目》卷六"别集类"载："《吴均集》，四卷"，则至明代，《吴均集》尚有四卷之本，较南宋晁氏所藏反多出一卷，或为徐氏重新辑得，然未有确证，不敢遽断。按：焦竑《国史经籍志》卷五载《吴均集》有"三十卷"，殊无可能，不可据信。明张溥《汉魏六朝百三家集》卷一百一收录《吴均集》一卷，乃为现今通行的一卷本《吴均集》的母本。

现今通行的吴均作品集主要有《丛书集成三编》本《吴朝请集》一卷。逯钦立《先秦汉魏晋南北朝诗》较为全面地收录了吴均现存的全部诗歌。

"吴均诗语多奇揭"（见《将离宣城寄吴正仲》，载《宛陵集》卷三十六），这是宋代著名诗人梅尧臣对吴均诗歌的准确评价。吴均正是以其古拔、清奇的诗歌和全面的文学创作能力，以及高超的创作水平，挺立于中国文学发展的时空长廊中，成为湖州文学发展历程中的一面鲜艳的旗帜！

第十章　钱起创作述论

钱起，字仲文，湖州长兴人，乃"大历才子"中年辈最高、影响最大的一位诗人。《全唐诗》卷二百三十六钱起小传云："钱起，字仲文，吴兴人。天宝十载登进士第，官秘书省校书郎，终尚书考功郎中。大历中，与韩翃、李端辈号'十才子'。诗格新奇，理致清赡。集十三卷。"未载录其具体生卒年。据傅璇琮《唐才子传校笺》的考辨，钱起生于唐睿宗景云元年（710年）左右；据陶敏《唐才子传补笺》的考证，钱起卒于唐德宗建中三年（782年）或建中四年（783年）。

钱起天资聪颖，诗名很高，当时有"前有沈宋，后有钱郎"之说。"沈宋"是指初唐名家沈佺期与宋之问，"钱郎"则是指钱起和同时期的著名诗人郎士元。钱起诗名还和刘长卿相侔，被当时人并称为"钱刘"。

钱起于天宝十载（751年）进士及第，历官秘书省校书郎、陕西蓝田县尉、司勋员外郎、考功郎中等，所以，后人也称钱起为"钱考功"。《全唐诗》收录钱起诗歌四卷，共四百余首，以酬赠、送别之作居多。如下面这两首：

　　蜀山西南千万重，仙经最说青城峰。青城嶔岑倚空碧，远压峨嵋吞剑壁。锦屏云起易成霞，玉洞花明不知夕。星台二妙逐王师，阮瑀军书王粲诗。日落猿声连玉笛，晴来山翠傍旌旗。绿萝春月营门近，知君对酒遥相思。（《赋得青城山歌送杨杜二郎中赴蜀军》）

　　一贤间气生，麟趾凤凰羽。何意人之望，未为王者辅。出镇忽推才，盛哉文且武。南越寄维城，雄雄拥甲兵。鼓门通幕府，天井入军营。厌俗多豪侈，古来难致礼。唯君饮冰心，可酌贪泉水。忠臣感圣君，徇义不邀勋。龙镜逃山魅，霜风破嶂云。征途凡几转，魏阙如在眼。向郡海潮迎，指乡关树远。按节化瓯闽，下车佳政新。应令尉佗

俗，还作上皇人。支离交俊哲，弱冠至华发。昔许霄汉期，今嗟鹏鹢别。图南不可御，惆怅守薄暮。(《送李大夫赴广州》)

这两首诗境界疏朗，内容丰富，既有对朋友所赴之地的风物的描绘，又有对朋友文才武略的赞扬；既有对朋友远行的美好祝愿，又有对朋友离开的依依不舍。钱起为人坦诚，平日交友颇广，有着很好的人缘。他的众多送别、酬赠之作就说明了这点。

与其送别诗的宏阔相比，钱起的酬赠诗常显得小巧而柔美。且看其《酬王维春夜竹亭赠别》一诗：

山月随客来，主人兴不浅。今宵竹林下，谁觉花源远。惆怅曙莺啼，孤云远绝巘。

这首诗大概作于钱起担任蓝田县尉时。由于蓝田离长安不远，钱起又非常热情好客，喜结朋友，所以和当时在京城长安的许多文人都有交往，王维就是其中之一。他们能够畅谈达旦，说明交情不浅。这首诗是酬赠之作，则此前王维应有诗赠钱起。

钱起与郎士元并称为"钱郎"，两人也有着很深的情谊。在钱起的诗中，有一首《题郎士元半日吴村别业兼呈李长官》诗，可作为钱、郎二人友情的见证。诗云：

半日吴村带晚霞，闲门高柳乱飞鸦。横云岭外千重树，流水声中一两家。愁人昨夜相思苦，闰月今年春意赊。自叹梅生头似雪，却怜潘令县如花。

这首诗写景非常优美，特别是颔联"横云岭外千重树，流水声中一两家"，对仗工整，疏密有致，动静相谐，远近得宜，堪称神来之笔。

钱起主动学习王维、孟浩然等人山水田园诗的创作技法，注重对外在自然的体味和描摹，形成了秀朗清赡的诗歌风格，在当时有很大影响。高仲武编撰《中兴间气集》时，就把钱起的诗歌放在上卷之首。高仲武认为钱起的诗歌：

> 体格新奇，理致清赡。越从登第，挺冠词林，文宗右丞，许以高格，右丞没后，另外为雄。芟齐宋之浮游，削梁陈之靡嫚，迥然独立，莫之与群。且如"鸟道挂疏雨，人家残夕阳"，又"牛羊上山小，烟火隔林疏"，又"长乐钟声花外尽，龙池柳色雨中深"，皆特出意表，标雅古今。又"穷达恋明主，耕桑亦近郊"，则礼仪克全，忠孝兼著，足可弘长名流，为后楷式。士林语曰：前有沈宋，后有钱郎。

可见，高仲武是颇为推崇钱起的。这不仅是高仲武个人的看法，也代表了当时诗坛的主要观点。

在钱起的诗歌中，最为知名也最为人所频繁称赞的，就是那首著名的《省试湘灵鼓瑟》。且来看这首诗：

> 善鼓云和瑟，常闻帝子灵。冯夷空自舞，楚客不堪听。苦调凄金石，清音入杳冥。苍梧来怨慕，白芷动芳馨。流水传湘浦，悲风过洞庭。曲终人不见，江上数峰青。

《旧唐书》卷一百六十八《钱徽传》载：

> 钱徽……父（钱）起能五言诗，初从乡荐，寄家江湖。常于客舍月夜独吟，遽闻人吟于廷曰："曲终人不见，江上数峰青。"起愕然，摄衣视之，无所见矣，以为鬼怪，而志其一十字。起就试之年，李暐所试《湘灵鼓瑟》，诗题中有青字，起即以鬼谣十字为落句，暐深嘉之，称为绝唱，是岁登第。

"湘灵鼓瑟"之题乃是从《楚辞·远游》"使湘灵鼓瑟兮，令海若舞冯夷"之句而来。"湘灵"即湘水之神，屈原写《湘君》《湘夫人》，即为歌咏湘水之神。湘灵擅长鼓瑟，声音清美。如何把这种清美之音表现出来，其实颇有难度。在这首诗中，诗人充分运用想象，从天、地、神、人等不同角度，将湘灵鼓瑟之清美的声音以及这种声音的巨大感染力表现得栩栩如生，很见功力。

当然，《旧唐书·钱徽传》所记载的这个故事可能并不可信，但说"曲终人不见，江上数峰青"两句是神来之笔，应该不为过。诗人从天上地下各个角度将美妙的瑟音表现得淋漓尽致,将其推向高潮时突然顿住,以"曲终人不见,江上数峰青"两句作结,从喧到寂,从动到静,转折不可谓不大,震撼不可谓不强。"曲终人不见,江上数峰青"两句看似无声,看似平静,其实正是这首诗真正的高潮,达到了"此时无声胜有声"的效果。中国哲学讲究"大音希声",看来,钱起是深谙这个道理的。

钱起的写景诗也多有佳作,比如下面这首《暮春归故山草堂》就是代表:

谷口春残黄鸟稀,辛夷花尽杏花飞。始怜幽竹山窗下,不改清阴待我归。

"故山"当为钱起家乡长兴的某座山。唐人多有读书于山林的习惯,钱起很可能在家乡的某座山上建有草堂,用于读书。这首诗写得灵动而又亲切:当黄鸟声稀、辛夷花尽的时候,春天也即将逝去,而草堂窗前的幽竹仍痴痴地伫立在原地,等待主人的归来。诗人将竹子写得富有情感,其实表达的是诗人对这片幽竹的热爱、对故山草堂的热爱。再进一步,透过诗人对故山草堂的眷恋之情,透过"待我归"的"归"字,可以隐隐读到诗人想要回归山林的、淡淡的隐逸情怀。

下面这首《题玉山村叟屋壁》是一首题壁诗,也是以写景为主:

谷口好泉石,居人能陆沉。牛羊下山小,烟火隔云深。一径入溪色,数家连竹阴。藏虹辞晚雨,惊隼落残禽。涉趣皆流目,将归羡在林。却思黄绶事,辜负紫芝心。

诗人借用绘画中"散点透视"的方式,将泉石、牛羊、烟火、溪色、竹阴、藏虹、晚雨、惊隼、残禽等众多景物一一展现在篇幅不长的诗中。景物众多,但并不凌乱,生动地描绘出一幅《溪山晚景图》。面对如此美丽的景物,诗人自然而然地产生了"将归羡在林"的情感。最后两句既是议论,也是抒情,是诗人进一步表白其心迹。"黄绶"乃是官印上的黄色带子,在这里代表做官,而"紫芝"原是山林中的一种菌类,在这里则代表隐逸,"紫芝心"即隐逸之志。"却思黄绶事,辜负紫芝心"的意思是说:"想着要做官的事,把隐逸之志都辜负了。"可以看出,诗人更向往的是隐逸的生活。整首诗写景生动,"诗中有画",可称得上是钱起写景诗的佳作。

此外,即使是酬赠、干谒之作,钱起的诗也常有可圈可点之处。比如下面这首《赠阙下裴舍人》:

> 二月黄鹂飞上林,春城紫禁晓阴阴。长乐钟声花外尽,龙池柳色雨中深。阳和不散穷途恨,霄汉常悬捧日心。献赋十年犹未遇,羞将白发对华簪。

从"霄汉常悬捧日心""羞将白发对华簪"中可以看出,诗人的仕进之心还是非常强烈的。这是一首干谒之作,但最出色的地方却在写景,特别是"长乐钟声花外尽,龙池柳色雨中深"一联,对仗工整,风格清俊,气宇不凡。

钱起一生坎坷,为了求得仕宦的机会,常年在外奔波,而远离家乡的游子总会有诉不尽的乡愁。下面这首《送征雁》就是钱起羁旅行役途中浓烈乡愁的生动表达:

> 秋空万里净,嘹唳独南征。风急翻霜冷,云开见月惊。塞长怯去翼,影灭有余声。怅望遥天外,乡愁满目生。

诗人仰望长空,见到孤雁南翔,在风急霜冷之中,一声声嘹唳显得特别惊心。诗人不就像这只孤雁吗?独自飞翔,寂寞而寒冷。"怅望遥天外,乡愁满目生",家乡在遥远的地方,举目远眺,映入眼眶的是满满的乡愁。在这首诗里,孤雁和孤独的诗人其实已经融合为一,写孤雁就是写诗人自己。

钱起以诗名家,但是他的作品并不全是诗,《全唐文》卷三百七十九还收录了他的十三篇赋。钱起的赋以咏物为主,他往往能抓住物的本质特点,写出其神韵。钱起咏物赋的代表作有《豹鸟赋》《尺波赋》《象环赋》《晴皋鹤唳赋》等,在唐代的咏物赋中应该占有一席之地。且看其《晴皋鹤唳赋》:

> 迥野远色,寒空繁声。眺莫媚于雨霁,聆何长于鹤鸣?孤飞而天宇澄旷,独立而霜皋砥平。对明景之逾秀,溯晨风而自清。炯尔体空,

泠然响递。疑磬发而珮瑶，若霜标而雪丽。林鹎之皓色难比，云雁之清音罕继。虽居下而在幽，亦高闻而远唳。或引或罢，以游以遨。顾尘寰而不杂，仰天路而飞高。懿夫秉心清迥，禀质贞素，偶影思侣，矜容举步。忘机遂性，岂思宠于乘轩；远害全躯，每劳心于警露。听间兮易感，声怨兮难度。非陆氏之无闻，想王生之可慕。原其翔集元圃，腾骞翠微，睨蓬壶而易感，冒江海而悬飞。情慕必止，心徂匪违。或群翔而反顾，或孤赏而忘归。厌仙府而举华亭，思鸣皋而适绿野。爰捧日以退骛，遂凌烟而独下。晴皋曙兮邈矣静，皓鹤鸣兮杳何永。俄度曲于涧濑，乍迷影于云景。闻幽而音响清越，观丽而羽仪间整。何霁野之无人，独仙禽之虚警。

这篇赋以警露清野、高飞唳天为韵，紧紧抓住鹤高洁清迥的特点，对其加以细致和生动的描摹，凸显了其"顾尘寰而不杂，仰天路而飞高"的超凡脱俗的神韵，并对其进行了赞美，表达了作者的情怀。钱起善于从细微处着眼，对事物进行全方位、多层次的描摹，用笔细腻而周到。这是钱起咏物赋的总体特点。

总之，无论是诗还是赋的创作，钱起都有不凡的成绩，他以杰出的文学成就为唐代湖州文学的繁荣做出了卓越的贡献。

第十一章　皎然创作述论

皎然，长城（今湖州长兴）人，字清昼，故人称"昼上人"。关于其生平情况，元人辛文房《唐才子传》卷八《皎然传》载之颇详：

> 皎然，字清昼，吴兴人。俗姓谢，宋灵运之十世孙也。初入道，肄业杼山，与灵彻、陆羽同居妙喜寺。羽于寺傍创亭，以癸丑岁癸卯朔癸亥日落成，湖州刺史颜真卿名以"三癸"。……真卿尝于郡斋集文士撰《韵海镜源》，预其论著，由是声价籍甚。……往时，住西林寺，定余多暇，因撰序作诗体式，兼评古今人诗，为《昼公诗式》五卷及撰诗评三卷，皆议论精当，取舍从公，整顿狂澜，出色骚雅。

皎然是中唐著名诗僧，其诗作备受时人和后人的赞誉。《刘禹锡集》卷十九《澈上人文集纪》云："世之言诗僧，多出江左……独吴兴昼公，能备众体。"宋严羽《沧浪诗话》亦云："释皎然之诗，在唐诸僧之上。"

作为六朝名门谢氏家族的后裔，皎然对于自己的出身也是非常自豪的。他曾经写过《述祖德赠湖上诸沈》一诗，对自己的祖先进行了夸赞。且来看这首诗：

> 我祖文章有盛名，千年海内重嘉声。雪飞梁苑操奇赋，春发池塘得佳句。世业相承及我身，风流自谓过时人。初看甲乙矜言语，对客偏能鸲鹆舞。饱用黄金无所求，长裾曳地干王侯。一朝金尽长裾裂，吾道不行计亦拙。岁晚高歌悲苦寒，空堂危坐百忧攒。昔时轩盖金陵下，何处不传沈与谢。绵绵芳藉至今闻，眷眷通宗有数君。谁见予心独飘泊，依山寄水似浮云。

诗中"雪飞梁苑操奇赋"指的是创作《雪赋》的谢惠连,"春发池塘得佳句"则是指写出"池塘生春草,园柳变鸣禽"这样的千古佳句的谢灵运。诗将祖先的风光与自己的漂泊落拓进行了对比,抒发了不能显达的悲愁与无奈。

皎然一生交友甚广,这从他所创作的诗歌中就可以看出。在皎然的全部诗作中,数量最多的就是酬赠、寄怀与送别之作。翻开文渊阁四库全书本的《杼山集》,收录的第一篇作品就是皎然的《奉酬于中丞使君郡斋卧病见示一首》:

> 宿昔祖师教,了空无不可。枯槁未死身,理心寄行坐。仁公施春令,和风来泽我。生成一草木,大道无负荷。论入空王室,明月开心胸。性起妙不染,心行寂无踪。若非禅中侣,君为雷次宗。比闻朝端名,今贻郡斋作。真思凝瑶瑟,高情属云鹤。抉得骊龙珠,光彩曜掌握。若作诗中友,君为谢康乐。盘薄西山气,贮在君子衿。澄澹秋水影,用为字人心。群物如凫鹥,游翱爱清深。格居第一品,高步凌前躅。精义究天人,四坐听不足。伊昔柳太守,曾赏汀洲苹。如何五百年,重见江南春。公每省往事,咏歌怀昔辰。以兹得高卧,任物化自淳。还因访禅隐,知有雪山人。

诗题中的"于中丞"即于頔。按:于頔(?~818年),字允元,河南人,曾任湖州刺史,颇有善政。皎然的这首诗对于頔的文采和才思进行了赞颂,将于頔比作谢灵运,称其诗歌是"真思凝瑶瑟""抉得骊龙珠",这是对于頔很高的评价。在皎然心中,自己的先祖谢灵运是一位非常了不起的人物,这从前面的述祖德诗中也可以看出。皎然以"君为谢康乐"来形容于頔,可见其对于頔评价之高。

皎然这首诗是对于頔赠诗的酬答,《杼山集》在这首诗后附录了于頔的赠诗,于頔对皎然也做出很高的评价。为了更深入地了解时人对皎然为人和为诗的评价,现将于頔的赠诗列之于下:

> 夙陪翰墨徒,深论穷文格。丽则风骚后,然公我词客。晚依方外友,极理探精赜。智合南北宗,书公我禅伯。光明性不染,故我行贞白。随顺令得解,故我言芳泽。雪水漾清浔,吴山横碧岑。含珠复蕴

玉，价重双南金。的皪曜奇彩，凄凄流雅音。商声发楚调，调切谐瑶琴。吴山为我高，雪水为我深。万景徒有象，孤云本无心。众木岂无声，椅桐有清响。众耳岂不聆，钟期有真赏。高洁古人操，素怀凤所仰。觌君水雪姿，祛我淫滞想。常吟柳恽诗，苕浦久相思。逮此远为郡，蘋洲芳草衰。逢师年腊长，值我病容羸。共话无生理，聊用契心期。（《郡斋卧疾赠昼上人》）

于頔对皎然也评价很高，称其"光明性不染""高洁古人操"。作为一州的刺史，对一位普通知识分子有如此高的评价，也属不易。从这里也可以看出皎然在当时湖州士人中的地位和影响。

皎然和颜真卿、韦应物、李端、灵澈这些中唐著名诗人都有交往。大历八年（773年）正月至大历十二年（777年）四月，颜真卿在湖州做刺史。这期间，颜真卿曾多次组织文人进行联句唱和活动，为推动唐代湖州文学的发展和繁荣做出了重要贡献。在颜真卿组织的几次重要联句活动中，皎然都是重要的参与者。此外，皎然还有不少和颜真卿唱和或描写陪同颜真卿出行的诗作，足以证明他和颜真卿交往的密切。为节省篇幅，此处仅举一例：

> 双峰开凤翅，秀出南湖州。地势抱郊树，山威增郡楼。正逢周柱史，来会鲁诸侯。缓步凌彩蒨，清铙发飕飕。披云得灵境，拂石临芳洲。积翠遥空碧，含风广泽秋。萧辰资丽思，高论惊精修。何似钟山集，微文及惠休。（《同颜使君真卿李侍御萼游法华寺登凤翅山望太湖》）

这是一首描写湖州风光的诗，法华寺、凤翅山皆在湖州。诗歌所表现的景象大气而宽广，"双峰开凤翅，秀出南湖州"两句颇有气势，特别是一个"秀"字用得极为精彩，写出了潜藏于静态风景中的动态神韵，让读者感到凤翅山的双峰就好像是两扇大门或者舞台上的幕布一样。当大门打开或幕布拉开的时候，湖州的美丽风光马上就"秀"在眼前，让读者倍感清新，无限神往。一个"秀"字就把风景写活了，写出了不一般的神韵。接下来，写郊树、郡楼、芳洲、广泽，等等，诗人也非常注意用字的准确和传神。比如，"地势抱郊树"的"抱"字、"拂石临芳洲"的"临"字，等等，看似平常，实则精炼而又传神。

体现皎然和颜真卿交往或酬唱的诗歌还有很多，如《奉和颜使君真卿与陆处士羽登妙喜寺三癸亭，亭即陆生所创》《同奉颜使君真卿、李侍御骆驼桥玩月》《抒山上峰和颜使君、袁侍御五韵赋得印字，仍期明日登开元寺楼之会》，等等，不一而足。

《杼山集》卷一还收录了皎然《答苏州韦应物郎中》一诗，证明皎然和著名诗人韦应物亦有交往：

诗教殆沦缺，庸音互相倾。忽观风骚韵，会我夙昔情。荡漾学海资，郁为诗人英。格将寒松高，气与秋江清。何必邺中作，可为千载程。受辞分虎竹，万里临江城。到日扫烦政，况今休黩兵。应怜禅家子，林下寂无营。迹骧世上华，心得道中精。脱略文字累，免为外物婴。书衣流埃积，砚石驳藓生。恨未识君子，空传手中琼。安可诱我性，始愿愆素诚。为无鸑鷟音，继公云和笙。吟之向禅薮，反愧幽松声。

诗题既言"答"，当是韦应物先赠诗给皎然，这就足以说明皎然在当日诗坛的地位与影响了。诗歌对韦应物"到日扫烦政"的政绩进行了赞颂，同时也表明了自己飘然世外的心迹。

除了酬答之作外，皎然还有不少寄赠、送别之作，亦可见其交往之多、人缘之广。寄赠之作如《寄昱上人上方居》：

厌向人间住，逢山欲懒归。片云闲似我，日日在禅扉。地静松阴遍，门空鸟语稀。夜凉疏磬尽，师友自相依。

昱上人是一位僧人，这是一首寄赠僧人的诗。诗歌传达了昱上人所居之地的环境清幽，意境清寂而空灵，非常贴合僧人的身份。

送别之作如《白蘋州送洛阳李丞使还》：

蘋洲北望楚山重，千里回轺止一封。临水情来还共载，看花醉去更相从。罢官风渚何时别，寄隐云阳几处逢。后会那应似畴昔，年年觉老雪山容。

这是皎然在家乡湖州的白蘋洲送别朋友回洛阳时所作的一首诗。洛阳在湖州之北，远隔千里，所以诗人说"蘋洲北望楚山重"。离别后，重重楚山将两人隔开，千里万里，相见何易？想起以前"临水情来还共载，看花醉去更相从"的生活，诗人感到无限的留恋和不舍。"后会那应似畴昔，年年觉老雪山容"，离别之后，深深的思念会让自己变得苍老，就好像雪山一样，银丝满头。诗歌看似平静，实则充满涌动的深情。

皎然送别诗的名作还有《赋得啼猿送客》一诗，诗云：

万里巴江外，三声月峡深。何年有此路，几客共沾襟。断壁分垂影，流泉入苦吟。凄凉离别后，闻此更伤心。

诗歌写得凄婉而伤感，情深而意长，情景交融，颇为感人。其《陪卢使君登楼送方巨之还京一首》也是一样：

万里汀洲上，东楼欲别难。春风潮水漫，正月柳条寒。旅逸逢渔浦，清高爱鸟冠。云山宁不起，今日向长安。

在皎然的诗歌中，还有许多写景的佳作。皎然写景，擅长用素笔描绘出景色的轻盈之态，下笔轻灵，营造出飘逸空灵之美。先来看其描写月色的诗：

夜月家家望，亭亭爱此楼。纤云溪上断，疏柳影中秋。渐映千峰出，遥分万派流。关山谁复见，应独起边愁。（《南楼望月》）

秋水月娟娟，初生色界天。蟾光散浦溆，素影动沧涟。何事无心见，亏盈向夜禅。（《五言溪上月》）

这两首诗描写月色，秀逸而空灵。"纤云溪上断，疏柳影中秋""蟾光散浦溆，素影动沧涟"，描写月色非常传神，堪称写月的佳句。皎然诗歌在写景方面不仅注重对景物的形态作生动的描摹，还非常重视对景物神韵的传达。"景韵双谐"，这是皎然写景之作的一大特色。再来看其描写雪景的诗歌：

> 凌晨拥弊裘，径上古原头。雪霁山疑近，天高思若浮。琼峰埋积翠，玉嶂掩飞流。曜彩含朝日，摇光夺寸眸。寒空标瑞色，爽气袭皇州。清眺何人得，终当独再游。（《晨登乐游原望终南积雪》）

仔细品读这首诗，会发现其整个框架还带有谢灵运诗歌"1+1+1"的模式，即开篇交代出游、中间写景、最后用说理或议论来表明心迹，而中间的写景部分"俪采百字之偶，争价一句之奇；情必极貌以写物，辞必穷力而追新"（刘勰《文心雕龙·明诗》），故常有丽辞佳句，但整首诗并不浑融。皎然的这首诗也有这样的特点，这说明皎然受其先祖谢灵运的影响很深。"琼峰埋积翠，玉嶂掩飞流。曜彩含朝日，摇光夺寸眸"，写景传神而生动，足见诗人的炼句之功。

其《晚秋破山寺》："秋风落叶满空山，古寺残灯石壁间。昔日经行人去尽，寒云夜夜自飞还。"表面上看，似乎是在描写破败萧条的景象，实则表达的是闲澹萧散的情怀。

皎然的咏物诗也以风格清素为主，格局不大，笔法细腻，注重传达事物的神韵。比如下面这两首诗：

> 袅袅孤生竹，独立山中雪。苍翠摇动风，婵娟带寒月。狂花不相似，还共凌冬发。（《寒竹》）
>
> 瀑布小更奇，潺湲二三尺。细脉穿乱沙，丛声咽危石。初因智者赏，果会幽人迹。不向定中闻，那知我心寂。（《咏小瀑布》）

这两首诗格局都不大，一写孤竹，一咏小瀑布，但都用笔细腻，注重传神。《寒竹》歌咏孤竹的独立气质，《咏小瀑布》则通过水流的动态表现环境的清幽。

皎然的《咏敩上人座右画松》一诗与《寒竹》一样，通过咏物来表达孤高独立的人格情操。诗云：

> 写得长松意，千寻数尺中。翠阴疑背日，寒色欲生风。真树孤标在，高人立操同。一枝遥可折，吾欲问生公。

"真树孤标在，高人立操同"两句是这首诗的"诗眼"，表达了诗人对独立气格的认同。

皎然还有一些咏怀诗，表达自己闲居隐逸的情怀，也颇为素朴雅净，很值得一读。比如他的《九月十日》一诗：

> 爱尔柴桑隐，名溪近讼庭。扫沙开野步，摇舸出闲汀。宿简邀诗伴，余花在酒瓶。悠然南望意，自有岘山情。

由陶渊明的柴桑之隐想到自己的岘山之情，表达了对隐居生活的热爱。这种热爱还通过他的另两首题写之作明确地表达出来：

> 山居不买剡中山，湖上千峰处处闲。芳草白云留我住，世人何事得相关。（《题湖上草堂》）
> 隐身苕上欲如何，不著青袍爱绿萝。柳巷任疏容马入，水篱从破许船过。昂藏独鹤闲心远，寂历秋花野意多。若访禅斋遥可见，竹窗书幌共烟波。（《题周谏别业》）

后一首诗有诗序云："予寺与周生所俱临苕水。"由此可知，这两首诗都是在歌咏自己隐居之地的清幽怡人。两首诗都写得潇洒而流畅，惬意之情跃然纸上。与芳草、白云相伴，品味野意、秋花，是何等的逍遥而自在！

在皎然的诗作中，还有一些表现边塞题材的乐府诗，写得爽朗刚健，和其写景咏物诗的小巧秀逸有着明显不同：

> 双骑出纷纷，元戎霍冠军。汉鞞秋聒地，羌火书烧云。万里戈城合，三边羽檄分。乌孙驱未尽，肯顾辽阳勋。（《从军行五首》其一）
> 都护今年破武威，尘沙万里鸟空飞。旄竿瀚海扫云出，毡骑天山踏雪归。（《塞下曲二首》其二）

这两首诗境界阔大，下笔刚健，颇有盛唐边塞诗的雄豪之气，体现了皎然诗歌风格的另一面。

皎然的文以碑铭、塔铭为主，用笔沉稳，风格健朗。偶有人物传记类散文，写得小巧精到，颇能得人物之神韵：

  人生性静，而迁乎可欲，可欲萌乎忧喜。忧喜者，病之原也。故至人观其性，见万物之真；观其动，见万物之过。客有强君，隐山之俦也。理昭溷俗，寄于和扁之伎，而时人无能知者。予尝问君以上医之术，君对曰："夫妙有统于心，而通于理。其静为性，其照为觉。觉也者，日月之谓乎。性也者，太虚之谓乎。故理世为儒，可以敷五典。理性为释，可以越四流。理病为医，可以空六腑。使定命可诇，业疾可亡，而世教罕能迨之，故医王未悉辨也。"予曰："至哉，斯言！"命小子志之。(《强居士传》)

  在不到二百字的短小篇幅里，通过作者的简单介绍和人物自身的语言，将强居士的通达与广博生动地展现出来。作者没有描摹强居士的外貌，而是把重心放在对其人格神韵的传达，舍貌而取神，得人物描写之精髓。

第十二章　孟郊创作述论

孟郊（751~814年），字东野，武康（今属湖州德清）人，为中唐著名诗人，和韩愈一起开创了著名的"韩孟诗派"，在中国文学史上影响巨大。孟郊早岁家境贫寒，一生坎坷而凄苦，其诗歌以苦吟为主，风格凄寒。苏轼《祭柳子玉文》云："元轻白俗，郊寒岛瘦。"准确地指出了孟郊诗歌"凄寒"的风格特点。元好问在《论诗绝句》中评价孟郊云："东野穷愁死不休，高天厚地一诗囚。"所以后人也用"诗囚"来称道孟郊。

贫寒的家庭境遇与坎坷的人生经历是孟郊"凄寒"诗风形成的一个重要原因。作为唐代的知识分子，通过科举考试获得入仕的机会是普遍的选择，孟郊也不例外。孟郊一生，参加过多次科举考试，但屡次落榜。落榜之苦使他的心理和情感受到沉重的打击，这种无法言说的凄凉与悲苦只能通过诗歌表达出来：

　　晓月难为光，愁人难为肠。谁言春物荣，岂见叶上霜。雕鹗失势病，鸴鹅假翼翔。弃置复弃置，情如刀刃伤。（《落第》）
　　一夕九起嗟，梦短不到家。两度长安陌，空将泪见花。（《再下第》）
　　越风东南清，楚日潇湘明。试逐伯鸾去，还作灵均行。江蓠伴我泣，海月投人惊。失意容貌改，畏途性命轻。时闻丧侣猿，一叫千愁并。（《下第东南行》）

从这些诗歌中可以看出，孟郊的落第不止一次。一次次的满怀希望，又一次次地铩羽而归，诗人的内心愁苦到了极点，就连春荣之美都感觉不到了。徒见严霜之欺，徒干江蓠之泣，不觉海月之美。"情如刀刃伤""一夕九起嗟""失意容貌改"，这些诗句多么让人触目惊心！

在经历了多次挫败以后，孟郊终于于贞元十二年（796年）成功登第。这年春天，是他人生最得意的时候。下面这首《登科后》就是他当时欣喜心情的真实体现：

  昔日龌龊不足夸，今朝放荡思无涯。春风得意马蹄疾，一日看遍长安花。

这首诗写得欢快而流畅，此前数次落第的悲苦之情一扫而空。春风得意，欢情无涯！正是经历了多次落第之苦、失败之痛以后，才会对突如其来的成功如此欣喜若狂！同样的欢快之情还表现在其同一时期的《同年春宴》一诗中：

  少年三十士，嘉会良在兹。高歌摇春风，醉舞摧花枝。意荡晼晚景，喜凝芳菲时。马迹攒鞶袋，乐声韵参差。视听改旧趣，物象含新姿。红雨花上滴，绿烟柳际垂。淹中讲精义，南皮献清词。前贤与今人，千载为一期。明鉴有皎洁，澄玉无磷缁。永与沙泥别，各整云汉仪。盛气自中积，英名日四驰。塞鸿绝俦匹，海月难等夷。郁抑忽已尽，亲朋乐无涯。幽蘅发空曲，芳杜绵所思。浮迹自聚散，壮心谁别离。愿保金石志，无令有夺移。

按照唐朝惯例，在每次进士考试发榜以后，朝廷都会在长安城内的曲江为新科进士们设宴，以示祝贺。孟郊的这首诗就是描写新科进士们一起宴集时的欢快场景。由"少年三十士"可知，当年和孟郊一起考上进士的共有三十人。这首诗在艺术上并无太多可称道的地方，但表达的欢愉之情足可让人为之慨叹。在诗人看来，进士登第以后，就可以"永与沙泥别"了，愁苦、凄寒都会从此远去，迎来的将是"英名日四驰"。

唐人在进士及第以后，常常会写诗进献给录取自己的主考官，也就是"座主"，以表达感激之情。孟郊也不例外，他在登第后，在衣锦还乡前，写诗赠给拔举自己的主考官礼部侍郎吕渭。其诗云：

  昔岁辞亲泪，今为恋恩泣。去住情难并，别离景易戢。夭矫大空鳞，曾为小泉蛰。幽意独沉时，震雷忽相及。神行既不宰，直致非所执。至运本遗功，轻生各自立。大君思此化，良佐自然集。宝镜无私光，时文有新习。慈亲诚志就，贱子归情急。擢第谢灵台，牵衣出皇邑。行襟海日曙，逸抱江风入。蒹葭得波浪，芙蓉红岸湿。云寺势动摇，山钟韵嘘吸。旧游期再践，悬水得重挹。松萝虽可居，青紫终当拾。（《擢第后东归书怀献座主吕侍郎》）

"昔岁辞亲泪，今为恋恩泣"，孟郊确实是非常感恩的。当他屡屡"幽意独沉时"，吕渭的提携和拔举犹如春雷般将他从失意和沉沦中唤起，这怎能不让他感激涕零呢？从整首诗来看，孟郊对知遇之恩的感念是真诚而热烈的。

孟郊进士及第后，并没有马上被授予官职。按照唐代规定，进士及第后，还要等待吏部的铨选。孟郊的待选时间长达四年，到贞元十六年（800年）孟郊五十岁的时候，才获得溧阳县县尉的任职资格。任职溧阳以后，孟郊首先想到的就是将母亲接到身边侍奉。他在迎接母亲时，写出了闻名后世的《游子吟》：

慈母手中线，游子身上衣。临行密密缝，意恐迟迟归。谁言寸草心，报得三春晖。

此诗诗题下自注云："迎母溧上作"，知是孟郊任职溧阳时的作品。诗虽然只有短短的六句，但蕴含的情感力量却是无限的。诗歌真实地道出了历代游子的共同心声，引起了广泛的共鸣，成为传世佳作。

唐人陆龟蒙《甫里集·书李贺小传后》载：

予为儿童时，在溧阳闻白头书佐言，孟东野贞元中以前秀才家贫受溧阳尉，溧阳昔为平陵，县南五里有投金濑，濑南八里许道东有故平陵城。周千余步，基址坡陁，裁高三四尺，而草木势甚盛，率多大栎，合数夫抱。丛筱蒙翳，如坞如洞。地洼下，积水沮洳，深处可活鱼鳖辈，大抵幽邃岑寂，气候古澹可嘉。除里民、樵罩外，无入者。东野得之，忘归。或比日，或间日，乘驴领小吏，径蓦投金渚一往。至则荫大栎，隐丛筱，坐于积水之傍，苦吟到日西而还。尔后衮衮去，曹务多弛废，令季操卞急，不佳东野之为，立白上府，请以假尉代东野，分其俸以给之。东野竟以穷去。

《新唐书·孟郊传》亦云：

（溧阳）县有投金濑、平陵城，林薄蒙翳，下有积水。郊间往坐水旁，裴回赋诗，而曹务多废。令白府，以假尉代之，分其半奉。

不知是溧阳县尉的工作做得不顺心，还是文人爱山恋水的闲情野趣难以控制，孟郊在溧阳尉任上的这段故事成了后世的趣谈。

孟郊一生坎坷，生活凄寒，他的贫穷是出了名的。元人辛文房在《唐才子传·孟郊传》中就以"拙于生事，一贫彻骨"来评价孟郊。孟郊的困顿与贫穷，在他的诗歌中也常有体现：

秋至老更贫，破屋无门扉。一片月落床，四壁风入衣。疏梦不复远，弱心良易归。商蔼将去绿，缭绕争余辉。野步踏事少，病谋向物违。幽幽草根虫，生意与我微。（《秋怀十五首》其一）

借车载家具，家具少于车。借者莫弹指，贫穷何足嗟。百年徒校走，万事尽随花。（《借车》）

秋天到了，天气渐凉，孟郊的居所不仅连门扉都没有，四壁还透着风。由此，其生活之贫寒可见一斑。"借车载家具，家具少于车"，以至于借者都要取笑他，根本没什么东西可载，还要借车干什么？这是诗人对自己贫寒生活的真实书写，辛文房评价其"一贫彻骨"，确实所言不虚。

欧阳修《梅圣俞诗集序》云：

予闻世谓诗人少达而多穷，夫岂然哉？盖世所传诗者，多出于古穷人之辞也……非诗之能穷人，殆穷者而后工也。

困窘的生活往往能让诗人更加深切地了解社会、体验人生。诗人的心魂与大地靠得越近，其诗歌的情感力量就越强大，感染力也就越强。在生活中，孟郊是一个不幸者；在诗歌创作领域，他又是一位幸运儿。"诗家不幸诗文幸"，苦难的生活给了孟郊更多直面社会、关注人生的机会，让他更

第十二章　孟郊创作述论

多地体悟到别的诗人体悟不到的情感，增加了他审视社会、思考人生的广度和深度。他用诗歌把这种深广的思考和体悟表达出来，取得了非同凡响的效果，在当时的诗坛赢得了普遍称赞，就连韩愈这样的中唐著名诗人都对其敬重有加。韩愈《醉留东野》诗云："低头拜东野，愿得终始如駏蛩。东野不回头，有如寸筵撞巨钟。吾愿身为云，东野变为龙。四方上下逐东野，虽有离别无由逢。"表示要学习和追随孟郊，可见对孟郊评价之高。

孟郊的诗不仅在当时赢得了诸多赞誉，在后世也有着深远的影响。宋代名臣和著名诗人李纲在其《读孟郊诗》中云：

> 我读东野诗，因知东野心。穷愁不出门，戚戚较古今。肠饥复号寒，冻折西床琴。寒苦吟亦苦，天光为沉阴。退之乃诗豪，法度严已森。雄健日千里，光铓长万寻。乃独喜东野，譬犹冠待簪。韩豪如春风，百卉开芳林。郊穷如秋露，候虫寒自吟。韩如锵金石，中作韶濩音。郊如击土鼓，淡薄意亦深。学韩如可乐，学郊愁日侵。因歌遂成谣，聊以为诗箴。（《梁溪集》卷九）

宋人费衮《孟东野诗》亦云："自六朝诗人以来，古淡之风衰流为绮靡，至唐为尤甚。退之一世豪杰，而亦不能自脱于习俗。东野独一洗众陋，其诗高妙简古，力追汉魏作者。政如倡优前陈，众所趋奔，而有大人君子垂绅正笏，屹然中立。"（《梁溪漫志》卷七）可见孟郊诗歌为其赢得的巨大声誉。

韩愈在向郑余庆推荐孟郊的《荐士》中评价孟郊诗云："冥观洞古今，象外逐幽好。横空盘硬语，妥帖力排奡。敷柔肆纡余，奋猛卷海潦。荣华肖天秀，捷疾逾响报。"以"横空盘硬语"来评价孟郊的诗遂成为后世之定评。其关键是用一个"硬"字准确地道出了孟郊诗歌的特点。那么，孟郊诗的"硬"是怎样表现的呢？且看下面的诗歌：

> 峡棱翦日月，日月多摧辉。物皆斜仄生，鸟亦斜仄飞。潜石齿相锁，沉魂招莫归。恍惚清泉甲，斑斓碧石衣。饿咽潺湲号，涎似泓泜肥。峡春不可游，腥草生微微。（《峡哀十首》其七）

> 昔浮南渡飙，今攀朔山景。物色多瘦削，吟笑还孤永。日月冻有棱，雪霜空无影。玉喷不生冰，瑶涡旋成井。潜角时耸光，隐鳞乍漂

141

困。再吟获新胜,返步失前省。惬怀虽已多,惕虑未能整。颓阳落何处,升魄衔疏岭。(《石淙十首》其九)

这两首诗写得非常尖新峭硬,想象奇特,非一般人所能写得出来。在诗人看来,日月被山峡挡住的部分似乎是被山棱切割掉了,所以光辉就减少了。沉潜在水中的石头为什么不会被水冲走?是因为它们相互之间用牙齿咬合着。日月在寒冷的季节里也会被冻出棱角来……这种奇特的审美和想象,在中唐除了李贺之外也只有孟郊才具备。这两首诗用字狠劲、"硬语"迭出,确实体现了孟郊诗歌独树一帜的风格。

再来看孟郊描写蜜蜂的《济源寒食七首》其七:

蜜蜂为主各磨牙,咬尽村中万木花。君家瓮瓮今应满,五色冬笼甚可夸。

蜜蜂,在一般人看来,是娇小轻盈的小动物,因辛勤劳作而备受称赞。蜜蜂采花蜜原本是非常美的场景,而在孟郊的笔下,蜜蜂的采蜜变成了先"磨牙"再"咬尽",用字不可谓不"硬",不可谓不"狠"。韩愈可能正是看到了孟郊诗歌的此一特点,所以用"横空盘硬语"来概括之。

苏轼在《祭柳子玉文》中用"郊寒岛瘦"来评价孟郊和贾岛的诗歌。可以说,除了"硬"以外,"寒"也是孟郊诗歌的一个特点。孟郊诗歌的"寒",主要是指意境的寒冷和情感的凄寒。且看其《秋怀十五首》中的两首诗:

秋月颜色冰,老客志气单。冷露滴梦破,峭风梳骨寒。席上印病文,肠中转愁盘。疑怀无所凭,虚听多无端。梧桐枯峥嵘,声响如哀弹。(其二)

霜气入病骨,老人身生冰。衰毛暗相刺,冷痛不可胜。鸎鸎伸至明,强强扰所凭。瘦坐形欲折,晚饥心将崩。劝药左右愚,言语如见憎。耸耳喧神开,始知功用能。日中视余疮,暗镮闻绳蝇。彼虮一何酷,此味半点凝。潜毒尔无厌,余生我堪矜。冻飞幸不远,冬令反心惩。出没各有时,寒热苦相凌。仰谢调运翁,请命愿有征。(其十三)

在作者的视野与感觉中，秋月是"冰"的，冰冷的露水能把梦滴破；秋风料峭，一直寒到骨中；霜气入骨，使身体结冰……这种奇特的感觉是常人无法想象的。孟郊正是由于饱尝生活的凄寒之苦，内心才会变得如此敏感，如此凄寒。由对生活之苦的体味到对心灵之苦的感怀，孟郊走过了一段常人无法想象的心路历程。他的诗歌在他凄寒的情感的浸润下，留下了浓重的、凄寒的色彩。

在孟郊的诗歌中，境界凄寒的诗歌是非常多的，如"冬至日光白，始知阴气凝。寒江波浪冻，千里无平冰。飞鸟绝高羽，行人皆晏兴。荻洲素浩渺，碕岸渐碛磳。烟舟忽自阻，风帆不相乘"（《寒江吟》），表现的是江之寒；"天色寒青苍，北风叫枯桑。厚冰无裂文，短日有冷光。敲石不得火，壮阴正夺阳"（《苦寒吟》），表现的是天之寒；"溪老哭甚寒，涕泗冰珊珊。飞死走死形，雪裂纷心肝。剑刃冻不割，弓弦强难弹"（《寒溪八首》之一），表现的是溪水之寒……一部《孟东野诗集》中，"寒"字随处可见。诗境之寒是心境之寒的投影，而贫寒的家境和坎坷的仕途又是形成孟郊凄寒心境的重要原因。"食荠肠亦苦，强歌声无欢。出门即有碍，谁谓天地宽。"（《赠崔纯亮别》）这样的诗句让我们深深地体味到诗人心中那巨大的无奈和浓重的悲寒。

"硬"与"寒"是构成孟郊险怪诗风的主要因素。孟郊以他独树一帜的诗风和巨大的诗坛影响成为中唐湖州文学的一座高峰。

后人皆以诗人来称道孟郊，但并不意味着他的文学创作中只有诗歌。其实，除了诗歌以外，孟郊的散文也写得颇有理致，颇有文采。然而遗憾的是，孟郊留存下来的散文并不多。收录在《全唐文》中的孟郊散文只有《上常州卢使君书》《又上养生书》和《赞维摩诘》三篇。《赞维摩诘》是四字一句的赞语，只有八句，篇幅短小，严格意义上不属于散文，故真正称得上散文的，只有两篇。这两篇散文说理透彻，层次清楚，给人以酣畅淋漓之感，具有较高的艺术成就。

以往评价孟郊的文学创作，往往只关注他的诗，很少涉及他的散文。为了能够对孟郊的文学创作有一个较为全面的了解，现将《又上养生书》一文录之于下，以见其散文风貌之一斑：

  天之与人，一其道也。天地不弃于人，人自弃于天。天可弃于人乎？曰："不可，人自弃也已。"曰："人皆弃之乎？"曰："贤人君子不弃也，凡人弃之可。"天有杀物之心，而无弃物之心。天有弃物之心，则万物莫能生矣。是故君子之于万物，皆不弃也，而况于身乎？弃其身是弃其后也，弃其后是弃其先也。故曰："君子之道，岂易哉？敢不法天而行身乎？"所以君子养其身，养其公也；小人养其身，养其私也。身以及家，家以及国，国以及天下。以公道养天下，则天下肥也；以私道养天下，则天下削也。养身之道，岂容易哉？养其公者，天道养也；养其私者，人情养也。以天道养其人，则合天矣；以人情养其人，则不合天矣。以人情养其人，自弃矣。天道，质也；人情，文也。天道，静也；人情，动也。质者，生之侈也；静者，生之得也；动者，生之弃也。文不以质胜之，则文为弃矣；动不以静制之，则动为弃矣。天者，水之谓也；人者，鱼之谓也。鱼弃水，则蝼蚁得之矣；人弃天，则疾病得之矣。鱼可安于水而不可玩于水，其失也，在乎恣波浪而不回也。人可安于天而不可玩于天，其失也，在乎恣嗜欲而不回也。所谓安于天者，法天之味而食之，食不违于四时也。法天之听而听之，听不违于五节也。法天之明而视之，视不违于五色也。食与视听苟违于天，则疾病得之矣。故曰：君子法天而行身也，小人玩天而弃身也。书之座右，嵇康犹有所弃。秦之医和，晋之杜蒯，其亦不书于右，则何以为君子之座哉？良药苦口也，苦口获罪于人，苟或有矣。仁义之获罪于天，未之有也。恩养下将，远辞违书，书至诚之言，不胜惶悚之甚，不宣。郊再拜。

整篇文章说理透彻，分析严谨，层层推进，逻辑性、层次感都很强，反映了作者缜密的思维和高超的篇章建构能力。

第十三章　沈亚之创作述论

沈亚之（781~832年），字下贤，吴兴（今浙江湖州）人，乃唐代湖州著名诗人和小说家。沈亚之一生坎坷，仕途多艰，然诗歌创作颇有成就。中唐著名诗人李贺以"吴兴才人"称之，足见其在当时文坛有一定的地位。

第一节　沈亚之的诗歌

在诗歌创作方面，沈亚之在一定程度上受到韩愈和李贺的影响，但他能够不被韩、李诗风所局囿，在学习的过程中逐渐形成自己独特的诗歌创作模式，进而形成独树一帜的"沈下贤体"。

沈亚之现存诗歌中，数量最多的是酬赠、送别之作，体现了诗人对亲情、友情的重视。且看下面这两首诗：

>　　劳君辍雅话，听说事疆场。提笔从征虏，飞书始伏羌。河流辞马岭，节卧听龙骧。孤负平生剑，空怜射斗光。（《答殷尧藩赠罢泾原记室》）
>　　自为应仙才，丹砂炼几回。山秋梦桂树，月晓忆瑶台。雨雪依岩避，烟云逐步开。今朝龙仗去，早晚鹤书来。（《别庞子肃》）

前一首诗是赠答之作，对朋友的关怀表示感谢，同时也表达了自己"孤负平生剑，空怜射斗光"的人生不得意。后一首是送别友人之诗，表达了对友人的不舍和祝福，其中"山秋梦桂树，月晓忆瑶台"一联颇具神韵，很有意境。

沈亚之的写景诗有时候写得颇为新奇，很有特色。比如下面这首《汴州船行赋岸傍所见》：

古木晓苍苍，秋林拂岸香。露珠虫网细，金缕兔丝长。秋浪时回沫，惊鳞乍触航。蓬烟拈绿线，棘实缀红囊。乱穗摇鼯尾，出根挂凤肠。聊持一濯足，谁道比沧浪。

明人胡震亨《唐音癸签》卷七评价沈亚之诗歌云："沈亚之意尚新奇，风骨未就。"且不管沈亚之诗歌是否"风骨未就"，其"意尚新奇"则是不错的。如上面这首诗，诗人在船行过程中所见到的两岸景物甚多，有古木、秋林，有露珠、秋浪，有蓬烟、乱穗，等等，其描写可谓是费尽心思，力求新奇。比如，凝结在蜘蛛网上的露珠在阳光照射下闪闪发光，就好像一串串菟丝子草一样；像乱穗一样的鼯鼠尾巴从树上垂挂下来，就好像风中的一根根"凤肠"一样……如此新奇的想象和巧妙的比喻，使沈亚之的诗歌具备了不同于常人的特色。中唐的怪奇诗风以韩孟诗派最为代表。沈亚之曾游韩愈门下十余年，受韩愈诗风影响很深，从这首诗中就可见一斑。

沈亚之诗歌中具备新奇特色的还有不少，"新奇"成了"沈下贤体"的一大特色。且看下面两首诗：

无树巢宿鸟，无酒共客醉。月上蝉韵残，梧桐阴绕地。独出村舍门，吟剧微风起。萧萧芦荻丛，叫啸如山鬼。应缘我憔悴，为我哭秋思。（《村居》）

片云朝出岫，孤色迥难亲。盖小辞山早，根轻触石新。飘扬经绿野，明丽照青春。拂树疑舒叶，临江似结鳞。从龙方有感，捧日岂无因。看助为霖去，恩沾雨露均。（《山出云》）

风吹芦荻之声，以山鬼之叫啸喻之；树叶映江之形，以江水"结鳞"称之，颇为精警、新奇。

第二节　沈亚之的散文

一、沈亚之的散文思想

沈亚之曾游韩愈门下十余年，在思想上深受韩愈的影响。其《送韩北渚赴江西序》一文云："昔者余尝得诸吏部昌黎公，凡游门下十有余年。"因此，在散文创作思想上，沈亚之和韩愈有着相似之处，他深深理解并以实际创作来支持韩、柳的古文运动。在古文运动中，韩愈常常是以"行道"或"明道"自任的，散文创作常常表现出极高的政治热情和强烈的社会责任感。沈亚之的散文也是如此。

沈亚之在《对贤良方正极谏策》（大和二年）一文中说：

> 臣闻古者君天下之心也，上降下应，还若影响。夫以身而养人者，下以父尊之，虽衰而无怨。此神农之俗也。以道而覆人者，下则欣戴之，虽衰莫得离其下。此黄帝帝尧之俗也。以义而教人者，下以神敬之，虽衰而无慢。此舜禹之俗也。

显然，沈亚之所提倡的"道"，是以仁义为根基的。他明确提出，自己著文是"旨《春秋》而法太史"，书"义烈端节之事"：

> 亚之虽不肖，其著之文，亦思有继于言，而得名光裔，裔不灭于后。由是旨《春秋》而法太史，虽未得陈其笔，于君臣废兴之际，如有义烈端节之事，辄书之，善恶无所回。虽日受摧辱，然其志不死，亦将俟能为孔子之心者拔之，是以昼夜增矣。

以《春秋》和太史公司马迁的著作作为自己效法的对象和创作的旨归，以直面现实的精神和善恶无所回避的创作态度来书写"义烈端节之事"，即使"日受摧辱"，仍然"其志不死"。这就反映了沈亚之作为古文派作家正视现实、关注社会人生的严肃的创作态度。

《新唐书·韩愈传》言韩愈"鲠言无所忌"。其实，何止是韩愈，沈亚之也是一样，在任何场合下都敢于讲真话。这体现了沈亚之积极的政治态度和刚正的人格品性。面对不合理的现实和不公平的事，沈亚之也常常"鲠言无所忌"，比之韩愈，甚至有过之而无不及。在《省试策三道·第三问》中，沈亚之大胆直言：

> 百姓之贡输赋，患不在重，而在于劳逸不均也。今自谋叛以来，农劳而兵逸，其租赋所出之名不一，猾吏挠之。后期而输者，则鞭体出血，苦声仍终不得蒙不忍欺。故豪农得以蠹，奸贾倍之。而美地农产，尽归豪奸，益其地，资其利，而赋岁以薄。失其产者，吏笃其不

奉，而赋岁以重。是以割姻爱，弃坟井，亡之他郡而不顾。亡者之赋又均焉。故农夫蚕妇，蓬徙尘走于天下，而道死者多矣。由是商益豪而农益败，钱益贵而粟益轻也。

其对中唐时期商豪农败、钱贵粟轻以至于百姓逃亡的社会弊病的揭露可谓是一针见血。在沈亚之看来，要消除这种弊病，就必须"返之法，必在刺史长吏择其良者，使久留于任。一年政成者，一阶之官，一岁加之。三年而政成者，岁加之。异政累闻者，五年耳。而后迁之连率。不如法者，削其本不得齿"。体现了沈亚之不仅具有敢于指摘社会弊病的勇气，还具备改革社会现实的较为理智的策略。此外，沈亚之的《与同州试官书》一文以寓言的形式对选士不公的社会现象进行了猛烈的抨击；《与潞州卢留后书》一文对方士获罪而不受惩罚的丑恶现实进行了大胆的揭露；《别前岐山令邹君序》一文对不知恩图报的丑恶现象表示了强烈的愤慨……与当时浮靡空洞、矫揉造作的骈体文相比，沈亚之的这类文章要现实得多，也深刻得多。

二、沈亚之的散文创作主张

在具体的散文创作上，沈亚之的创作主张主要体现在两个方面。其一，是为文要有新意，注重创新，不可因循守旧；文章的立意要深远，言他人之所未言。且看其《送韩静略序》一文：

> 或者以文为客语曰：古人有言，"仍旧贯，如之何？何必改作？"乃客之所尚也，恢漫乎奇态，纫纽已思，以自织剪，违曩者之成辙。岂君子因循之道欤？客应曰：草木之病烦也，使秋以治之，维屏萌于穷枿之余，搔风披露，相望愁沴，阳津下潜，虽佳懿之彩，犹且抑隐，唯恐失类于惨禅烟黄之色耳。安暇自任其所长耶？即春以治之，擢气于其根，升津百体之上，畅之风露，而绣英作，夸红奋绮，缃缥绀紫，错若装尽，扬华流香，霭荡乎天地之端，各极其至。使肆勇曜如是，宁可以一状拘之？人有植木堂下，欲其益茂，伐他干以加之枝上，名之树资。过者虽愚，犹知其欺也。且裁经缀史，补之如疣，是文之病烦久矣。闻之韩祭酒之言曰："善艺树者，必壅以美壤，以时沃濯。其柯萌之锋，由是而锐也。夫经史百家之学，于心灌沃而已。"余以为构室于室下，葺之故材，其上下不能逾其覆，拘于所限故也。创之隙空

之地，访坚修之良，然后工之于人，何高不可者？祭酒导其涯于前，而后流蒙波，稍稍自泽。静略于祭酒，其宗也。遵道十年而功就，颇秀出流类。今既别而延蔓，将游乎江河。岂欲益其自广哉？惟其勉无怠。

沈亚之认为，如果"构室于室下，葺之故材"，就永远也摆脱不了原室的覆盖，没有任何创造可言。写文章也是一样，如果亦步亦趋，严格遵循"旧贯"而不"改作"，就永远也摆脱不了"旧贯"（旧思维、旧模式）的束缚，就没有任何创新可言。那么，应该怎样创作文章呢？沈亚之认为，应该像建造房子一样，要"创之隙空之地，访坚修之良，然后工之于人"。也就是说，要积极开拓别人未曾涉足的领域，努力选择好的素材，提炼出深刻高远的立意，以认真的态度进行文章的写作和打磨。只要这样做了，就可以写出出类拔萃的文章和作品，就像建造房屋一样，"何高不可者"？由此可见，沈亚之在散文的具体创作上，是竭力主张创新的。

沈亚之在散文创作上的另一个观点就是主张文章要有充盈的、真实的情感。他认为，文章情感的充盈和真实与否是衡量文章好坏的一个重要标准，甚至关系着文章的生命。且看他在《答冯陶书》一文中对散文创作中情感重要性的表述：

> 若韩娥之歌，韵合于气，声合于情。是故草木之于地也，气为之君；五腑之居人也，情之为长。草木之生，其根处瘠则其表讷，根处润则其表昌。瘠之讷，润之昌，不过其草木及气之作也。为温阳则万物舒，为晦寒则众色杂。瘁五腑，伏五行，设如金困于内，则肺亢应于外，而噢厌，极则反之。木极于内，则肝怠应于外，而视乱，困则反之。困而厌，极而乱，不过一发于内，一应于外而已。及情之作也，为喜适，则七窍走而会之怡；为悲愁，则六气集而赴之惨。皆不得自任也。韩娥之得也在此。驭二情以攻之，故能易哀乐；歧二气以袭物，则能变林籁。其神至矣，亦尚未闻饫宠赏于当时者，何也？所感者智人也。

沈亚之以"韩娥之歌"及贫瘠或丰润的土地带给草木的影响为例，说明了充盈而真实的情感对文章创作的重要作用。只有"不得自任"地使

"七窍走而会之怡"的"喜适"或使"六气集而赴之惨"的"悲愁"充分而真实地表露出来，才能使文章的意蕴得到很好的体现，进而达到"神至"的目的。沈亚之所提出的"其根处瘠则其表讷，根处润则其表昌"的观点与韩愈"根之茂者其实遂，膏之沃者其光晔"之论非常相似，但韩愈主张以仁义之"道"来实现"根茂"和"膏沃"，认为"仁义之人，其言蔼如也"，而沈亚之则认为要以充盈的真情来达到"根润表昌"的目的。在"重道"的基础上进而"重情"，这是沈亚在散文创作观念上对韩愈的一个显著超越。

三、沈亚之的散文作品

自从古文运动的先驱者元结大力创作杂文以来，"杂文"这一文体深受古文派作家的重视，韩愈、柳宗元等人都著有杂文。相对于韩、柳而言，沈亚之的杂体之文缺乏深刻的讽刺意味，亦缺乏一定的哲理，但就创作而言，沈亚之的杂文显得更加精练、通俗。且看他的《杂记》一文：

> 沂水北一百里，有岘曰将军，甚灵，民置祠于路左，享之不已。将军曾为五郡牧，常姓，名玄通。因筑城失主将意而斩之，其尸数日不仆。今有台曰立尸台。西南有山，为鞍山，山北有关，谓之穆陵。李师古不臣，作镇于此，防遏不意，元和初罢之。西有沂山，山有庙，则东安公也。沂州刺史每春自祷恩是山。山有谷九十九所，河分八，曰沂，四汶。汶东注，沂南流，入清道沂州。山东南有山，曰太平。山顶平，可八九十里，顷岁有寇曾居之。山北十余里有树五檀也。

全文无一赘字，语言简洁，用字精练，文意通俗而又行文流畅。在不到两百字的篇幅里，把将军岘的由来、位置及其东南西北四方的景物介绍得清清楚楚，而且层次分明，逻辑性强，体现了沈亚之杂文的突出特点——短小精悍。

和杂体之文相类似，沈亚之的壁记、厅记等记录之文也呈现出简约之貌。如《盩厔县丞厅壁记》："盩厔道巴汉三蜀，南极山不尽三十里，北阻渭；短长之浦，与山而近。其野半为泽。"寥寥数语，就把盩厔县的地理位置交代得清晰明了，简约而不枯燥。又如《闽城开新池记》一文：

> 闽城吻海而派江，辅山以居。先时无安沼平池为游舟娱席之地，

而娉花媚竹，散生掷华。故酒笑酣视之晨，而佳思莫极矣。高平公牧察之余，乃经度隙空之所，因卑污堑而岸之。浦屿环回之势，所造必胜。群山左右泻影，浮秀者辕空而入。十一月辛卯，新池成。明日，军副者亚之疾间，公延护军及群从事，弦工吹师，裾袖之曹，游池而酒。既坐，谓军副亚之曰："吾疏污隙以就此，而海波朝夕盈来之候，遁轮足给。必为我状而石之，以期乎不朽。"军副亚之不敢让，遂执卮俯船，祭酒于流。

短短数句，将闽城的地理位置、景物特点、开新池的原因、开新池之人、新池开凿以后的效果以及沈亚之写这篇《闽城开新池记》的原因和背景等诸多信息都囊括于其中，条理非常清晰，层次分明，语言准确。文章短小而丰满，显示了沈亚之驾驭此类文章的高超能力。另外，如《河中府参军厅记》《华州新葺设厅记》《解县令厅记》《杭州场壁记》《移佛记》等，都具有这样的特点。

沈亚之的序文和祭文也具有同样的特点。其序文如《送叔父归觐序》：

古之取士，得明经为清选，近世即为进士。亚之叔父，独谓古道可恃，乃曰："我儒世家也。当勤经策义，取高第耳。"业之三贡，果得中。遂理橐言归。亟思以贺为高堂之寿。嗟乎！斯古孝廉之职，叔父尽之无愧耳。及东出都，命诸子亚之撰序，诗以赞行云。

祭文如《祭河南府李少尹文》：

维长庆四年五月十七日，福建等州都团练副使沈亚之，谨遣郡吏李权，奉酒肴之奠，敬祭于故河南少尹李公之尊灵。夫哲智之达塞兮，系其时之艰通，故孔子厄而周公通，管遇齐而卒业，贾遭汉而不终。呜呼，哀哉！古昔何思？所思惟时。谟不我进，纲不我维；民不得济，道不得施。虽富且贵，夫何用为？夫子之道殁矣，今将遗谁？卷清明之特达，归壤厦而藏之。哀哉，尚飨！

这两篇文章都具有短小精悍、文约意博、情感真挚的特点。总之，以"达意"为目的，不矫揉造作，通过精练的语言真实地记录事件、表达真挚情感，是沈亚之散文的精神旨归。

在沈亚之的散文中，成就最突出的是传记之文。沈亚之为人立传能够略貌取神，在不长的篇幅里把人物的思想、性格和心理揭示得淋漓尽致。他的《喜子传》就是如此：

> 喜子者，饥年女子小字也。且困时，蒙活于估人刘承家女使。喜子为人惠口而柔颜，承载与往来襄闽楚越之间，常之闽纳货于息客崔氏。闽市中有韦生者，居比屋，与承、喜子旦夕交候言。韦动悦喜子，而承顾颇喜酒多亡，故韦生得纵语靡曼。喜子既拒，韦益欲淫之。会承欲北舟向利，韦思得与偕及图。假载于承，承曰："诺。"且承因匿货，坐抵禁系公室，韦独得与喜子在舟。因赂旁者，教以语，云承得死罪事，其财妾奴婢当输入。度终不能脱矣，不如以财亡。韦语达喜子，喜子立谋自杀。即夜就溺，人相与出之，几死。及苏，复与言，然知其妄，乃已。

短短的二百余字，把一个"为人惠口而柔颜"同时又非常坚贞、刚烈、仁义的下层女子——喜子的形象刻画得栩栩如生。

此外，其《李绅传》描写李绅"义烈直言"，《袁医者郭棠》赞扬郭棠"以药取值"，不肯多收病者之钱等，都体现了沈亚之传记之文略貌取神、注重表现和揭示人物性格和心理的特点。

当然，除了语言精练之外，沈亚之在散文创作中还常常注重比喻、典故和寓言的运用，力求使文章叙述与说理形象、生动。例如，他在《上寿州李大夫》一文中用"燕昭以千金市骏骨"的典故，希望李大夫能够吸纳人才；在《上李谏议书》一文中，用"楚王鼎食十有余年而王体不肥"而"楚之处士治鼎而能使王体肥"的寓言故事，希望李谏议能够赏识、重用自己；在《与薛浙东书》一文中用"枯苗仰泽"的比喻，表达了自己渴望被延用的急迫心情等。

综上所述，虽然沈亚之的散文创作在总体成就上不如韩、柳，甚至还稍逊于李翱、皇甫湜等人，但作为一位古文运动的衷心拥护者和积极参与者，沈亚之的散文创作应该也必须得到正视。

第三节　沈亚之的小说

　　沈亚之生活的中唐时代，是传奇小说异常繁荣的时期。在唐人行卷之风大盛、传奇小说颇能显才的社会背景下，许多著名文学家都参与到传奇小说的创作中。相对于初盛唐的小说而言，中唐传奇在数量和质量上都有了很大提升。中唐传奇小说，不仅参与创作者众多，而且名篇佳作迭出，内容丰富，题材广泛，手法多样，成为中唐文坛一道亮丽的风景。正如鲁迅先生在《唐宋传奇集·序例》中所言："惟大历以至大中中，作者云蒸，郁术文苑，沈既济、许尧佐耀秀于前，蒋防、元稹振彩于后，而李公佐、白行简、陈鸿、沈亚之辈，则其卓异也。"

　　在中唐众多传奇小说的创作者中，沈亚之无疑是非常重要的一位。沈亚之的传奇，无论写人还是叙事，都能够做到精到传神，注重神韵的传达，用语精妙，富含诗性。在《沈下贤集》中，传奇小说的代表主要有《冯燕传》《异梦录》《秦梦记》《湘中怨解》等。

　　《冯燕传》是一篇现实性较强的作品，着重塑造了一个年少任气、敢于担当的豪杰形象。其篇幅虽然短小，人物刻画却颇为传神：

　　　　冯燕者，魏豪人。父祖无闻名。燕少以意气任专，为击球斗鸡戏。魏市有争财斗者，燕闻之往，搏杀不平，遂沉匿田间。官捕急，遂亡滑。益与滑军中少年鸡球相得。相国贾公耽在滑，能燕材，留属中军。他日，出行里中，见户傍妇人，翳袖而望者，色甚冶，使人熟其意，遂室之，其夫滑将张婴者也。婴闻其故，累殴妻，妻党皆望婴，会婴从其类饮，燕伺得闲，复偃寝中，拒寝户。婴还，妻开户纳婴，以裾蔽燕，燕卑脊步就蔽，转匿户扇后，而巾堕枕下，与佩刀近。婴醉且暝，燕指巾令其妻取，妻取刀授燕。燕熟视，断其妻颈，遂巾。明旦，婴起，见妻毁死，愕然，欲出自白。婴邻以为真婴杀，留缚之，趋告，妻党皆来曰："常嫉殴吾女，乃诬以过失，今复贼杀之矣。安得他杀事？即其他杀，而安得独存耶？"共持婴且百余笞，遂不能言。官家收系杀人罪，莫有辨者，强伏其辜。司法官小吏持扑者数十人将婴就市，看者围面千余人，有一人排看者，来呼曰："且无令不辜死者，吾窃其妻，而又杀之，当系我。"吏执自言人，乃燕也。司法官与俱见贾公，

153

尽以状对，贾公以状闻，请归其印，以赎燕死。上谊之，下诏：凡滑城死罪皆免。赞曰："余尚太史言而又好叙谊事，其宾党耳目之所闻见，而为余道。元和中，外郎刘元鼎语余以冯燕事，得传焉。呜呼！淫惑之心有甚水火，可不畏哉？然而燕杀不谊，白不辜，真古豪矣。"

如果说《冯燕传》继承了《世说新语》的精神，以志人为主，注重表现人物的精神气度，那么《异梦录》《秦梦记》《湘中怨解》这三篇传奇小说则主要是受以《搜神记》为代表的魏晋志怪小说的显著影响，以传奇笔法，描写怪诞之事，情节奇诡，笔法清艳。诚如鲁迅先生所评价的："皆以华艳之笔，叙恍惚之情，而好言仙鬼复死，尤与同时文人异趣。"三篇之中，以《秦梦记》写得最为精彩：

太和初，沈亚之将之邠，出长安城，客橐泉邸舍。春时，昼梦入秦，主内史廖家。廖举亚之，秦公召至殿，膝前席曰："寡人欲强国，愿知其方，先生何以教寡人？"亚之以昆、彭、齐桓对，公悦，遂试补中涓，使佐西乞术伐河西。亚之帅将卒前，攻下五城，还报。公大悦，起劳曰："大夫良苦，休矣。"居久之，公幼女弄玉婿萧史先死，公谓亚之曰："微大夫，晋五城非寡人有，甚德大夫，寡人有爱女而欲与大夫备洒扫，可乎？"亚之少自立，雅不欲遇幸臣蓄之，固辞，不得请，拜左庶长，尚公主，赐金二百斤。民间犹谓萧家公主。其日，有黄衣中贵，骑疾马来，迎亚之入宫阙，甚严。呼公主出，鬒发，著偏细衣装，不多饰，其芳姝明媚，笔不可模样。侍女祗承，分立左右者数百人。召见亚之，便馆居之。亚之于宫，题其门曰："翠微宫"。宫人呼沈郎院，虽备位下大夫，繇公主故，出入禁卫。公主喜凤箫，每吹箫，必下翠微宫。高楼上声调远逸，能悲人闻者，莫不自废。公主七月七日生，亚之尝无贶寿，内史廖曾为秦以女乐遗西戎，戎主与廖水犀两合。亚之从廖，得以献公主，公主悦受，尝结裙带之上。穆公遇亚之，礼兼同列，恩赐相望于道。复一年春，秦公之始平公主忽无疾卒，公追伤不已，将葬咸阳原，公命亚之作挽歌，应教而作曰："泣葬一枝红，生同死不同。金钿坠芳草，香绣满春风。旧日闻箫处，高楼当月中。梨花寒食夜，深闭翠微宫。"进公，公读词，善之。时宫中有出声若不忍者，公随泣下。又使亚之作《墓志铭》，独忆其铭曰："白杨风哭兮石砮髻莎，杂英满地兮春色烟和。珠愁粉瘦兮不生绮罗，深深埋玉兮其恨如何？"亚之亦送葬咸阳原，宫中十四人殉之。亚之以悼怅过戚，被病，卧在翠微宫。然处殿外特室，不入宫中矣。居月余，病良已。公谓亚之曰："本以小女将托，久要不谓，不得周奉君子，而先物故。敝秦区区小国，不足辱大夫。然寡人每见子，即不能不悲悼，大夫盍适大国乎？"亚之对曰："臣无状，肺腑公室，待罪右庶长，长不能从死公主，君免罪戾，使得归骨父母国，臣不忘君恩如今日。"将去，公追酒高会，声秦声，舞秦舞。舞者击髆拊髀，呜呜而音，有不快，声甚怨。公执酒亚之前，曰："寿，予顾此声少善，愿沈郎赓扬歌以塞别。"公命趣进笔砚，亚之受命去，为歌词曰："击休舞，恨满烟光无处所；泪如雨，欲拟著辞不成语。金凤衔红旧绣衣，几度宫中同看舞。人间春日正欢乐，日暮东归何处去？"歌卒，授舞者，杂其声而道之，四座皆泣。既再拜，辞去。公复命至翠微宫与公主侍人别。重入殿内，时见珠翠遗碎青阶下，窗纱檀点依然，宫人泣对亚之。亚之感咽良久，因题宫门诗曰："君王多感放东归，从此秦宫不复期。春景自伤秦丧主，落花如雨泪燕脂。"竟别去，公命车驾送出函谷关，已送，吏曰："公命尽此。"且去，亚之与别，语未卒，忽惊觉，卧邸舍。明日，亚之与友人崔九万具道。九万，博陵人，谙古，谓舍曰："《皇览》云'秦穆公葬雍橐泉祈年宫下，非其神灵凭乎？'亚之更求得秦时地志，说如九万云。呜呼！弄玉既仙矣，恶又死乎？"

宋人洪迈有云："唐人小说，不可不熟，小小情事，凄婉欲绝。""小小情事，凄婉欲绝"，正好概括了沈亚之《秦梦记》这篇传奇小说的特点。"以梦境写传奇"，这是唐人传奇小说建构的一种基本方式。与同时期沈既济的《枕中记》和李公佐的《南柯太守传》相比，沈亚之的《秦梦记》更加哀婉动人；同时，由于《秦梦记》讲述的是沈亚之的梦中经历，所以给人以更加亲切、真诚之感。

唐代特别是中唐的传奇小说，相较于魏晋的志人和志怪小说而言，无论是情节的丰富曲折、语言的生动多变，还是结构的精致完备、手法的新颖脱俗，都有了长足的发展。正如鲁迅先生在《中国小说史略》中所说："小说亦如诗，至唐代而一变。"不可否认，在中国小说发展到唐代所取得的丰硕的"新变"成果中，沈亚之是做出了卓越贡献的。

第十四章　张先创作述论

第一节　张先的词

　　张先（990~1078年），字子野，乌程（今浙江湖州）人，北宋前期著名词人，一生经历太宗、真宗、仁宗、英宗、神宗五朝，是衔接北宋第一代词人群和第二代词人群的关键人物。

　　《全宋词》中现存张先词共一百六十五首，是宋代湖州词人中存词较多的一位。张先作词由于喜欢用"影"字，所以时人以"张三影"称之。宋人胡仔《苕溪渔隐丛话前集》引《古今诗话》云：

　　　　有客谓张子野曰："人皆谓公张三中，即心中事、眼中泪、意中人也。"公曰："何不目之为'张三影'？"客不晓，公曰："'云破月来花弄影'；'娇柔懒起，帘压卷花影'；'柳径无人，堕风絮无影'；此余平生所得意也。"

　　于是，"张三影"之名就传开了。后来，清人李调元《雨村词话》云："'张三影'已胜称人口矣。尚有一词云：'无数杨花过无影'，合之名'四影'。"不管是"三影"还是"四影"，说明张先擅长写"影"是出了名的。

　　在北宋前期词坛，张先占有重要的地位。在推动宋词的发展和新变方面，张先虽然比不上柳永那么有名，创作影响也不能和柳永的"凡有井水处皆歌柳词"相比，但对宋词发展所做的贡献也是不可小觑的。他率先为词加入题序，增加了词所能传达的信息量，为以后苏轼等人在词中广泛使用题序开了先河。在词从花间一派的浓艳香软向北宋小令的柔婉清丽过渡的过程中，张先也是做出了积极贡献的。陈廷焯《白雨斋词话》云：

> 张子野词,古今一大转移也。前此则为晏、欧,为温、韦,体段虽具,声色未开;后此则为秦、柳,为苏、辛,为美成、白石,发扬蹈厉,气局一新,而古意渐失。子野适得其中,有含蓄处,亦有发越处,但含蓄不似温、韦,发越不似豪苏腻柳,规模虽隘,气格却近古。

清代学者鲍廷博《张子野词跋》亦云:"张都官以歌词擅名当代,与柳耆卿齐名,尤以韵高,见推同调,'三中'、'三影',流声乐府,至今艳称之。"这说明张先词的艺术成就及其词坛地位还是被广泛认可的。

张先词最为知名的,是下面这首《天仙子》:

> 水调数声持酒听。午醉醒来愁未醒。送春春去几时回?临晚镜,伤流景,往事后期空记省。　沙上并禽池上暝,云破月来花弄影。重重帘幕密遮灯,风不定,人初静,明日落红应满径。

此词作于宋仁宗庆历三年(1043年)春,张先时任秀州通判。词牌名下原有小序云:"时为嘉禾小倅,以病眠,不赴府会。""嘉禾"即现在的嘉兴,"倅"乃是宋代州郡副职官员的称谓,张先时任通判,故以"倅"自称。词写暮春之景,情感基调悲凉而哀婉。整首词笼罩在"愁"的氛围下,这种"愁"既是春归花落之无奈,也是容颜衰老之哀婉。写作这首词的时候,作者已经五十余岁,但依然位居下僚,做一个小小的通判,一种年老位卑之叹在暮春的伤感时节变得格外浓烈。"送春春去几时回",这里的"春"既指自然界的春天,又暗指词人的青春年华。青春已去,故"临晚镜"时不免要"伤流景"了。"临晚镜"之"晚"亦有双重含义,既指傍晚临镜,又指镜中所映现的人生的"晚景"——苍老的容颜。下阕的"云破月来花弄影"一句,写景传神,细腻而又生动,体现了词人观察的细腻,也暗示了词人敏感的心理,堪称经典。前贤时哲对其好评如潮,沈际飞《草堂诗余正集》云:"心与景会,落笔即是,着意即非,故当脍炙。"杨慎《词品》云:"景物如画,画亦不能至此,绝倒绝倒。"王国维《人间词话》云:"'云破月来花弄影',着一'弄'字而境界全出矣。"沈祖棻《宋词赏析》亦云:"其好处在于'破'、'弄'两字,下得极其生动细致。天上,云在流;地下,花影在动:都暗示有风,为以下'遮灯'、'埋径'埋下伏线。"看来,这首词能够成为张先词作的代表,确实有其不凡之处。

张先词还有"不如桃杏，犹解嫁东风"一句，颇为知名，出自其《一丛花令》。词云：

> 伤高怀远几时穷，无物似情浓。离愁正引牵丝乱，更东陌、飞絮蒙蒙。嘶骑渐遥，征尘不断，何处认郎踪。　双鸳池沼水溶溶，南北小桡通。梯横画阁黄昏后，又还是、斜月帘栊。沉恨细思，不如桃杏，犹解嫁东风。

这首词在当时名声很大，宋人范公偁《过庭录》载："张先子野郎中《一丛花》词……一时盛传，欧永叔尤爱之，恨未识其人。子野家南地，以故至都谒永叔，阍者以通，永叔倒屣迎之，曰：'此乃桃杏嫁东风郎中'。"一首词而能够让欧阳修对其不敢怠慢、"倒屣迎之"，进而获得"桃杏嫁东风郎中"的称号，可见这首词在当时的影响以及张先在当日词坛的地位。这是一首描写思妇登高望远、表达相思怀人的作品，虽然没有突破唐五代以来爱情词的传统题材范围，但在表达方式和词作风格方面，还是让我们看到了北宋小令词的一些可喜的变化——风格蕴藉，语言清丽，逐渐走出唐五代词特别是花间词浓烈的脂粉气息。

据胡仔《苕溪渔隐丛话前集》所引《古今诗话》的记载，张先在当时还有"张三中"的称号。这个称号的得来，乃是源于张先《行香子》一词：

> 舞雪歌云，闲淡妆匀。蓝溪水、深染轻裙。酒香熏脸，粉色生春。更巧谈话，美情性，好精神。　江空无畔，凌波何处，月桥边、青柳朱门。断钟残角，又送黄昏，奈心中事，眼中泪，意中人。

因词中有"心中事，眼中泪，意中人"这样的语句，且生动而传神，给人印象深刻，所以时人以"张三中"称之。

张先对于宋词发展所做的贡献还表现在他着力于慢词的创作，在这一点上是和柳永一样的。据《绿窗新话》卷上"张子野逢谢媚卿"条所引，《古今词话》曾载录张先如此一则轶事："张子野往玉仙观，中路逢谢媚卿，初未相识，但两相闻名。子野才韵既高，谢亦秀色出世，一见慕悦，目色相授。张领其意，缓辔久之而去。因作《谢池春慢》以叙一时之遇。"不管这个故事是不是真的，今存张先词中确实有一首《谢池春慢·玉仙观道中逢谢媚卿》词：

> 缭墙重院，时闻有、啼莺到。绣被掩余寒，画阁明新晓。朱槛连空阔，飞絮无多少。径莎平，池水渺。日长风静，花影闲相照。　尘香拂马，逢谢女、城南道。秀艳过施粉，多媚生轻笑。斗色鲜衣薄，碾玉双蝉小。欢难偶，春过了。琵琶流怨，都入相思调。

由词牌名即可看出，这是一首慢词，用铺叙的手法描写了春日秀丽之景，抒发了道逢谢女却"欢难偶"的淡淡惆怅和相思之情。上阕写春日之景，清朗而秀逸，"径莎平，池水渺。日长风静，花影闲相照"，犹如画境，充满神韵，令人神往。下阕描写女子之美，抒发相思之情，虽然在大的范围上未能跳出晚唐五代艳词的局囿，但在铺叙手法的运用、人物形象的特写等方面，却与晚唐五代词有了很大的不同。由于篇幅加长了，所以写景抒情更加纡徐委备，一唱三叹，有一种曼妙之美。

张先的词擅长用题序，题序包括"题"和"序"两个方面。前面提到了张先词用序的例子，其实，张先词运用词题来传达词的相关创作信息的情况也非常普遍。比如，《转声虞美人·雪上送唐彦猷》《碧牡丹·晏同叔出姬》《醉垂鞭·钱塘送祖择之》《离亭宴·公择别吴兴》《河满子·陪杭守泛湖夜归》《沁园春·寄都城赵阅道》，等等，从词题就可以看出词的写作时间、地点或人物、事件等相关信息。这一方面传达出词的相关创作信息，另一方面也说明张先已经有意识地用词来纪事、赠别、酬唱等，让词走入了诗的职能圈内，扩大了词的表现功能，增强了词的应用性。这也是张先对宋词发展所做的一个重要贡献。

第二节　张先的诗

作为一位湖州籍的词人，张先当然不会忘记对家乡的风物进行描摹和赞美。下面这首《倾杯·吴兴》词可以作为这方面的代表：

> 横塘水静，花窥影、孤城转。浮玉无尘，五亭争景，画桥对起，垂虹不断。爱溪上琼楼，凭雕阑、久□飞云远。人在虚空，月生溟海，寒渔夜泛，游鳞可辨。　正是草长蘋老，江南地暖。汀洲日晚。更茶

山、已过清明,风雨暴千岩、啼鸟怨。芳菲故苑。深红尽、绿叶阴浓,青子枝头满。使君莫放寻春缓。

词用铺叙的手法细细地描绘了暮春时节吴兴的美丽景色,既有诗情,又富画意,透露了词人对故乡的深深热爱之情。

张先的《木兰花·乙卯吴兴寒食》一词描绘了宋代湖州寒食节期间的龙舟竞赛、拾翠芳洲和野外踏青等习俗,很富有生活气息:

龙头舴艋吴儿竞,笋柱秋千游女并。芳洲拾翠暮忘归,秀野踏青来不定。 行云去后遥山暝,已放笙歌池院静。中庭月色正清明,无数杨花过无影。

词题中的"乙卯",乃是神宗熙宁八年(1075年),当时张先已是八十五岁高龄了。词的上下两阕,动静两谐,相得益彰。清代著名词人朱彝尊对这首词评价很高,其《静志居诗话》云:"张子野吴兴寒食词'中庭月色正清明,无数杨花过无影',余尝叹其工绝,在世所传'三影'之上。"

张先的诗散佚颇多,《全宋诗》收录仅二十五首,另有四联残句。从张先现存的诗歌来看,题材以写景抒怀为主,特别是写景诗,多有佳篇。张先写景诗中,最为人所称道的是下面这首《题西溪无相院》:

积水涵虚上下清,几家门静岸痕平。浮萍破处见山影,小艇归时闻棹声。入郭僧寻尘里去,过桥人似鉴中行。已凭暂雨添秋色,莫放修林碍月生。

诗歌写景细致,意境幽清,场景生动而富有意趣,很有艺术美感。
其《润州甘露寺》一诗,写景抒怀,颇有佳致。诗云:

丞相高斋半草莱,旧时风月满亭台。地从日月生时见,眼到江山尽处回。三国是非春梦断,六朝城阙野花开。心随潮水漫漫去,流遍烟村半日来。

润州,即今江苏镇江。甘露寺在镇江北固山上,乃唐代名臣李德裕所建。这首诗一方面描写了诗人登甘露寺远眺长江所见到的辽远而空阔的场景，另一方面又通过"丞相高斋半草莱，旧时风月满亭台""三国是非春梦断，六朝城阙野花开"等句抒发了世事沧桑之叹，体现了一定的历史深度。整首诗的风格辽阔而苍凉，颇具感染力。

张先还有一首描写家乡元宵节的诗，把吴兴的繁华与热闹生动地展现了出来：

朱屋雕屏展，红筵绣箔遮。傍云灯作斗，近树彩成花。风月胜千夜，笙歌如一家。人丛妨过马，天色误啼鸦。铜漏春声换，银潢晓影斜。楼前山未卸，火气烘朝霞。（《吴兴元夕》）

张先现存的诗歌基本上都是近体诗，以上所列三首皆为律体。其实，他的绝句也写得清秀怡人，富有情致。下面这首《落花》就是一个很好的例子：

花落春禽啼晚枝，有时香蒂点人衣。多情尽不如蝴蝶，欲起遗红贴地飞。

写景生动而有趣，特别是"多情尽不如蝴蝶，欲起遗红贴地飞"两句，描写蝴蝶因恋花而贴近落红低飞，观察细致，描写生动、准确，充满意趣。

张先的文，今仅存吴熊和、沈松勤《张先集编年校注》所辑录的《归安县令戴公生祠记》残篇。一代文学名家，散文几近散尽，殊为可惜。

第十五章　刘一止创作述论

　　刘一止（1078~1160年），字行简，归安人。登宋徽宗宣和三年进士第，历官越州教授、秘书省校书郎、监察御史、袁州知州、浙东路提刑、秘书少监、中书舍人、给事中。刘一止是两宋之交湖州文坛上的一位重要作家，同时，也是一位名臣。在创作上，他诗、词、文无所不通，曾因《喜迁莺·晓行》一词而获得"刘晓行"之赞誉。其诗歌成就也很高，吕本中、陈与义等称道过他。南宋著名文学家韩元吉在为刘一止所写的行状中称赞他："文章之余，笔法甚工，而乐府亦尽其妙，京师市人鬻者，纸为之贵。"这样的评价，不可谓不高。

　　刘一止文集名为《苕溪集》，共五十五卷，其中收录诗七卷，词一卷，其余为赋及各体散文。

第一节　刘一止的诗

　　韩元吉《阁学刘公行状》称道刘一止云："其为诗高处陵轹鲍谢，下者犹足渺视温李，寄意深远，自成一家。"从刘一止现存的诗歌来看，确实颇有特色，能自成一家。

　　在诗歌创作上，无论是古体还是近体、五言还是七言，刘一止都很擅长。就诗歌风格而言，刘一止的诗大多通俗晓畅，语言平易自然，其古体诗尤其如此。比如，下面的这两首诗就是如此：

　　　　晴风扫顽云，白日光在地。云翳无几何，聚散等悬寄。所以寸草心，各各抱根蒂。（《道中杂兴五首》其三）
　　　　麦头渐青青，麦田何井井。黄云被原野，众草昏未醒。方知天壤间，春风有畦畛。（《道中杂兴五首》其四）

这两首诗非常朴素平易，犹如农人话家常般，无任何深奥之语，毫不矫揉造作，素朴之中透露着真实之美。

相对于古体诗的通俗浅易而言，刘一止的律诗则略显典雅，但风格仍以省净清雅为主。比如下面这首《次韵必先侍御和郑维心忆梅并寄维心》诗：

> 紫梅溪上春先到，余不溪边草未芳。五字真曾赋桑落，四弦犹忆调枫香。雪中孤艳应愁绝，竹外斜枝不掩藏。永望佳人在空谷，此时幽独未须伤。

诗题中的"必先侍御"乃是指沈与求。沈与求字必先，号龟溪，德清人，曾任监察御史和殿中侍御史，故刘一止以"侍御"称之。"郑维心"乃是指郑如几。郑如几字维心，宣和年间曾隐居于龟溪，从沈与求游。诗中的"紫梅溪"，即梅溪，在今安吉境内。《吴兴备志》卷十五载："梅溪在安吉东北，昔年尝有紫梅花盛开，又号'紫梅溪'。""余不溪"在今德清县内，明张内蕴、周大韶《三吴水考》卷二载："余不溪在德清县南，其水清彻。"这首诗是一首次韵寄赠之作。郑如几原作是如何的，现已难以知晓，但从诗题"忆梅"两字可以看出，是一首咏梅的诗歌。刘一止的这首诗是次韵和作，当然也要着笔于梅。诗人将雪中梅花的高洁与孤清描写得生动而传神，特别是"雪中孤艳应愁绝，竹外斜枝不掩藏"两句，准确地传达出梅花的气质和神韵，甚为精警。

刘一止的绝句，大多直率而轻快，有时还颇有意趣。下面这首《入灵隐寺》诗就是如此：

> 石泉苔径午阴凉，手撷山花辨色香。度岭穿松心未已，好闲反为爱山忙。

诗歌描写了山径的清幽美丽与诗人登山的轻快心情，其中"好闲反为爱山忙"颇有意趣，生动地表现了诗人陶醉于山中美景以及投身于自然的欣喜心情。

第二节　刘一止的词

　　就数量而言，刘一止的诗要远远多于他的词；然而，就成就和质量而言，刘一止的词并不在其诗之下，有些词作的成就和影响甚至要远远超过他的诗歌。比如，让他名噪一时的《喜迁莺·晓行》词就是如此：

　　　　晓光催角。听宿鸟未惊，邻鸡先觉。迤逦烟村，马嘶人起，残月尚穿林薄。泪痕带霜微凝，酒力冲寒犹弱。叹倦客、悄不禁，重染风尘京洛。　追念，人别后，心事万重，难觅孤鸿托。翠幌娇深，曲屏香暖，争念岁寒飘泊。怨月恨花烦恼，不是不曾经著。这情味，望一成消减，新来还恶。

　　刘一止由于这首词而被人称为"刘晓行"，可见这首词在当时影响之大。这首词虽然没有跳出传统羁旅行役和相思怀人的窠臼，但其创造性地将羁旅行役和相思怀人糅合在一起，使词具有了更加感人肺腑的情感力量。词的上阕写游子羁旅行役之苦，细腻而敏感，真实感人，正如清人许昂霄《词综偶评》所评价的那样："'宿鸟'以下七句，字字真切，觉晓行情景宛在目前。""悄不禁，重染风尘京洛"两句，巧妙地化用了陆机《为顾彦先赠妇》"京洛多风尘，素衣化为缁"的诗句，表达了不愿再背井离乡、四处奔波的思想感情。张相《诗词曲语辞汇释》在解释"禁"字时说："禁，愿乐之辞。刘一止《喜迁莺》词'叹倦客、悄不禁，重染风尘京洛'，言倦客不愿意再奔走风尘京洛也。"说得非常正确。上阕写羁旅之苦，下阕就写怀人之悲了。不过，词人是从两面着笔，上阕写游子的羁旅之苦，下阕写思妇的怀人之悲，这样，就使整首词的内容更加丰富，也更加立体了。整首词以景衬情，以情染景，情景相谐，层次井然，体现了刘一止高超的创作水平。同时，词作风格柔婉而细腻，抒情表意蕴藉而含蓄，一唱三叹，非常感人。

　　刘一止的词风，总体而言是柔婉而含蓄的。他擅长用铺陈的手法，对景物和情感作细腻而深入的描摹和传达。其《梦横塘》一词就是如此：

　　　　浪痕经雨，鬓影吹寒，晓来无限萧瑟。野色分桥，剪不断、溪山风物。船系朱藤,路迷烟寺,远鸥浮没。听疏钟断鼓,似近还遥,惊心事、伤羁客。 新醅旋压鹅黄,拼清愁在眼,酒病萦骨。绣阁娇慵,争解说、短封传忆。念谁伴、涂妆,嚼蕊吹华弄秋色。恨对南云,此时凄断,有何人知得。

这首词和前一首《喜迁莺》在写景手法和抒情方式上都非常相似,只不过《喜迁莺》的下阕描写思妇的相思怀人明显是用"从对面着笔"的手法,而这首词的下阕更多的还是从游子的角度表达对家中妻子的思念。虽然都是怀人,但角度略有不同。两首词的共同特点是写景凄清,风格柔婉,情感深沉。

刘一止的词风,属于传统的婉约一派。他非常擅长用细腻的描写来表达深沉、绵长的情感,体现出高超而又敏感的人生感悟能力。其《念奴娇·中秋后一夕泊舟城外》一词就是如此:

水烟收尽,望汀萍千顷,银光如幕。霜镜无痕清夜久,惟有惊鱼跳出。月在杯中,我疑天赐,欢饮仍如璧。姮娥应为,后期偿赛今夕。 遥想当日同盟,山斋孤讽,有新诗相忆。聚散难常空怅望,萍梗飘流踪迹。明月明年,此身此夜,知与谁同惜。参横河侧,短篷清露时滴。

上阕写景,清美而富有神韵,"水烟收尽"四个字,精练而有力。"水烟"就好像悬挂在所有清美景色前面的一块巨大的幕布,"水烟收尽",也就是这块大幕彻底拉开,所有的景物一下子呈现在眼前:汀萍千顷、霜镜无痕、惊鱼频跳、月映杯中……一切犹如仙境,月下水面之景,在词人笔下充满了灵气。写景而臻于画境,这不是一般人所能做得到的。上阕写景,下阕抒情,这是一般词作的常用构建方式,刘一止的这首词也是如此。刘一止的高明之处就在于他能够将景的"气质"与情的特征统一在一个浑融的境界中,景愈凄清,情愈哀婉,情景相谐,浑然无迹。美景恒常而人生无定,"聚散难常空怅望,萍梗飘流踪迹",人生如浮萍,踪迹不定,今日能够泊舟城外,对月吟诗,而明年的今日,人又在何处?"明月明年,此身此夜,知与谁同惜",人生如寄的飘零之感浸透纸背!与苏轼《和子由渑池怀旧》诗"人生到处知何似,应似飞鸿踏雪泥。泥上偶然留指爪,鸿飞那复计东西"之句相比，有异曲同工之妙。相较而言，可能刘一止词作所表达的情感比苏轼的诗更哀婉，也更让人为之动容。

  刘一止为人清廉，刚正不阿，一生坚守高洁的人格，坚决不与朝中小人同流合污。在刘一止的人生信仰中，一直对陶渊明这样坚守自身理想、保持高尚节操的贤人隐士怀有特殊的景仰之情。他屡次在诗词中表示，要像陶渊明那样怡然、彻底地归隐。下面这首《念奴娇·和曾宏父九日见贻》词就是一个证明：

  江边故国，望南云缥缈，连山修木。远忆渊明束带见，乡里儿曹何辱。世味熏人，折腰从事，俯仰何时足。可怜菊下，醉吟谁共徵逐。
  我爱九日佳名，飘然归思，想当年丘谷。梦绕篱边犹眷恋，满把清尊余馥。援笔洪都，如君英妙，满座方倾属。月台挥袖，叫云声断横玉。

  上阕"远忆渊明束带见，乡里儿曹何辱"用的是陶渊明"不为五斗米折腰"的典故，表达要像陶渊明那样，宁可归隐，也要坚守自己高洁的人格，正如词人在下阕所说的那样："我爱九日佳名，飘然归思，想当年丘谷。梦绕篱边犹眷恋。"从词题来看，这是一首写给朋友的和词，是刘一止向朋友表达心迹的作品。宋代很多文人都对陶渊明有着特殊的情愫，他们的身上普遍存在着浓重的"陶渊明情结"。刘一止也是一样，他的很多诗词都表达了对陶渊明的仰慕和赞颂，这首词只是其中的一个例子。

第三节 刘一止的散文

  在刘一止的文学作品中，散文的数量是最多的。他的散文题材丰富，体式多样，且佳作颇多，值得称道。且看其《秋郊赋寄友人》一文：

  纷吾忓此凛秋兮，汨吾行此乐。郊游氛而懪悢兮，斥万里于澄霄。日皓皓而逾厉兮，天迥迥而益高。潦水收而泓渟兮，微风过而萧条。轶爽思以遝鹜兮，逝幽怀之远飘。神眐眐而直上兮，意渺渺而独超。悼时运之不留兮，嘉节物之见邀。莽四野其无人兮，兀平岗之岿嶤。惊独鹤之清唳兮，咽残蝉之三嗷。燕如客而归告兮，雁哀鸣以求曹。

相老农之就闻兮,晚霜镰之在腰。登禾黍于囷箱兮,场圃晏乎其逍遥。伐社鼓之坎坎兮,挂杖头之空瓢。繄境会而情感兮,伤志大而形么。独相羊以无匹兮,起怅望而翘翘。嗟佳人之何在兮,倚翠袖而若招。思夫君而不可见兮,挽蓬首而屡搔。岁月骏骏而遂往兮,怅此情之不自聊。亦何忧之不臻兮,绪轧轧其如缲。总事业之无闻兮,想富贵之不能。微将今世之舍毡兮,盖令名之勿劭。力古人而愿学兮,溯千载而上交。嗟人生之南北兮,况截道之惊飙。顾筋力能几许兮,苟比年而远徭。曾一饱之不谋兮,岂吾分之已叨。世种种其奚数兮,信我行之每劳。岂无林壑之旧游兮,方驾言其出遨。策高足于青冥兮,昔岁莫其同袍。通旧籍于禁门兮,幸新时之适遭。谅从此以遴举兮,税修梧以安巢。彼出处固异宜兮,奚独缅想而心摇。省定命之可安兮,人何资于卜兆。维南之山兮,有薪与肴。维溪之水兮,可以容舠。既濒我先君之幽宅兮,复舍此而焉逃。营庇身之三椽兮,缉一把之盖茅。美秋月之如珪兮,又春卉之穷妖。饱松风于长夏兮,拾东畦之坠樵。宜上天之见贷兮,赋此乐其特饶。希吾发兮崖滋,散吾趾兮山椒。庶无声而无臭兮,眷寿命于松乔。

这是一篇骚体赋,描写秋日郊外所见凄清萧条之景,表达悲秋之情,直接学习楚辞尤其是宋玉《九辩》的神理和风格特征。众所周知,宋玉《九辩》描写秋日肃杀之景,表达哀怨之情,奠定了中国文人悲秋的情感基调,在后世影响很大。刘一止的这篇赋就明显地受到宋玉《九辩》的影响。文章一开始就定下了惆怅失意的情感基调,"郊游氛而懭悢兮,斥万里于澄霄","懭悢"就是失意、惆怅的意思,这个词直接来自于宋玉的《九辩》。《九辩》云:"怆恍懭悢兮,去故而就新。"洪兴祖《楚辞补注》云:"懭悢,不得志。"作者将全文的写景抒情统一在这个基调下。"惊独鹤之清唳兮,咽残蝉之三嗷。燕如客而归告兮,雁哀鸣以求曹",在惆怅失意的情感基调的影响下,作者笔下的景也显得特别凄凉而充满悲感,情景相谐,构成浑融的意境。当然,作者抒发秋日"懭悢"之情,并不是纯粹为了表现卓越的写作技巧,也不是无病之呻吟,而是有其独到的用意的,那就是借秋日之悲凉表达自己人生或仕途不得意之哀伤。"总事业之无闻兮,想富贵之不能",由此产生浓重的归隐思想。"岂无林壑之旧游兮,方驾言其出遨。策高足于青冥兮,昔岁莫其同袍。……谅从此以遴举兮,税修梧以安巢。……维南之山兮，有蘖与肴。维溪之水兮，可以容舠。既濒我先君之幽宅兮，复舍此而焉逃。营庇身之三椽兮，缉一把之盖茅"，这才是作者思想的最真实流露，也是这篇文章的主旨所在。由秋日之苍凉到隐居之怀想，作者安排得妥帖自然，情景交融，意境浑成，很有艺术感染力。

刘一止抒情之文能够做到景中蕴情，以情统景，情景相谐，感人至深。其说理之文则能够做到结构严谨，逻辑清晰，说理细密而有力，同样体现了高超的文章构建水平。为了能够对刘一止的说理之文有一个较为清晰的了解和感悟，现将其《试馆职策》文节录于下，以作其说理文之一例：

> 对天下之事，形虽不同而其理则一……是故有难易之说者，其形也；无难易之说者，其理也。世之说曰："创业诚难，守文不易，而后之议者又以中兴为尤难。"且天下草昧，群雄竞逐，攻破则降，战胜则取，兹创业之诚难。富贵则骄，骄则淫，淫则怠，兹守文之不易。中兴之事则兼而有之，此所以为尤难。故曰："有难易之说者，其形也。"天之所以授人主者，非以其人心之归耶？人心所在，天命随之。《书》曰："天视自我民视；天听自我民听。"又曰："民之所欲，天必从之。"然则理之所在，在不失人心而已矣。故曰："无难易之说者，其理也。"……尝谓天之废兴，犹一身之安危。其所以扶衰而已病者，亦不异顾医，何如？耳明者见形色于未病之先，故为之也易；昧者究脉络于已病之后，故为之也难。夫医国亦然。……天下之事所以不克济者，患在于不为，而无患其甚难。故圣人畏无难而不畏多难，以其因难而能图也。又况祸福倚伏之理，为未易料者。

此策作于刘一止绍兴元年（1131年）试馆职之时。文章主要探讨了形、理之别，为与不为之间的差异。作者认为天下之事、治国之道，"无患其甚难"，而是"患在于不为"。作者形象地以医病喻医国，认为"天之废兴，犹一身之安危"，贤明的君主往往会在国家刚开始出现问题或弊端的时候就能够有所察觉并及时采取补救措施，这样就能取得很好的效果，同时"为之也易"；而那些昏庸愚昧的统治者往往要到江山社稷出现严重问题甚至危在旦夕的时候才察觉到，这个时候想要去补救，就会出现"为之也难"的情况，从而凸显出及时"为之"、及早"为之"的重要性。这样的比喻，既形象生动，又富于警示力。全文思路清晰，结构井然，层层推进，具有很强的说服力。

总之，刘一止既能将抒情之文经营得充满艺术美感，又能将说理之文写得铿锵有力；其文章创作既不乏深情，又充满理性，是一位情理兼善的优秀作家。

第十六章　周密创作述论

周密（1232~1298年），字公谨，号草窗，又号萧斋、蘋州、四水潜夫、弁阳老人等，吴兴人。周密是南宋湖州词坛的著名文学家，尤其在词的创作上，更是声名卓著，同时，在笔记小说创作方面，也卓有建树。周密一生著述颇多，有词集《蘋州渔笛谱》《草窗词》，另著有《草窗韵语》《齐东野语》《癸辛杂识》《武林旧事》《浩然斋雅谈》《云烟过眼录》《志雅堂杂抄》《澄怀录》等，还选编了南宋词集《绝妙好词》，在文学史上影响很大。

周密生于书香门第，其父母亲皆通翰墨，且家中藏书甚富，这些都为周密的学习创造了良好的条件，为他以后崛起于文坛打下了基础。周密幼时曾入太学，后随父宦居，曾到福建、衢州、柯山等地。景定二年（1261年），周密入浙西安抚司幕，景定四年（1263年），受命督毗陵民田，得罪了权相贾似道，正如《弁阳老人自铭》所载："景定限民田，毗陵数最夥，朝命往督之。至则除其浮额十之三，大忤时宰意。"此时恰逢其母生病，周密就辞归奉母了。

第一节　周密的词

从景定四年起，周密开始游历各地，期间创作了许多名篇佳作，《木兰花慢·西湖十景》词就是其中的代表。这组词共计十首，生动地描绘了西湖的十个最优美的景点，即"苏堤春晓""平湖秋月""断桥残雪""雷峰落照""曲院风荷""花港观鱼""南屏晚钟""柳浪闻莺""三潭印月"和"两峰插云"。这一组词为周密赢得了很高的名声，词牌"木兰花慢"后的小序云：

西湖十景尚矣，张成子尝赋《应天长》十阕夸余曰："是古今词家未能道者。"余时年少气锐，谓此人间景，余与子皆人间人，子能道，余顾不能道耶？冥搜六日而词成，成子惊赏敏妙，许放出一头地。异日霞翁见之曰："语丽矣，如律未协何。"遂相与订正，阅数月而后定。是知词不难作，而难于改；语不难工，而难于协。翁往矣，赏音寂然。姑述其概，以寄余怀云。

序中的"张成子"即张矩，字成子，号梅深。"霞翁"即杨缵，字继翁，号守斋，又号紫霞翁，本严陵人，居于钱塘，和周密都是西湖吟社的成员。根据这篇小序可知，张矩写了描绘西湖十景的十首《应天长》词，向周密炫耀，并且夸口说"是古今词家未能道者"，周密不服气，用了六天时间写了十首《木兰花慢》词，同样是描写西湖十景；张矩看了以后，"惊赏敏妙"，由此知名。此后又经过和杨缵一起的数月打磨，最后定稿。可见，这十首词的最终定型，经过了数日的酝酿和数月的打磨，蕴含了无数的心血，其能够获得成功，也是理所当然。这十首词在当时影响很大，词人陈允平曾同赋十首，词后记载云："右十景，先辈寄之歌咏者多矣。雪川周公谨所作《木兰花》示予，约同赋，因成，时景定癸亥岁也。""景定癸亥"即景定四年，由此可知周密的十首《木兰花慢》也是作于此年。沈雄《古今词话·词品下卷》载："（周）公谨赋《西湖十景》，当日属和者众。"言其"属和者众"，可见周密的这十首词在当时颇有影响的。为了解此十首词艺术境界之一斑，现择其中一首，录之于下：

疏钟敲暝色，正远树、绿愔愔，看渡水僧归，投林鸟聚，烟冷秋屏。孤云。渐沉雁影，尚残箫、倦鼓别游人。宫柳栖鸦未稳，露梢已挂疏星。　重城。禁鼓催更。罗袖怯、暮寒轻。想绮疏空掩，鸾绡黦锦，鱼钥收银。兰灯。伴人夜语，怕香消、漏永著温存。犹忆回廊待月，画兰倚遍桐阴。（《木兰花慢·南屏晚钟》）

整首词境界浑融，意境空灵，颇具艺术美感。第一句"疏钟敲暝色"就表现得颇为不凡，不仅直接照应了题目"南屏晚钟"，而且为整首词设好了底色，订立了基调。词人把"暝色"放在"敲"字后面，仿佛暮色是被钟声敲出来的，颇为新奇而富含韵味。随着一声声辽远的钟声传来，暮色缓缓降临，于是，僧归、鸟聚、烟冷、雁沉……一卷丰富的薄暮晚归图生动地展开，柔婉而优美。俞陛云在《唐五代两宋词选释》中对这首词有着很精到的评价，他说：

> 钟声本在虚处，须着眼"晚"字。前六句从本题写起，宛然暮色苍茫。"残箫倦鼓"句言薄晚人归，见欢娱之易尽，若山寺钟声，为之唤醒，咏晚钟有深湛之思。"宫柳"二句，言已将入夜，故下阕言罢游归去，灯畔香消，阑前月上，为闺中静夜，写芳侧之怀。下阕论题面，于南屏钟声，未免疏廓。论词句，固清丽为邻，亦志雅堂之佳制。

咸淳三年（1267年）冬，周密结识了"龟溪二隐"——李莱老、李彭老兄弟，共同游览了余不溪，建立了深厚的情谊。端宗景炎元年（1276年），周密出任义乌令。是年，元兵攻陷临安。1279年，南宋灭亡。周密寓居杭州癸辛街，创作《癸辛杂识》，与王沂孙、张炎、李彭老、仇远等遗民词人结社，相互唱和，以《天香》《水龙吟》《齐天乐》等调，分咏龙涎香、白莲、蝉等物，借以寄情，表达故国之哀思与人生忧患，后人结集为《乐府补题》。

王行《半轩集·题周草窗画像卷》称道周密"豪伟秀逸，有飘飘迈俗之气"。周密诗、书、画、乐兼擅，尤其是词的创作，最为知名。

周密词风，接近姜夔、张炎一派，以婉丽为工。且看下面这首词：

> 草梦初回，柳眠未起，新阴才试花讯。雏莺迎晓偎香，小蝶舞晴弄影。飞梭庭院，早已觉、日迟人静。画帘轻、不隔春寒，旋减酒红香韵。　吟欲就，远烟崔暝。人欲醉、晚风吹醒。瘦肌羞怯金宽，笑靥暖融粉沁。珠歌缓引。更巧试、杏妆梅鬓。怕等闲、虚度芳期，老却翠娇红嫩。（《东风第一枝·早春赋》）

这首词描写春景，柔婉而秀丽，以追求纯美为主，工于意境的营造。词中看不到处在王朝衰亡时期的词人本该有的悲愤或苍凉，这或许是和词人婉丽的审美追求相关吧。李莱老《题草窗韵语》云："绿遍窗前草色春，看云弄月寄前身。北山招隐西湖赋，学得元和句法真。"看来，词人是以"看云弄月"来寄寓情怀、寄托理想，难怪他的词要表现得如此秀逸柔美了。

戴表元《剡源文集·周公谨弁阳诗序》云：

> 公谨盛年，藏书万卷，居饶馆榭，游足僚友。其所居弁阳，在吴兴，山水清峭。遇好风佳时，载酒穀，浮扁舟，穷旦夕赋咏其间。就使朱禄不仕，浮沉明时，但如苏子美、沈睿达辈，亦有足乐者，今皆无之。

周密《弁阳老人自铭》亦云：

> 树桑艺竹，垒台疏池，间遇胜日，好怀幽人，韵士谈谐，吟啸觞咏，流行酒酣，摇膝浩歌，摆落羁絷，有蜕风埃、齐物我之意。客去，则焚香读书晏如也。

家乡的明秀山水让周密深深沉醉，他常常徘徊其中，荡舟其间，歌咏吟啸以抒怀写意。且看其《齐天乐》一词：

> 清溪数点芙蓉雨，蘋飙泛凉吟舰。洗玉空明，泛珠沉滢，人静籁沉波息。仙境咫尺。想翠宇琼楼，有人相忆。天上人间，未知今夕是何夕。　此生此夜此景，自仙翁去后，清致谁识。散发吟商，簪花弄水，谁伴凉宵横笛。流年暗惜。怕一夕西风，井梧吹碧。底事闲愁，醉歌浮大白。

此词原有小序云：

> 丁卯七月既望，余偕同志放舟邀凉于三汇之交，远修太白采石、坡仙赤壁数百年故事，游兴甚逸。余尝赋诗三百首以纪清适，坐客和篇交属，意殊快也。越明年秋，复寻前盟于白荷凉月之间。风露浩然，毛发森爽，遂命苍头奴横小笛于舵尾，作悠扬杳渺之声，使人真有乘查飞举想也。举白尽醉，继以浩歌。

序所言的"余偕同志放舟邀凉于三汇之交"和"复寻前盟于白荷凉月

之间"指的是西湖吟社在湖州举行的两次雅集活动。这首词就作于第二次雅集,时间是咸淳四年(1268年)秋。湖州在当时有"水晶宫"之称,风景秀丽。泛舟于"水晶宫"中,自然让人感到心旷神怡。周密的这首词就生动地将这种秀丽之美和惬意之情展现了出来。词的境界空明,语言秀逸,风格柔美,建构了一个美轮美奂的水乡世界,体现了周密词的杰出艺术水平。

宋、元易代以后,周密的思想发生了很大变化,词风也和以往有很大不同,开始由柔婉秀丽向凄楚悲凉转变。且看其《献仙音·吊雪香亭梅》一词:

> 松雪飘寒,凌云吹冻,红破数椒春浅。衬舞台荒,浣妆池冷,凄凉市朝轻换。叹花与人凋谢,依依岁华晚。共凄黯。问东风、几番吹梦,应惯识当年,翠屏金辇。一片古今愁,但废绿、平烟空远。无语消魂,对斜阳、衰草泪满。又西泠残笛,低送数声春怨。

"雪香亭"在南宋都城临安的集芳园内。集芳园乃宋代皇家御园,为高宗的后妃所居,理宗时赐予贾似道。周密《武林旧事》卷四云:"集芳园,葛岭,原系张婉仪园,后归太后殿。内有古梅老松甚多。理宗赐贾平章。旧有清胜堂、望江亭、雪香亭等。"宋朝灭亡之后,集芳园荒废,园中一片荒凉。周密游览此地,倍觉凄楚,有感而发,写下这首词。透过词中的荒台、冷池,以及"废绿""斜阳""衰草""残笛"等意象,读者可以深深感觉到蕴含在这首词中的巨大的悲凉。当年"翠屏金辇"的热闹,此时却是"衰草泪满"。对比之下,一股强烈的沧桑之感迎面袭来,词人的沉痛和悲楚力透纸背!朝代的更替,打破了周密悠游山水、惬意安然的生活,让他的身心都变得无家可归,词风也从前期的婉丽秀逸转为沉痛悲凉。

第二节 周密的诗

周密的诗今存不少,《全宋诗》录存七卷。戴表元《周公谨弁阳诗序》评价周密诗云:

> 少年诗流丽钟情,春融云荡,翘然称其材大夫也;壮年典实华赡,

睹之如陈周庭鲁庙遗器，蔚蔚然称其博雅多识君子也；晚年辗转荆棘霜露之间，感慨激发，抑郁悲壮，每一篇出，令人百忧生焉，又乌乌然称其为累臣羁客也。

周密的诗风其实和其词风一样，也是经历了由婉丽丰美向沉痛悲凉的转变。

虽然周密今存诗歌较多，但其成就和艺术影响力是远远不能和其词相比的。周密很长时间都隐居在湖州，所以，他对湖州的风物有着充分的了解，对隐居的生活有着深刻的体会。且看这三首诗：

  石田余数亩，茅屋小三椽。鸡犬桃源外，桑麻渭水边。剖公分野蜜，笕竹引山泉。便可随君隐，居然谢客缘。（《杼山村舍》）
  短棹归来晚，船头对夕阳。乱钟城市近，一雁水天长。草眼矜春碧，梅心弄晚香。霜风吹酒醒，系缆欲黄昏。（《毗山晚归》）
  隐几支颐枕曲肱，丹田养气石田耕。红旗黄纸非吾事，白石清泉了一生。（《山居》）

"杼山""毗山"都在湖州，其《山居》亦讲的是作者的弁山隐居生活。这三首诗描写的是湖州幽雅的环境和诗人闲适的隐居生活，风格平淡自然，体现了诗人惬意的情怀，意境朴素却充满艺术美感。

和前期词追求婉丽柔美、讲究纯艺术美感不同，周密的很多诗歌不注重对艺术世界的纯美营造，而注重对现实世界的关注和抒写，体现了一个知识分子的社会责任意识和关注民生的情怀。比如，宋度宗咸淳十年（1274 年）秋，湖州的德清和安吉发生了一场巨大的洪灾，老百姓流离失所，损失惨重。很多典籍都未对这次水祸加以记载，周密却以其诗笔对这次洪灾进行了真实记录，可补史籍之阙。这首诗的诗题为《甲戌八月，武康、安吉水祸，甚惨，人畜田庐漂没殆尽，赋苦雨行，以纪一时之实》，"甲戌八月"即咸淳十年八月。从诗题"纪一时之实"可以知道，这是周密对那场水灾的实录。诗云：

  雷车推翻电车折，龙鬣劳劳滴清血。羲和愁抱赤乌眠，阳侯怒蹴秋溟裂。风寒田火夜不明，桔槔椎鼓声彭彭。家家救田如救死，处处防陇如防城。丁男冻馁弱女泣,今岁催苗如火急。一家命寄一田中,何敢辞劳叹沾湿。四山溢涌地轴浮,潮声半夜移桃州。千家井邑类飘叶,啾啾赤子生鱼头。大田积沙高数尺,南陌东阡了难识。死者沉湘魂莫招,生者无家归不得。呼天不闻地不知,县官不恤将告谁。与其饥死在沟壑,不若漂死虽蛟螭。何以发廪讲荒政,笺天急求生民命。拯溺谁无孟氏心,里饭空怜子桑病。恭惟在位皆圣贤,等闲炼石能补天。转移风俗在俄顷,不歌苦雨歌丰年。

这首诗可以作为"诗史"来看。诗歌写得极为沉痛而悲凉,场景触目惊心。透过诗歌,我们可以体会到周密对受灾百姓的深切同情,也可以感受到周密作为儒家知识分子悲天悯人的情怀。

景定五年(1264年)夏,周密与杨缵等人在西湖杨氏环碧园结社,从此开始了社友之间广泛的聚会与切磋活动。约在度宗咸淳元年(1265年),周密出任两浙转运司掾;九月,游历位于余杭的大涤山,写下《乙丑良月游大涤洞天书于蓬山堂》一诗:

太虚灏气浮空蒙,烟霞九锁蓬莱宫。崩腾云木竞奇秀,洞芳野实垂青红。何年断鳌立天柱,古洞阴森白鸦舞。玉书宝剑不可寻,老翠封崖滴元乳。光芒灵气干斗牛,遗丹箸底谁能求。黄精紫杞遍岩谷,仙禽夜捣声幽幽。懒蛟千年睡未足,痴涎吼雷喷飞瀑。阴风黑穴吹海醒,石虎当关横地轴。是非万古一笑慨,神仙不死今安在。

这首诗境界空阔,气势豪健,是周密诗歌中的大气之作。

第三节　周密的笔记杂著

除了诗词创作以外,周密还是非常知名的笔记体文章的作者。他的笔记类著述众多,有《武林旧事》《齐东野语》《云烟过眼录》《癸辛杂识》《浩然斋雅谈》,等等。

《武林旧事》主要记载宋室南渡以后都城临安的各类杂事,包括"庆寿册宝""御教""西湖游幸""故都宫殿""湖山胜概""诸市""德寿宫起居注""车驾幸学""高宗幸张府节次略""官本杂剧段数",等等,内容丰富,包罗万象。《武林旧事》是周密寓居杭州癸辛街时所闻所见的汇聚,对许多事件的记述非常详细,为后世了解南宋都城临安及当时的相关情况保存了非常宝贵的材料。周密为《武林旧事》所写的《序》亦是一篇不错的散文,值得一读。文曰:

> 乾道、淳熙间,三朝授受,两家奉亲,古昔所无,一时声名文物之盛,号"小元祐",丰亨豫泰。至宝祐、景定,则几于政宣矣。予曩于故家遗老,得其梗概,及客修门闲,闻退珰老监谈先朝旧事,辄倾耳谛听,如小儿观优,终日夕不少倦。既而,曳裾贵邸,耳目益广,朝歌暮嬉,酣玩岁月,意谓人生正复若此。初不省承平乐事,为难遇也,及时移物换,忧患飘零,追想昔游,殆如梦寐,而感慨系之矣。岁时檀栾,酒酣耳热,时为小儿女戏道一二,未必不反以为夸言欺我也。每欲萃成篇帙,如吕荣阳杂记而加详,孟元老梦华而近雅。病忘慵惰,未能成书,世故纷来,惧终于不暇纪载,因摭大概,杂然书之。青灯永夜,时一展卷,恍然类昨日事。朋游沦落,如晨星霜叶,而余亦老矣。噫!盛衰无常,年运既往,后之览者,能不兴忾,我寤叹之。悲乎!四水潜夫书。

这篇序文篇幅不长,却完整而生动地将写作的缘由、内容的由来和自己的感慨囊括其中,短小精悍,同时又颇具文采,显示了周密散文的风格和特色。

周密其余几部笔记著作也各具特色。限于篇幅,简要介绍如下:《齐东野语》以记载南宋事件为多,有颇多精详之处,可以补史籍之阙;《云烟过眼录》以记载所见书画古董为主,兼有品评。《癸辛杂识》乃因周密寓居杭州癸辛街时所著,故以《癸辛杂识》为名,内容与《齐东野语》大致相近;不同的是,《齐东野语》大多记载朝廷大事,且兼有考证之举,而《癸辛杂识》则以记载琐事杂言为主,考订的内容不多。《浩然斋雅谈》主要以记载经史考证、文章评论和诗话、词话为主。

周密是宋代湖州文坛的重要人物和代表作家,他杰出的创作水平和文坛影响力,使他成为湖州文学史同时也是中国文学史上的文学名家。

第十七章 赵孟頫创作述论

赵孟頫，字子昂，号松雪，又自号水晶宫道人，吴兴（今浙江湖州）人，乃宋太祖子秦王赵德秀之后。生于宋理宗宝祐二年（1254年），卒于元英宗至治二年（1322年），享年六十九岁。赵孟頫才华横溢、技艺出众，于诗、书、画、乐等多方面都有着极高的造诣和出色的成就，是中国文学和艺术史上一个难得的全才。1987年，国际天文学会将赵孟頫与著名文学家蔡文姬、李白、白居易、曹雪芹、李清照、鲁迅，著名书画家董源、梁楷、王蒙、朱耷，著名音乐家伯牙、姜夔，著名戏曲家关汉卿、马致远共15位中国古代和现代文艺家的名字来命名水星上的环形山。这是对赵孟頫文学艺术成就的充分肯定，也是对赵孟頫这位一代俊才最好的纪念。

赵孟頫的生平行历，《元史》卷一百七十二《赵孟頫传》载之甚详。为明其大概，现节录于下：

> 赵孟頫，字子昂，宋太祖子秦王德秀之后也。……赐第于湖州，故孟頫为湖州人。……孟頫幼聪敏，读书过目辄成诵，为文操笔立就。年十四，用父荫补官，试中吏部铨法，调真州司户参军。宋亡，家居，益自力于学。至元二十三年，行台侍御史程巨夫奉诏搜访遗逸于江南，得孟頫，以之入见。孟頫才气英迈，神采焕发，如神仙中人……时方立尚书省，命孟頫草诏颁天下。帝览之，喜曰：得朕心之所欲言者矣。……二十四年六月，授兵部郎中。……二十七年，迁集贤直学士。……二十九年，出同知济南路总管府事。时总管阙，孟頫独署府事。……会修世祖实录，召孟頫还京师，乃解。久之，迁知汾州。未上，有旨书金字，藏经既成，除集贤直学士、江浙等处儒学提举，迁泰州尹，未上。至大三年，召至京师，以翰林侍读学士与他学士撰定祀南郊祝文。及拟进殿名，议不合，谒告去。仁宗在东宫，素知其名，

第十七章　赵孟頫创作述论

及即位，召除集贤侍讲学士、中奉大夫。延祐元年，改翰林侍讲学士，迁集贤侍讲学士、资德大夫。三年，拜翰林学士承旨、荣禄大夫。帝眷之甚厚，以字呼之而不名。帝尝与侍臣论文学之士，以孟頫比唐李白、宋苏子瞻，又尝称孟頫操履纯正，博学多闻，书画绝伦，旁通佛老之旨，皆人所不及。……六年，得请南归。帝遣使赐衣币，趣之还朝，以疾不果行。至治元年，英宗遣使即其家，俾书孝经。二年，赐上尊及衣二袭。是岁六月卒，年六十九，追封魏国公，谥文敏。孟頫所著有《尚书注》、有《琴原》、《乐原》，得律吕不传之妙。诗文清邃奇逸，读之使人有飘飘出尘之想。篆籀分隶、真行草书，无不冠绝古今，遂以书名天下。天竺有僧数万里来求其书，归国中宝之。其画山水木石、花竹人马，尤精致。前史官杨载称孟頫之才颇为书画所掩，知其书画者不知其文章，知其文章者不知其经济之学，人以为知言云。子雍、奕，并以书画知名。

赵孟頫虽以书画的杰出成就蜚声中外，然其文学创作亦有很高的水平。《四库全书总目提要·松雪斋集》评论赵孟頫云："论其才艺，则风流文采冠绝当时，不但翰墨为元代第一，即其文章亦揖让于虞、杨、范、揭之间，不甚出其后也。"元代著名诗人戴表元也称道赵孟頫："才极高，气极爽，余跂之不能及，然而未尝不为余尽也……子昂未弱冠时，出语已惊其里中儒先，稍长大，而四方万里重购以求其文。车马所至，填门倾郭，得片纸只字，人人心惬意满而去。此非可以声色致也。"然而，今人谈及赵孟頫，往往皆知其书画之成就，而不晓其文学之水平。究其原因，大概如杨载在赵孟頫《墓志铭》中所说的那样："才颇为书画所掩，知其书画者不知其文章，知其文章者不知其经济之学。"

赵孟頫的文集《松雪斋集》收入清代所编的《四库全书》中。现今常见的文渊阁四库全书本《松雪斋集》共有十卷，另有《外集》一卷。在十卷《松雪斋集》中，卷一收录赋五篇，卷二至卷五收录诗歌（其中，卷二、卷三收录古诗，五言、七言共计一百八十余首；卷四、卷五收录律诗与绝句，两卷共收录五言律诗包括排律、七言律诗、五言绝句、六言绝句、七言绝句共两百余首），卷六收录杂著，包括著名的《乐原》《琴原》，还收录了十九篇序。卷七至卷九收录记、碑铭、制、批答、赞、题跋等不同体裁的文章，此外，还收录了二十篇乐府。《外集》收录诗、序、记、碑铭、疏、题跋等，共计十六篇。

第一节 赵孟頫的诗

从《松雪斋集》所收录的作品来看，赵孟頫是一位众体皆擅的全面型作家，尤其擅长诗歌创作。因此，四库馆臣将其与有着"元诗四大家"之誉的虞集、杨载、范梈、揭傒斯这四位诗人相较，并得出了"不甚出其后"的结论。

从作品数量上言，在《松雪斋集》所收录的各体作品中，诗歌的数量是最多的。在十卷《松雪斋集》中，完整收录诗歌的就有四卷（卷二至卷五），此外，卷十还收录了二十首乐府，《外集》收录了一首古诗，合计数量达四百余首。

赵孟頫的诗歌题材丰富，体裁多样，含蓄典雅，情感丰富，有着很高的艺术成就。就题材而言，赵孟頫的诗可以分为怀念故国之作、咏叹抒怀之作、写景状物之作、题画寄情之作等几大类。

先来看赵孟頫的怀念故国之作。赵孟頫作为赵室宗亲，虽然在元代身居高位，却始终无法忘却故国，对宋王朝有着魂牵梦萦的思念之情。且看其《和姚子敬秋怀五首》其五：

> 野旷天高木叶疏，水清沙白鸟相呼。边笳处处军麾满，鬼哭村村汉月孤。新亭举目山河异，故国伤神梦寐俱。黄菊欲开人卧病，可怜三径已荒芜。

全诗悲戚而苍凉，用"新亭对泣"的典故表达深沉的遗民情怀，对故国的怀念和伤感无处不在，无时不有，即使在梦中，依然抹不去那深沉的忧伤。在同题诗作的第四首中，诗人说：

> 吴宫烟冷水空流，惨淡风云暗九秋。禾黍故基曾驻辇，芙蓉高阁迥添愁。绣楹锦柱蛟龙泣，金沓瑶阶鹿豕游。宋玉平生最萧索，欲将九辨赋离忧。

巨大的黍离之悲迎面袭来，吴宫烟冷，逝水空流，故基荒凉，柱龙犹泣。悲怆无处表达，唯有像宋玉一样，将深沉的凄凉化为广袤的秋音。

> 东南都会帝王州，三月烟花非旧游。故国金人泣辞汉，当年玉马去朝周。湖山靡靡今犹在，江水悠悠只自流。千古兴亡尽如此，春风麦秀使人愁。

这是赵孟𫖯非常著名的《钱塘怀古》一诗。"钱塘"就是杭州，昔日南宋的都城，曾经的"东南形胜，三吴都会"，曾经是"烟柳画桥，风帘翠幕，参差十万人家"（柳永《望海潮》）。而如今，山仍在，水悠悠，烟花依旧，然人非旧游，物是人非的苍凉之感浸透纸背！"故国金人泣辞汉"一句，用唐人李贺《金铜仙人辞汉歌》的典故，谓此景此情，就连铜人也会垂泣，真当是"天若有情天亦老"了。

然而，故国的衰亡，究竟是由谁造成的呢？在旁人敢怒而不敢言的时候，赵孟𫖯面对着杭州的岳飞陵墓，悲愤地喊出了这样的诗句：

> 鄂王坟上草离离，秋日荒凉石兽危。南渡君臣轻社稷，中原父老望旌旗。英雄已死嗟何及，天下中分遂不支。莫向西湖歌此曲，水光山色不胜悲。（《岳鄂王墓》）

整首诗沉痛而悲愤，苍凉而有力。一代忠臣良将，含冤屈死，徒留荒坟衰草，而奸佞宵小，横行当道，终使中原父老空望旌旗，天下中分而无力重振；如此局面，此种结果，纵然山水亦不胜悲戚，于人而言，情又何堪？这首诗是赵孟𫖯诗歌中的杰作，广为后人所称道。陶宗仪于《南村辍耕录》中言："岳王墓诗，不下数十百篇，其脍炙人口者，莫如赵魏公作。"可见赞誉之高。

赵孟𫖯在元代虽然仕途顺利，一路青云直上，但他内心其实并不快乐。作为宋朝遗民，却出仕新朝，他的内心是颇为纠结和痛苦的。儒家传统"忠臣不事二主"的观念深深纠缠着他，让他常常感到无处适从。于是，自责、悔恨，接踵而来，让他疲惫不堪，逐渐产生了归隐之念。赵孟𫖯的咏叹抒怀之作就以表达"贰臣"的悔恨之感和羡慕、向往归隐之念为主。且看其《罪出》一诗：

> 在山为远志，出山为小草。古语已云然，见事苦不早。平生独往愿，丘壑寄怀抱。图书时自娱，野性期自保。谁令堕尘网，宛转受缠绕。昔为海上鸥，今如笼中鸟。哀鸣谁复顾，毛羽日摧槁。向非亲友赠，蔬食常不饱。病妻抱弱子，远去万里道。骨肉生别离，丘陇缺拜扫。愁深无一语，目断南云杳。恸哭悲风来，如何诉穹昊。

《墨子·经说上》云："罪，犯禁也。""罪出"即"犯禁而出"，意为出仕为官乃是犯了禁忌。从诗题即可看出诗人的悔恨之意。"在山为远志，出山为小草"两句乃用《世说新语》的典故，开篇即表达自己未能坚守气节、隐居不仕的悔恨之意。《世说新语》卷下之"排调第二十五"载：

> 谢公始有东山之志，后严命屡臻，势不获已，始就桓公司马。于时人有饷桓公药草，中有"远志"，公取以问谢："此药又名小草，何一物而有二称？"谢未即答，时郝隆在坐，应声答曰："此甚易解，处则为远志，出则为小草。"谢甚有愧色。桓公目谢而笑曰："郝参军此过乃不恶，亦极有会。"

可见，赵孟頫是深谙出处荣辱之意的。"平生独往愿，丘壑寄怀抱。图书时自娱，野性期自保"，这本是自己的人生志向。可是，"谁令堕尘网，宛转受缠绕。昔为海上鸥，今如笼中鸟。哀鸣谁复顾，毛羽日摧槁"，这种生活不是自己想要的。但这种孤独与痛苦，有谁能够真正理解呢？又如何向人诉说呢？"恸哭悲风来，如何诉穹昊"，无人理解，无处诉说，只能悲恸长哭，诉于苍穹。这是一篇充满血泪的忏悔录，可见诗人内心的深切痛楚和悔恨。

赵孟頫晚年所作《自警》诗亦可见出其深沉的惭愧和后悔之意：

> 齿豁头童六十三，一生事事总堪惭。惟余笔研情犹在，留与人间作笑谈。

可见，直到晚年，他还不能走出这种"贰臣"的心理阴影，足见其内心痛苦之深广。

一朝不慎，沦为贰臣，误入仕途，失去气节，造成了赵孟頫一生的悔恨。自责和忏悔之余，他想到了归隐，自觉地向古代的贤人隐士看齐。因而，向往归隐、歌颂前代那些坚守气节的贤哲隐士，就成了赵孟頫咏叹抒怀之作的另一大内容。其《兵部听事前枯柏》诗云：

庭前枯柏生意尽，枝叶干焦根本病。黄风白日吹沙尘，鼓动哀音乱人听。嗟哉尔有岁寒姿，受命于地独也正。雨露虽濡心自苦，凤鸟不来谁与盛。岂无松槚在山阿，只有蓬蒿没人胫。我生愧乏梁栋才，浪逐时贤缪从政。清晨骑马到官舍，长日苦饥食还并。簿书幸简不得休，坐对枯槎引孤兴。人生何为贵适意，树木托根防失性。几时归去卧云林，万壑松风韵笙磬。

庭前柏树，由于离开了山林而变得"枝叶干焦根本病"，究其原因，是因为"托根""受命"不正而失其本性。言外之意，诗人也是由于放弃归隐、走入仕途而变得疲惫不堪、悔意连连。"人生何为贵适意，树木托根防失性。几时归去卧云林，万壑松风韵笙磬"，这几句是诗人企望离开仕途、回归山林的理想的最好的表达。

五年京国误蒙恩，乍到江南似梦魂。云影时移半山黑，水痕新涨一溪浑。宦途久有曼容志，婚娶终寻尚子言。政为疏慵无补报，非干高尚慕丘园。
多病相如已倦游，思归张翰况逢秋。鲈鱼莼菜俱无恙，鸿雁稻粱非所求。空有丹心依魏阙，又携十口过齐州。闲身却羡沙头鹭，飞去飞来百自由。(《至元庚辰由集贤出知济南暂还吴兴赋诗书怀》)

这两首诗是元世祖至元十七年(1280年)赵孟頫由集贤直学士出同知济南路总管府事期间暂回家乡湖州所作。赵孟頫时年二十七岁，颇为年轻，然羡慕归隐、过自由生活的愿望已经非常强烈。

"江南春暖水生烟，何日投闲苔水边。买经相牛亦不恶，还与老农治废田。"(《赠相士》)归隐的期待如此强烈，但是"屡欲言归天未许"(《次韵叶公右丞纪梦》)。屡次想要归隐，但得不到朝廷的许可，所以不得不继续在朝为官。然而，内心渴望归隐之念想从未曾停止，于是，或仕或隐，何去何从，一直在赵孟頫的内心纠缠，使他备受痛苦与煎熬。由于不能顺利归隐，因而，对于那些能够彻底回归山林与田园的前贤隐者，赵孟𫖯表达了发自心底的羡慕。其《次韵舜举四慕诗》云：

> 子晳有高志，悠然舞雩春。接舆谅非狂，行歌归隐沦。周也实旷士，天地视一身。去之千载下，渊明亦其人。归来北窗里，势屈道自伸。仕止固有时，四子乃不泯。九原如可作，执鞭良所欣。

对前代的贤人隐士进行了由衷的赞叹，表达了自己的羡慕情怀。在昔日的隐者队伍中，赵孟𫖯最为推崇的是陶渊明。他在《松雪斋集》中多次提到陶渊明，而且每次都投以赞赏和羡慕的眼光。例如，下面这首《题归去来图》诗：

> 生世各有时，出处非偶然。渊明赋归来，佳处未易言。后人多慕之，效颦惑媸妍。终然不能去，俯仰尘埃间。斯人真有道，名与日月悬。青松卓然操，黄华霜中鲜。弃官亦易耳，忍穷北窗眠。抚卷三叹息，世久无此贤。

说陶渊明"真有道"，且"名与日月悬"，评价不可谓不高。

赵孟𫖯是著名的画家，对于自然景物有着独特的审美视角和审美感受。他笔下的写景状物之作清新自然，有着独特的画面美感。且看其《桐庐道中》一诗：

> 历历山水郡，行行襟抱清。两崖束沧江，扁舟此宵征。卧闻滩声壮，起见渚烟横。西风林木净，落日沙水明。高旻众星出，东岭素月生。舟子棹歌发，含词感人情。人情苦不远，东山有遗声。岂不怀燕居，简书趣期程。优游恐不免，驱驰竟何成。我生悠悠者，何日遂归耕。

这首诗和一般的写景抒情诗一样，前半部分写景，后半部分抒情。相较于抒情而言，诗的写景部分尤为精绝。诗人以清新素朴之笔，将旅途中的所见所闻娓娓道来，画面清丽而明净，动景、静景相得益彰，意象简洁，意境悠远。两崖束江，滩声雄壮，渚烟轻横，林风纯净，落日水明，东岭月生……每一帧画面都是如此美丽，令人心旷神怡，组合起来又形成一幅浑融的"清江晚照图"，生动而传神，显示了诗人高超的审美感受力和非凡的构图摹景能力。绘画讲究写意抒发，也讲究工笔细描，如果说整一幅"清江晚照图"是诗人的写意表达的话，那么"两崖束沧江"的"束"、"起见渚烟横"的"横"这些地方就是诗人工笔着力处。

再来看《早春》一诗：

　　溪上春无赖，清晨坐水亭。草芽随意绿，柳眼向人青。初日收浓雾，微波乱小星。谁歌采苹曲，愁绝不堪听。

寥寥数笔，就传神而精到地刻画出一幅清新的"溪上早春图"。"草芽随意绿，柳眼向人青"，把"草芽"和"春柳"写得富有情感，善解人意，清丽而可爱，同时又生机盎然。"初日收浓雾，微波乱小星"两句中之"收"与"乱"颇为精到与准确，体现了诗人敏锐的感受能力和高超的传达技巧。

此外，赵孟頫还有很多写景的佳句，如"楼前山色横翠霭，湖上柳黄飞乱莺"（《赠相者》）、"山开碧云敛，日出白烟收"（《东郊》）、"露凉催蟋蟀，月白淡芙蓉"（《新秋》）、"小草幽香动碧池，暖风晴日长新荑"（《清胜轩绝句》）、"野店桃花红粉姿，陌头杨柳绿烟丝"（《东城》）、"熹微晨光动，窈窕春增华"（《二月二日尊经阁望郊外山水二首》其一）、"弁山横雨外，笠泽浸天东"（《次韵子山登楼有感》）、"推窗绿树排檐入，临水红桃对镜开"（《题山堂》）、"初日出云光射地，双溪入湖波接天"（《次韵刚父无逸游南山作》）……这些景物的摹写，无论从色彩的搭配上、动静的组合上、冷暖的协调上，都十分精确和传神，体现出诗人深广的艺术功底。

作为一位湖州的文学家和艺术家，赵孟頫对家乡湖州的风物怀有特殊的情感。在《松雪斋集》中，有多首诗歌对湖州的风景（包括弁山、道场山、苕溪、飞英塔，等等）进行了富含感情的描摹和抒写。先来看《登飞英塔》一诗：

　　梯飚直上几百尺，俯视层空鸟背过。千里湖山秋色净，万家烟火夕阳多。鱼龙衮衮危舟楫，鸿雁冥冥避罝罗。谁种山中千树橘，侧身东望洞庭波。

登塔而望,俯视整个湖州,眼界非常开阔。"千里湖山秋色净,万家烟火夕阳多",这两句写景非常壮阔,显得大气磅礴。

再来看《重游弁山》二首:

出郭闻莺语,穿林散马蹄。涧松何郁郁,春草又萋萋。白石那堪煮,丹崖倘可梯。平生爱高兴,只合此幽栖。

竹色迷行径,松声汹座隅。水清花自照,风暖鸟相呼。饮罢思棋局,歌长缺唾壶。重来潇洒地,聊足慰须臾。

弁山是湖州地区著名的风景名胜,赵孟𫖯曾多次登山游览,此次又故地重游,心情显得非常舒畅。正如诗人自己所言:"重来潇洒地,聊足慰须臾",把弁山看作潇洒之地;"平生爱高兴,只合此幽栖",可以看出赵孟𫖯对故乡风物的热爱。这两首诗风格清丽,写景明快,是赵孟𫖯描写家乡风物的佳作。

此外,《题苕溪绝句》《怀德清别业》等诗,小巧清新,融合了诗人浓烈的家乡情愫,也很值得一读:

自有天地有此溪,泓渟百折净无泥。我居溪上尘不到,只疑家在青玻璃。(《题苕溪绝句》)

阳林堂下百株梅,傲雪凌寒次第开。枝上山禽晓啁哳,定应唤我早归来。

谷口春残黄鸟稀,辛夷花落杏花飞。始怜幽竹山窗下,不改清阴待我归。(《怀德清别业》)

宋元时期是中国题画诗发生、发展并不断走向繁荣的时期。赵孟𫖯作为杰出的画家和优秀的诗人,在对画的艺术品鉴和诗的艺术表达方面都能够做到得心应手,因而他的诗歌中有许多优秀的题画寄情之作。先来看其《题杨司农宅刘伯熙画山水图》一诗:

移得山川胜,坐来烟雾空。窗中列远岫,堂上见青枫。岩树参差绿,林花掩冉红。鸟飞天路迥,人去野桥通。村晚留迟日,楼高纳快风。琴尊会仙侣,几杖从儿童。疑听孙登啸,将无顾恺同。微茫看不足,潇洒兴难穷。碧瓦开莲宇,丹楼耸竹宫。乱泉鸣石上,孤屿出江中。藉甚丹青誉,益知书画功。烦渠添钓艇,着我一渔翁。

诗对刘伯熙所画的山水图进行了细细描摹,将画中的山水景物一一点录出来:远岫、青枫、岩树、飞鸟、野桥、迟日、高楼、乱泉、孤屿……读者即使没有看到原画,通过诗人的描绘,也能够大略知道刘伯熙山水图所画的主要景物。诗人不仅对图中的山水景物进行了细致的交代,还幽默地表达了对画作的喜爱和对画中意境的向往。"烦渠添钓艇,着我一渔翁",诗人风趣地说:"烦请在画面中增添一艘钓艇,将我这样的渔翁画在里面吧。"诗借画寄情,不露痕迹,显示了诗人非凡的艺术水平。

再来看《题商德符学士桃源春晓》一诗:

宿云初散青衫湿,落红缤纷溪水急。桃花源里得春多,洞口春烟摇绿萝。绿萝摇烟挂绝壁,飞流㶁下三千尺。瑶草离离满涧阿,长松落落凌空碧。鸡鸣犬吠自成村,居人至老不相识。瀛洲仙客知仙路,点染丹青寄轻素。何处有山如此图,移家欲向山中住。

如果不是诗题和诗最后"何处有山如此图"一句透露了这是一首题画诗,读者还以为是诗人站在哪一处风景名胜前进行"现场讲解"呢!题画而能将画面中的景物描绘得栩栩如生,动静相宜,这需要作者具备卓越的画面解读能力和高超的语言传达能力,而赵孟頫恰恰具备了这两方面的能力和素质,所以能将题画诗表现得如此出色!

赵孟頫还有一些短小的五、七言题画绝句,清新婉转,玲珑可爱,很值得一读:

老树叶如雨,浮岚翠欲流。西风驴背客,吟断野桥秋。(《题秋山行旅图》)

䉖竹无端绿,幽花特地妍。飞来双蛱蝶,相对意悠然。(《题萱草蛱蝶图》)

澄江漾旭日,青嶂拥晴云。孤舟彼谁子,应得离人群。(《题米元

晖山水》)

在涧幽人乐考盘，南山白石夜漫漫。空林无风夜籁寂，长啸一声山月寒。(《题孙登长啸图》)

霜后疏林叶尽干，雨余流水玉声寒。世间多少闲庭樹，要向溪山好处安。(《题山水卷》)

值得注意的是，赵孟頫还有一类题画诗，并不以题写、传达画面景物为主，而是着力于通过诗歌来寄托自己的情感。言在此而意在彼，颇有托物言志、微言大义之风。例如，其《题四画》组诗就是如此：

桃源一去绝埃尘，无复渔郎再问津。想得耕田并凿井，依然淳朴太平民。(《桃源》)

渊明为令本非情，解印归来去就轻。稚子迎门松菊在，半壶浊酒慰平生。(《渊明》)

白发商岩四老翁，紫芝歌罢听松声。半生不与人间事，亦堕留侯计术中。(《四皓》)

周郎赤壁走曹公，万里江流斗两雄。苏子赋成奇伟甚，长教人想谪仙风。(《赤壁》)

这类题画诗并不着力于描摹和传达画面内容，而是从画面内容引申开去，表达诗人对画面人物或景物的评价或感想。这类诗歌，与其说是"题画诗"，还不如说是"感画诗"。相对于前面几类题画诗而言，这类题画诗离画面本身的内容更远，诗人自我发挥的余地更大，因而，显得更为自由和空灵。

第二节 赵孟頫的词

赵孟頫的词今存三十七首，在元代词人中，存词数量不算太多，但其词颇有特色，在元代不甚突出的词坛中也算是独树一帜。清人陈廷焯在《词坛丛话》中这样说："余雅不喜元词，以为倚声衰于元也。所爱者惟赵松雪、虞伯生、张仲举三家。"著名词学理论家吴梅在《词学通论》中亦云："(赵孟頫)词超逸，不拘于法度，而意之所至，时有神韵。"他们都看到了赵孟𫖯词不同于流俗的独特成就。

南宋后期以至元代前期,词坛深受以姜夔、张炎为代表的格律词派的影响,倡导典雅、俊逸与清空。这类词清秀俊逸,然人工打磨之迹太过明显,缺乏自然素朴之美,缺乏来自下层土壤的营养支持与下层民众的接受面支撑,逐渐发展到曲高和寡的境地。词的创作道路越走越窄,最终淡出了民众的视野。赵孟𫖯的词也受到南宋姜、张典雅词派的深刻影响,但难能可贵的是,他并没有忘却和抛弃柳永、苏轼等人开创和坚持的以词写心、真率自然的创作方式和写作风格。这是赵孟𫖯的词高出元代前期其他词人之处。

就作品的题材和内容而言,赵孟𫖯的词大致可以分为写景词、咏物词、抒怀词、题画词等几大类。

赵孟𫖯的写景词以描写巫山十二峰的《巫山一段云》为代表。且看其描写"上升峰""望霞峰"与"翠屏峰"的三首词:

云里高唐观,江边楚客舟。上升峰月照妆楼,离思两悠悠。雨云千里阻,长江一带秋。歌声频唱引离愁,光景恨如流。

碧水鸳鸯浴,平沙豆蔻红。望霞峰翠一重重,帆卸落花风。澹薄云笼月,霏微雨洒篷。孤舟晚泊浪声中,无处问音容。

碧水澄青黛,危峰耸翠屏。竹枝歌怨月三更,别是断肠声。烟外黄牛峡,云边白帝城,扁舟清夜泊苹汀,倚棹不胜情。

赵孟𫖯的写景词不注重对外在景物的细致描画,而是以勾勒之笔带出其神韵,进而将自然之景与人生之情融合起来,以情染景,以景衬情,情景融合,充满画意诗情。

赵孟𫖯作为帝王的文学侍从,追随帝王左右,难免会写一些应制之词。传统的应制词都以阿谀奉承、歌功颂德为主,艺术成就往往不高。赵孟𫖯的应制词虽也有颂圣的成分,但和传统的应制词相比,在境界上有了较大的开拓,显得气象恢宏,场面阔大。且看下面这两首词:

阊阖初开,正苍苍曙色,天上春回。绛帻鸡人时报,禁漏频催。九奏钧天帝乐,御香惹、千官环佩。鸣鞘静,嵩岳三呼,万岁声震如雷。　殊方异域尽来,满彤庭贡珍,皇化无外。日绕龙颜,云近绛阙

蓬莱。四海欢忻鼓舞，圣德过唐虞三代。年年宴，王母瑶池，紫霞长进琼杯。(《万年欢》)

春满皇州，见祥烟拥日，初照龙楼。宫花苑柳，映仙仗云移，金鼎香浮。宝光生玉斧，听鸣凤、箫韶乐奏，德与和气游。天生圣人，千载稀有。 祥瑞电绕虹流，有云成五色，芝生三秀。四海太平，致民物雍熙，朝野歌讴。千官齐拜舞，玉杯进、长生春酒。愿皇庆万年，天子与天齐寿。(《月中仙》)

气势雄壮，场景恢宏，虽然在内容上有单调之感，但能够将词的格局表现得如此宏阔壮丽，让人不得不佩服其卓越的文学才华。

赵孟频的咏物词注重对所咏事物内在神韵的传达，描写事物，神形兼备，具有很强的艺术感染力。且看下面这首《江城子·赋水仙》：

冰肌绰约态天然，澹无言，带蹁跹。遮莫人间，凡卉避清妍。承露玉杯餐沆瀣，真合唤，水中仙。 幽香冉冉暮江边，佩空捐，恨谁传。遥夜清霜，翠袖怯春寒。罗袜凌波归去晚，风袅袅，月娟娟。

这首词是赵孟频咏物词中的代表，描写水仙，将其清妍的特性表现得淋漓尽致。水仙"冰肌玉骨"，天姿绰约，清丽的本色，独具天然之美。这种"清妍"之美，让人间的所有"凡卉"自叹不如，望而远之。这种天生丽质，这种超尘脱俗，不禁让读者想起《庄子·逍遥游》中的那位"肌肤若冰雪，绰约如处子"的藐姑射山上的"神人"。寥寥几笔，就将水仙的不同一般之美准确地传达出来。普普通通的水仙，在作者的笔下却能够表现出如此深广之魅力，我们不禁要惊叹于作者的杰出才华。"承露玉杯餐沆瀣"，水仙花的形态像高脚的杯子，故以"玉杯"称之，宋人高观国在《金人捧玉盘·水仙》一词中就以"杯擎清露"来称道水仙。"承露玉杯"用汉武帝建承露盘的典故，《三辅黄图》引《庙记》云："（神明台）上有承露盘，有铜仙人，舒掌捧铜盘玉杯，以承云表之露，以露和玉屑服之，以求仙道。""餐沆瀣"则用楚辞的典故，《楚辞·远游》云："餐六气而饮沆瀣兮，漱正阳而含朝霞。"这一句主要表现水仙具有内在的"仙风道骨"，不同凡俗。如果说上阕主要写水仙之美，下阕则主要表现水仙的哀怨之情。"幽香冉冉暮江边，佩空捐，恨谁传"，水仙犹如一位清美而又幽怨的少女，眉间含有淡淡的哀愁，而这淡淡的哀愁又恰好增添了水仙的神韵，让其更显摇曳多姿，哀婉感人。写水仙而写出了水仙的灵气和神气，这就是赵孟頫的高明之处。

元人邵亨贞在追和赵孟頫的词作时说："公以承平王孙而婴世变，离黍之悲，有不能忘情者，故深得骚人意度。"指出赵孟頫的词中有故国之思、黍离之悲，这一点说得很对。例如，下面这两首词：

今古几齐州，华屋山丘，杖藜徐步立芳洲。无主桃花开又落，空使人愁。波上往来舟，万事悠悠，春风曾见昔人游。只有石桥桥下水，依旧东流。（《浪淘沙》）

池塘处处生春草，芳思纷缭绕，醉中时作短歌行。无奈夕阳、偏旁小窗明。故园荒径迷行迹，只有山仍碧。及今作乐送春归，莫待春归、去后始知非。（《虞美人》）

前一首词以"华屋山丘"的今昔之变表达世事沧桑之感。桃花无主，开开落落；江上行舟，来来往往；桥下流水，始终东流。然而故国不在，往景难回，万事悠悠，唯有空愁！后一首以"夕阳照荒径"的凄迷之景抒发"山仍碧"而人不同的苍凉之感，"去后始知非"隐隐透露出作者改节仕元的后悔心境。

赵孟頫还有一首《渔父词》，表达词人看透浮名、决意归隐的情怀，情感朴素而真挚，颇值得一读：

渺渺烟波一叶舟，西风木落五湖秋。盟鸥鹭，傲王侯，管甚鲈鱼不上钩。

第三节　赵孟頫的文

赵孟頫是元代著名的文章大家，《全元文》中共收录其文章三百余篇，其中包括赋、论、序、记、碑铭、制诰、题跋、书信等各种体裁。

赵孟頫的赋，气势壮阔，时有刚健之气。戴表元在《松雪斋集序》中说："子昂古赋凌厉顿迅，在楚汉之间。"是很有道理的。《松雪斋集》共收录赵孟𫖯五篇赋，分别是《吴兴赋》《求友赋答袁养直》《纨扇赋》《修竹赋》和《赤兔鹘赋》。这其中，《吴兴赋》是最长的一篇，也是赵孟𫖯颇为得意的一篇。赋写湖州的山川风物、历代风流、文教礼制、平和富庶，层次井然，文采华美，气势宏阔而流畅，体现了很高的艺术水准，很值得一读。现节录于下：

> 猗与休哉，吴兴之为郡也，苍峰北峙，群山西迤，龙腾兽舞，云蒸霞起。造太空，自古始，縣天目而来者三百里。曲折委蛇，演漾涟漪，束为碕湾，汇为湖陂。泓渟皎澈，百尺无泥。贯乎城中，缭于诸毗。东注具区，渺渺潒潒，以天为堤，不然，诚未知所以受之。观夫山川映发，照朗日月，清气焉钟，冲和攸集。星列乎斗野，势雄乎楚越。神禹之所底定，泰伯之所奄宅。自汉而下，往往开国。泊晋城之揽秀据实，沿流千雉，面势作邑。是故历代慎牧，必抡大才，选有识，前有王、谢、周、虞，后有何、柳、颜、苏，风流互映，治行同符，皆所以宣上德意，俾民欢娱。况乎土地之所生，风气之所宜，人无外求，用之有余。其东则涂泥膏腴亩钟之田，宿麦再收，秔稻所便，玉粒长腰，照筥及箱，转输旁郡，常无凶年。其南则伏虎之山，金盖之麓，浮图标其巅，兰若栖其足。鼓钟相闻，飞甍华屋，衡山绝水，鲁史所录。盘纡犬牙，陂泽相属，蒹葭菰芦，鸿头荷华，菱苕凫茨萑蒲轩于，四望弗极，乌可胜数？其中则有魴鲤鲦鳠，针头白小，鲈鳜脍余，鼋鼍龟鳖，有蛟龙焉。长鱼如人，喷浪生风，一举百钧，渔师来同，罔罟笭箵，罩汕是工，鸣榔鼓枻，隐然商宫，巨细不遗，噞噞喁喁，日亦无穷。其西则重冈复岭，川原是来。其北则黄龙瑶阜之洞，玲珑长寿之坞，县水百仞，既高且阻，谽砑嵌岔，崴磊碅磳，怪石万数，旅平如林。其高陵则有杨梅枣栗，楂梨木瓜，橘柚夏孕，枇杷冬华，槐檀松柏，椅桐梓漆之属。文竿绿竹，筱荡杂沓，味登俎豆，材中宫室，下逮薪樵，无求不得。其平陆则有桑麻如云，郁郁纷纷，嘉蔬含液，不蓄长新，陆伐雉兔，水弋凫雁，舟楫之利，率十过半。衣食滋植，容容衎衎，既乐且庶，匪教伊慢。于是有搢绅先生，明先圣之道以道之，建学校，立庠序，服逢掖，戴章甫，济济多士，日跻于古。乃择元日，用量币，尊玄酒，陈簠簋，选能者，秉周礼，赞者在前，献者在后，雍容俯仰，周旋节奏，成礼而退，神人和右。

当是之时，家有诗书之声，户习廉耻之道，辟雍取法，列郡观效，诚不朽之盛事已。

作者写家乡风物，是充满自豪感的。这篇赋在结构、层次的安排上，独具匠心。作者先从宏观上描述湖州所处之地及其周边风物，给人一个宏观的印象。接下来，从"地灵"自然联系到"人杰"，自然地带出湖州历代贤明的管理者。在"人杰"与"地灵"的共同作用下，"土地之所生，风气之所宜，人无外求，用之有余"。接下来，作者分别从东、南、西、北四个方位细细书写湖州山川的秀丽与物产的丰美。最后，从对风物的关注转向对文教礼仪的赞美，从而对湖州进行了全方位的描摹和夸赞。这篇赋，可以看作是赵孟頫对家乡湖州所做的最好宣扬，也是湖州建设史上一次极好的广告。如果没有一颗深爱家乡的诚挚之心，是写不出这样的文字的。

在赵孟頫的赋中，还有一篇《修竹赋》。赵孟頫曾多次将其书写在妻子管道升和他自己所绘的修竹图上，可见为其所深爱。这篇赋不长，却颇得竹之神韵：

> 猗猗修竹，不卉不蔓，非草非木。操挺特以高世，姿萧洒以拔俗。叶深翠羽，干森碧玉，孤生太山之阿，千亩渭川之曲。来清飚于远岑，娱佳人于空谷。观夫临曲槛，俯清溪，色侵云汉，影动涟漪。苍云夏集，绿雾朝霏，萧萧雨沐，袅袅风披。露鹤长啸，秋蝉独嘶。金石间作，笙竽谁吹。若乃良夜明月，穷冬积雪，扫石上之阴，听林间之折，意参太古，声沉寥沉。耳目为之开涤，神情以之怡悦。盖其媲秀碧梧，托友青松，蒲柳惭弱，桃李羞容。歌籊籊于卫女，咏淇澳于国风。故子猷吟啸于其下，仲宣息宴乎其中。七贤同调，六逸齐踪，良有以也。又况鸣嶰谷之凤，化葛陂之龙者哉？至于虚其心，实其节，贯四时而不改柯易叶，则吾以是观君子之德。

作者能够准确地抉出修竹"操挺特以高世，姿萧洒以拔俗"的特点，表现其高洁的品性。全文短小而优美，从"至于虚其心，实其节，贯四时而不改柯易叶，则吾以是观君子之德"几句可以知道，作者写物，其实目的在于拟人，以修竹的高尚节操来表现"君子之德"，言在此而意在彼。

在赵孟頫的《松雪斋集》中，记、序、碑铭、题跋等各类体裁的文章中都有杰出的作品。其中，记、序类文章以《吴兴山水清远图记》《送吴幼清南还序》等为代表。

《吴兴山水清远图记》在题材上与《吴兴赋》一致，也是作者描写家乡山川风物的作品。相较于《吴兴赋》而言，《吴兴山水清远图记》则显得秀逸而清新，小巧而玲珑：

> 昔人有言吴兴山水清远，非夫悠然独往有会于心者，不以为知言。南来之水，出天目之阳，至城南三里而近汇为玉湖，汪汪且百顷。玉湖之上有山童，童状若车盖者，曰车盖山。繇车盖而西，山益高，曰道场。自此以往，奔腾相属，弗可胜图矣。其北小山坦迤，曰岘山。山多石，草木疏瘦如牛毛。诸山皆与水际，路绕其麓，远望唯见草树缘之而已。中湖巨石如积，坡陀磊块，葭苇丛焉，不以水盈缩为高卑，故曰浮玉。浮玉之南，两小峰参差，曰上下钓鱼山。又南长山曰长超。越湖而东，与车盖对峙者，曰上下河口山。又东四小山，衡视则散布不属，纵视则联若鳞比。曰沈长，曰西余，曰蜀山，曰乌山。又东北曰毗山。远树微茫，中突若覆釜。玉湖之水北流入于城中，合苕水于城东北。又北东入于震泽。春秋佳日，小舟溯流，城南众山，环周如翠玉琢削，空浮水上，与船低昂。洞庭诸山，苍然可见，是其最清远处耶。

写景状物，如数家珍，娓娓道来，体现出赵孟頫对家乡山水的熟稔和热爱。

《送吴幼清南还序》作于赵孟頫仕元后不久，乃为送别同乡吴幼清辞官归隐而作，表达了对以往在家乡所过的"放乎山水之间，而乐乎名教之中，读书弹琴而足以自娱"的自由自在生活的怀恋之情。文章感情真挚，笔法细腻，真实地表达出赵孟頫虽身在官场却向往归隐的矛盾心态，也表达了对朋友的深深情谊。

赵孟頫的碑铭之文写得最好的是他为妻子管道升所写的墓志。在《魏国夫人管氏墓志铭》一文中，作者深情地写道：

> 夫人天姿开朗，德言容功，靡一不备。翰墨词章，不学而能。处家事，内外整然。岁时奉祖先祭祀，非有疾必斋明盛服，躬致其严。

夫族有失身于人者，必赎出之。遇人有不足，必周给之，无所吝。至于待宾客、应世事，无不中礼合度。

将夫人的贤惠与能干细细写来，朴素却充满深情，表现了赵孟頫对妻子的真挚情感和深深怀念之情。

赵孟頫生前将自己的诗文辑成《松雪斋文集》，友人戴表元于元成宗大德二年（1298年）作序。至元五年（1339年），赵孟頫的儿子赵雍又将其诗文编辑成册，请得时任湖州总管何贞立作跋。沈伯玉依此辑成《松雪斋文集》，这是赵孟頫诗文集的最初刻本。以后不断翻刻，集名不断变化，篇目也有所增损。有明正德七年（1512年）方选刊本《松雪斋文集（二卷）》，明万历江元禧校刊《松雪斋集（二卷）》以及唐廷仁刻本《新刊赵松雪文集（四卷）》《外集（一卷）》等。清康熙五十二年（1713年），曹培廉校正论缺，辑为《松雪斋全集（十卷）》《外集（一卷）》《续集（一卷）》《附录（一卷）》，是为"城书室本"。康熙五十七年（1718年），萧龙江辑《松雪遗稿（一卷）》。此外，词集有清康熙二十八年（1689年）侯氏亦园刻本《松雪斋词（一卷）》，稿本《松雪斋词（一卷）补遗卷》等。诗集有元至正元年（1341年）虞氏务本堂刊本《赵子昂诗集（七卷）》等。清代，纪昀等人奉诏编撰《四库全书》时收录《松雪斋集》。在现存文渊阁四库全书集部别集类中，有赵孟頫《松雪斋集》十卷和《外集》一卷。

第十八章　骆文盛创作述论

骆文盛，字质甫，号两溪，晚年号侣云道人，武康（今属湖州德清）人。其先祖为义乌人，于宋代迁居武康。骆文盛生于弘治九年（1496年），正德十四年（1519年）中举。同年，领乡荐赴试，不第。嘉靖十四年（1535年）登进士第，被选为庶吉士。嘉靖十六年（1537年），授翰林院编修。嘉靖十八年（1539年），出使鲁、郑诸藩。嘉靖二十年（1541年），为会试同考官。嘉靖二十一年（1542年），因与当朝权相严嵩不合，称病还乡。后在武康城南石城山麓筑"舒啸楼""五可轩"以居，悠游山林，从此足迹不入公门。嘉靖三十三年（1554年），五十九岁而卒。骆文盛晚年颇为清贫，然为人始终清正磊落，严毅守节。著有《骆两溪集》《南垞杂谈》，曾纂修《武康县志》。

第一节　骆文盛的诗词创作

骆文盛是明代湖州颇为知名的诗人，所创作的诗歌不仅数量多，而且质量也颇高。从体裁上而言，骆文盛的诗歌体裁完备，但凡乐府、古诗、绝句、律诗等，在《骆两溪集》中都有一定的数量。

一、骆文盛的乐府诗

骆文盛的乐府诗直接继承汉乐府"感于哀乐，缘事而发"的特色，语言朴素，情感表达非常真挚。从内容来看，骆文盛的乐府诗可以分为"表思妇之怨""写战争之苦""抒人生之怀""表建功之愿""诉生活之苦"等几类。

"表思妇之怨"的作品如《自君之出矣》三首：

自君之出矣，无复玉阶行。思君如蔓草，剪去又还生。

自君之出矣，不记别离时。容华坐销歇，那复系君思。
自君之出矣，忽忽岁华迁。回文空自织，谁寄到君前。

三首诗语短情深。特别是第一首，"思君如蔓草，剪去又还生"两句，非常形象、生动，用不断生长、蔓延的草来比拟思妇挥之不去、无法停歇的思念和忧愁，非常精警，也很贴切。

"写战争之苦"的作品以下面这首《战城南》为代表：

胡风冲尘蔽天黑，晓战城南暮城北。城南披靡，城北辟易。将军素号万人敌，一朝遇房心胆栗，何况疲兵与羸卒。君不见，黄金铸印空累累，城边白骨翻成堆。

《战城南》是乐府古题，以表现战争的惨烈和悲苦为主。骆文盛的这首诗正是继承了汉乐府的这种精神，在表现战争惨烈、悲苦的同时，又加入了"一将功成万骨枯"的浓重感慨，从而使诗具有了更加深厚的内涵和更加深刻的力量。

"抒人生之怀"的作品是骆文盛乐府诗中数量较多的一类，较有代表的包括《将进酒》《临高台》《有所思》等。且看下面这首《将进酒》：

将进酒，劝君一饮须数斗。醉乡风味君知否，此中不异无何有。我欲从君觅杜康，杜康之族森两傍。梨花自对鹅儿黄，金盘玉露何瀼瀼。郁金香喷琉璃光，朱缥三千酒一石。床头金尽何足惜，但令我醉无虚日。世间理乱耳不入，何况升沉与得失。古来贤达谁最名，唐家李白差可称。舒州之杓力士铛，直欲与之同死生。君不见，规行矩步徒伥伥，低眉摧颜复可憎。腐儒凄凄抱一经，白首落魄嗟无成。不如饮酒称意气，凌轹一代夸豪英。风流至今犹在目，千载何人蹑芳躅。劝君莫作儿女颜，我亦抚掌随君欢。勋名钟鼎且勿言，富贵过眼如云烟。阆风玄圃路渺漫，流莺语燕非所怜。青山绿水满目前，山鸟山花依我檐。我歌激烈，君舞蹁跹。狂呼傲睨两不嫌，剧饮只如鲸吸川。几回白眼问青天，此时此日真何年。

人生短暂，富贵如烟，须及时行乐，这是汉乐府诗中常见的思想。骆文盛的这首《将进酒》表达的也是这种思想，因为"勋名钟鼎且勿言，富贵过眼如云烟"，所以"不如饮酒称意气，凌轹一代夸豪英"。同样的思想在其《临高台》一诗中也可以见到。诗云：

> 临高台，台高几千尺。下有洪流深不测，昔人临之，车仆马踣。人寿几何须自惜，且莫凌风射黄鹄，我欲言之心怵惕。吁嗟乎！我欲言之心怵惕。

渴望施展抱负、追求建功立业的理想，也是汉乐府诗歌的常见主题。在骆文盛的乐府诗中常可见到此类主题的作品。比如下面这首《从军行》：

> 自小惯从军，不解从军苦。男儿贵立勋，宁须恋乡土。

"男儿贵立勋，宁须恋乡土"两句，铿锵有力，有着"捐躯赴国难，视死忽如归"的豪迈，也有着"宁为百夫长，胜作一书生"的慷慨。

其《侠客行》一诗也是一样：

> 古有游侠子，逸气何翩翩。雄心渺万乘，奇论倾四筵。朝移楚国柄，暮夺秦相权。片言五城返，一笑千金捐。海内怀高踪，侯王思执鞭。慷慨有余烈，节立名亦全。却笑蓬蓽士，穷年抱遗编。

"感于哀乐"是汉乐府诗歌的重要主题，在汉乐府诗歌中有许多诉说生活悲苦的作品，而悲苦生活常常是由于统治者的残暴统治造成的。自从孔子说过"苛政猛于虎"后，老百姓就常常用豺狼虎豹来比喻统治者。而乐府诗这样来写，不仅形象，在揭露和抨击黑暗统治方面也显得更加深刻，入木三分。骆文盛的《猛虎行》就是这样的作品：

> 行人停车且莫前，有虎有虎山之南。黄须白额文斑斑，耸身掉尾威赫然。不向深林饱鹿豕，往往咆哮近城市。昨宵已攫西园翁，今晨复毙东邻子。猎夫负弩不敢张，壮士失色走且僵。迩来得意势转剧，白日亦踞居人傍。虎兮虎兮胡不仁，遘此荼毒宁无因。城隍土木岂足赖，灵应敢望山之神。君不见，汉家吏有循良绩，群虎相将渡河北。

从来和气能致祥，况尔一诚能感格。噫吁嚱！斯人不作胡为乎，上帝好生真有无。谁为排云扣阊阖，仰首日夕空号呼。

诗表面上是写猛虎对老百姓生活和生命所构成的威胁，实际上是对"吃人"的残暴统治进行血泪控诉。

"悲士不遇"是中国传统知识分子常有的情感体验。左思"郁郁涧底松，离离山上苗。以彼径寸茎，荫此百尺条。世胄蹑高位，英俊沉下僚。地势使之然，由来非一朝"的浓重感慨，千百年来，让许多寒门知识分子为之动容。骆文盛作为一名普通的知识分子，也有着同样的"不遇"之悲。且看其《梧桐行》一诗：

郁郁梧桐树，枝干直以繁。托根幸得所，南冈势巉岩。雨露日益滋，秋阴满前山。讵期凛秋至，西风忽摧残。材美谁复收，弃之道路间。不若樲与棘，翻蒙匠氏看。睹此三叹息，归来涕泛澜。

高大挺拔的梧桐被弃置道旁，而材质很一般的酸枣树却能够获得重用。一股巨大的"怀才不遇"的悲感，浸透纸背。

二、骆文盛的古诗

骆文盛的古诗与其乐府诗有着相近的风格特征，语言素朴，情感真挚；写景抒情，不喜过分渲染，多以白描出之，素朴恬淡，真实动人。就题材而言，骆文盛的古体诗主要有赠别、写景、抒怀、题画等几类。

在骆文盛的诗歌中，赠别诗数量众多，各体皆有。相较而言，其古体送别诗显得更为直白素朴，语淡情浓。下面这两首诗就是这样：

相见嗟已晚，别离更匆匆。人生如路歧，恍惚西复东。君行赴石城，扬舻趁天风。我向苕川归，夜月明孤蓬。同心话未已，对酒何忡忡。羡彼韩孟侣，相从若云龙。（《维杨舟中赠别》）

渺渺元氏路，匆匆使君轺。炎暑正兹候，驱驰一何劳。闲适岂不怀，民病方嗷嗷。我有盈觞酒，饯子城东郊。别离讵足叹，但恐年华销。邈矣龚黄绩，古训良亦昭。努力懋芳烈，跂予心切切。（《送沈令之任元氏》）

骆文盛的写景类古体诗清纯淡雅，充满了隐者之趣，《东溪》《前山行》等诗是其代表：

> 道人潇洒姿，爱向溪头住。溪流一何长，洋洋日东注。疏烟起茆屋，和风袭芳树。翩翩白鸥群，下我垂纶处。烦襟一以蠲，玄经独堪注。（《东溪》）
>
> 主人爱山山不远，卷帘惟见山当眼。蔼蔼行云日夕间，蒙蒙空翠轩窗满。引泉刳竹来何遥，劚苓荷锸风萧萧。山间麋鹿日相狎，短莎细石同游遨。黄金台前尘十丈，不见前山空怅望。芒鞋竹杖会有期，结庐拟共松阴傍。（《前山行》）

骆文盛的这类写景诗平实但不平淡。他在朴实的书写中，往往会不经意间创造出精警清新之句，如"平郊草似爇，深谷云如贮"（《山行》）、"炉烟杳霭晦白昼，旛盖旖旎扬春风"（《游元符宫值雨》）等就是非常传神的写景佳句。

骆文盛古体诗中的抒怀之作，大多表达的是对山林隐逸生活的向往和渴望归隐的情怀。例如，他的《夏日竹林漫兴》一诗就是如此：

> 道人自是山林客，蚤向江湖滞行迹。廿年觉悟方归来，重入山林寄幽寂。小园竹树初长成，坐见繁阴满檐隙。炎天赤日午不知，况有清风涤烦郁。道人无事时闭门，但向竹根施几席。儿童不用供壶觞，瀹茗焚香聊永日。疏狂自乏唐晋风，漫拟七贤并六逸。

把自己比作七贤、六逸，自觉地向古代隐者看齐。他的《山馆偶题》《漫兴》《馆中书怀》《归田》《采菊》《采杞》等诗，表达的也是这种情怀。且看《山馆偶题》《漫兴》二诗：

> 主人爱水兼爱山，水山尽日相盘桓。时间暂与山水隔，便觉尘垢蒙心颜。买园今幸近山水，清景不碍轩窗前。平生心事差足慰，好枕岩石听潺湲。（《山馆偶题》）
>
> 钓鱼临清溪，采薪入深林。采钓有余闲，时抚松间琴。清风飒然至，明月非招寻。适耳已成趣，何必求知音。（《漫兴》）

"爱水兼爱山"的诗人认为，人生最足以宽慰心怀之事，就是"好枕岩石听潺湲"。试想，诗人在山林之中，临溪垂钓，入林采薪，清风飒然而至，明月非招而来，此情此景，是何等的悠闲、惬意！难怪诗人会由衷地说："适耳已成趣，何必求知音。"

骆文盛的题画诗不仅善于精到传神地传达出画面所绘之景，而且注重将自己的情感和人生理想融会于画面之景中，做到题写、摹景、寄情的融合为一。下面这首《题画》诗就是如此：

迩来画品谁最名，江夏往往推吴生。吴生已矣笔踪绝，偶见此图差可悦。山容黯淡云霏霏，岩前老树枝披离。峰回谷转路欲迷，断桥流水行人稀。中有幽人寄幽躅，闭门日与云俱宿。衣冠岂是陶家村，花竹还疑子真谷。山风隔涧吹雨来，山童门前扫绿苔。南邻有客不知姓，相与日举花前杯。道人素抱山水癖，几度披图增叹息。桃源何处可移家，好向图中觅踪迹。

透过这首诗，我们可以清楚地知道，画面上有山峰、岩石、老树、断桥、流水、行人、村落、屋宇、童子、邻客……一幅安静、清新、淡然的自然山水图，充满诗意。面对如此美丽的风景和环境，"素抱山水癖"的诗人油然而生向往之情。"桃源何处可移家，好向图中觅踪迹"，由观画而生的情感跃然纸上。诗人情感的掺入，使得题画诗有了更生动的内涵。

三、骆文盛的近体诗

骆文盛的近体诗包括五言绝句、六言绝句、七言绝句、五言律诗、七言律诗等，在题材内容上主要可分为写景之作、咏物之作、抒怀之作、酬赠之作、纪游之作等。

相较于古体诗而言，骆文盛的近体写景诗更加清新灵动，更加富有灵气。比如下面这首《宿洪村普静寺》诗就是如此：

问水寻山路欲迷，白云携我入招提。红尘不到跻跌处，碧树春风鸟自啼。

白云与碧树相映成趣，使整幅画面显得颇为清丽。诗中"白""红""碧"等色彩字的设置，也凸显了诗人的匠心别具。

骆文盛的写景诗不注重对外在景物的细致描摹，而是善于从整体上对景物进行概括，同时融入自身的情感体验；将经过情感浸润的景物铺写到诗中，创设出情景交融的意境。比如下面这首《西苑春晴》诗：

> 佳辰已届中和节，内苑东风雪尽融。秀色乍看山近速，晴光初转日曈昽。锦芳亭上春云合，太液池边碧草蘩。已幸宸游多乐意，韶华还与万方同。

"秀色乍看山近速，晴光初转日曈昽"两句，写景颇为准确和传神。细细品味，在"乍看"到的秀色和"初转"的晴光中，其实蕴含了诗人对"春晴"的淡淡喜悦之情。

骆文盛《西天目中峰》一诗也是写景的佳作，诗云：

> 十载寻山力不任，名山今日独登临。到来石坞云初起，行过松房路转深。危磴近看青汉接，孤村遥见翠烟沉。阴晴况值须臾变，幻景翻令一赏心。

这是一首七言律诗，颔联和颈联描写山中之景，注重动静相配、远近相谐；颇具匠心，很具艺术感染力。

《春日登道场山楼》是骆文盛描写家乡风景的作品，也很好地体现了其写景诗"景中道情"的特色：

> 绝磴跻攀力不任，登楼尤觉势岖嵌。霏微城郭千家雨，迤逦桑麻四野阴。风景自应称胜概，壶觞聊复动长吟。乘风几欲招黄鹄，独倚危阑望远岑。

"霏微城郭千家雨，迤逦桑麻四野阴"形象地概括出湖州地区风物的特点，颇为准确而传神。

骆文盛的咏物诗不注重对外在事物形体、结构的细致刻画，而是着意于对事物内在"风神"的提炼和概括，"舍形取神"，赋予所咏之物以深广的内蕴和鲜活的灵魂。骆文盛咏物诗的代表性作品有《院中红杏》《院中葵花》《假山》《新月》《新茶》《梅花》，等等。

都城五月芳菲少,唯见葵花向日红。枝直不妨风力劲,色鲜偏爱露华浓。名园卫足功须记,野客伤根刈岂逢。独把一觞还自咏,南薰人在玉堂中。(《院中葵花》)

诗歌没有对葵花的外在形象做细致描绘,而是用"枝直不妨风力劲,色鲜偏爱露华浓"将葵花的"性格"和风神点染出来,语短意长,颇让人回味。其《新月》诗云:

岭月今初见,清光仅一痕。何时圆魄满,遍照万方人。

用"一痕"清光点出"新月"的风神特点,"痕"字用得非常贴切,也非常传神。同样风格的作品还有《假山》一诗:

迭石仅逾丈,峥嵘势在兹。巧因图画得,工类鬼神施。仄径苔初合,阴崖草已滋。浮岚凝翠筱,危影堕清池。泼泼鱼翻藻,关关鸟啭枝。风回吟榻畔,月上卷廉时。藤蔓侵衣桁,花香入酒卮。平生山水兴,对酒有余思。

这首诗将"物""景""心"融为一体,浑然无迹,体现出颇高的艺术水准。

骆文盛的抒怀诗以表达闲适情怀和隐居意趣为主,风格清新雅淡,体现了诗人淡泊的情怀和回归田园的理想。下面这首《春日有怀》就是这方面的代表:

迂疏人共弃,意气忽逢君。自喜簪方合,那知袂又分。青春慵对酒,白日但看云。却羡联翩羽,沙头野鸟群。

"青春慵对酒,白日但看云",这正是诗人所期待和羡慕的生活。

骆文盛于嘉靖二十一年(1542年)称病还乡,后筑室城南石城山麓,从此足迹不入公门。他晚年生活清贫,但能够安贫乐道,在家乡的山水面前,他的心境是平静而又欣喜的。下面这首《春日西园睡起言怀》就是他晚年归家以后生活的真实写照:

天恩昨许故山归，别墅今开竹下扉。衰病秖缘亲药里，闲身真称着荷衣。古松岩畔苍烟合，芳草池边白鸟飞。布被几回春睡足，起看新水上渔矶。

岩畔古松，池边芳草，苍烟袅袅，白鸟悠悠，这是多么富有诗意的情景和生活啊！生活在这样的环境里，诗人感到惬意而又安然。这首诗意境平和，情感恬淡，可见诗人对于回归田园是知足而又欣喜的。这种知足与欣喜在其《漫》诗中也有着鲜明的体现：

小径春深长绿苔，柴门无事日慵开。惟余一种闲风月，付与山翁共酒杯。

整首诗小巧而恬淡，隐隐透露出平静中的满足和欣喜之感。"道人何所爱，秖向碧山栖"（《山居》），与山林为伴，是诗人的一种姿态，也是诗人的一种理想。

骆文盛近体诗中的酬赠之作特别是赠别之作，相较于古体诗而言，不仅数量更多，而且质量也更高。骆文盛的赠别诗中，佳作颇多，常有境界不凡者。兹举一例：

燕台春晓雪初晴，五马翩翩出禁城。闽海天高飞雁远，潞河风驶片帆轻。三山楼阁烟霞思，四野桑麻雨露情。公暇自知多雅咏，紫清还协凤箫鸣。（《送邬佩之福州太守》）

这首诗对仗工整，意境高阔，特别是领联和颈联，颇有气势和情思，显示了骆文盛诗歌不同凡响的一面。此类诗歌的代表还有《送童内方宫詹省觐还楚》：

十载鸣琚近紫宸，赐还今日及青春。牵风水荇迎仙舸，炫日山花照锦茵。色养岂论金马贵，庭趋真慰白头人。沅湘自昔多芳草，采掇还看入佩纫。

骆文盛是一位严守气节、珍视友情的文人。他的酬赠、送别之作往往写得情真意切，真挚感人，而且常常是佳句迭出，令人叹服，如"绿树含朝旭，苍山起暮烟"(《送客》)、"云闲春共适，菊静晚相依"(《送郑封君归海南》)、"淮浦风烟牵别梦，钟山花鸟属诗豪"(《送友人改官南都》)、"解缆忽惊枫叶下，把杯翻怅菊花前"(《送许南洲》)，等等。

骆文盛曾出使鲁、郑诸藩，因而他的诗中有一些表达旅途情思的作品。这类作品大多情感低婉，意境清寒，透露出旅途的愁思与孤寂。兹举二例：

  风雨夜潇潇，灯孤倍寂寥。远书何日到，山水路迢遥。(《旅夜二首》其二)
  迥野月千里，寒城鼓二更。客怀眠未稳，欹枕听秋声。(《野泊》)

这两首诗境界清冷，诗人无奈与凄寒的情感跃然纸上。

四、骆文盛的词

在《骆两溪集》中，共存词六首。这些词以表达作者的悠然隐逸情怀为主，风格恬淡而宁静，独有一种素朴清纯之美。比如《玉楼春》一词：

  风雨夜来惊枕上，春寒晓入梅花帐。下床日午未梳头，坐看南溪新水涨。一尊谁与携新酿，匆匆慰我花间望。清歌时对碧山倾，谷口闲云恁无恙。

"坐看南溪新水涨""谷口闲云恁无恙"，颇有悠闲自得之态。骆文盛曾于夏日游览竹隐寺，写有五首《南乡子》。这五首词，写景清幽，情感恬淡自适，颇有意境，值得一读。兹列其两首于下，以见其情景相得益彰之妙：

  古寺隐丛篁，石径逶迤碧藓荒。夹道松枝低拂幰，苍凉，清露沾衣湿不妨。款步上回廊，老衲相邀入竹房。旋汲山泉供茗碗，悠扬，风送闲云下石床。(《南乡子·夏日游竹隐寺》其一)
  古木郁森森，曲槛垂萝岁月深。犹记当年栖息处，惊心，檐外依然见履痕。往事且休论，十载红尘拂素襟。好就远公来白社，云林，日坐蒲团对碧岑。(《南乡子·夏日游竹隐寺》其二)

第二节　骆文盛的赋和文

一、骆文盛的赋

在《骆两溪集》中，有一篇《怜寒蝇赋》写得颇有特色，很值得一读：

> 吁嗟乎，寒蝇！尔胡为乎有生？繄气序之流易，欸凉飚之袭楹。念尔类之尚繁，顾非时而营营。岂弱质之能久，谅寒威之莫胜。尔乃僵矣！其形凄矣！其声既跉，于飞复蹶。于行方缩，缩以憔悴。遂奄奄而伶俜，点污莫施其技，攻钻曷见其能。或沿几而莫起，或触棜而辄仆。障不施以曷入，尘未挥而先堕。进退蜷局，将焉攸措。吁嗟乎，寒蝇！眷言尔寒，能无尔怜。感念畴昔，忽复长叹。方夫太昊司辰，祝融挥鞭，赤日在地，炎威赫然。尔于斯时，气适志便，跤足洋洋，鼓翼翩翩。禽兮类征，豗矣郡喧。逐污湛秽，醉釀饱膻。弗召以合，祛之莫殚，恣意一时，贻患百端。吁嗟乎，寒蝇！讵知物从化迁，时不可常。惟暑尔乘，寒宜尔藏。庶知止而不殆，或自绾于丧亡。尔乃淹留濡滞，自掇其殃。独不见夫蝠游以夜，枭鸣于晦，妖狐乘昏，尸虫伺寐。盖有所肆，尚有所避也。岂趋就之憒憒，能自逃于颠蹎哉？吁嗟乎，寒蝇！始予尔怜，亦终尔患。念死灰之复燃，将殢枝之再蔓。矧赢豕之躅躏，惟易籧之明鉴。爰命童子，攘臂执绋，尔扑尔摧，用殄厥类，靡令孑遗。羌除恶之务尽，弗自嫌于乘危。庶几乎庭宇虚静，怖愩攃开。俟南风之景延，当时物之葳蕤。绝扰攘于尔辈，欣四体之悠哉。

这篇赋虽然篇幅不长，但状物写情，入木三分，非常贴切、形象。苍蝇在夏天时"气适志便，跤足洋洋，鼓翼翩翩。禽兮类征，豗矣郡喧。逐污湛秽，醉釀饱膻。弗召以合，祛之莫殚"，颇为嚣张，不可一世。而当天气转冷时，则"其声既跉，于飞复蹶。于行方缩，缩以憔悴。……或沿几而莫起，或触棜而辄仆。障不施以曷入，尘未挥而先堕。进退蜷局，将焉攸措"，继而被童子们"攘臂执绋"，消灭殆尽。

众所周知，赋具有"劝百讽一"的功能，骆文盛的这篇《怜寒蝇赋》也不例外。作者以苍蝇为喻，其实揭露和讽刺的是当时社会上的权豪恶霸。

他们横行一时，不可一世，鱼肉百姓，肆无忌惮，就好像夏天的苍蝇一样，"恣意一时，贻患百端"，但"物从化迁，时不可常。惟暑尔乘，寒宜尔藏。庶知止而不殆，或自绾于丧亡。尔乃淹留濡滞，自掇其殃"，因为"盖有所肆，尚有所避"。若不知收敛，其结果只能像天寒以后的苍蝇一样，自取灭亡。"俟南风之景延，当时物之葳蕤。绝扰攘于尔辈，欣四体之悠哉"，作者热切期盼着能够早日除去这些扰乱社会的豪恶势力，让老百姓过上安静祥和的生活。

二、骆文盛的文

骆文盛为文一如其为人，平淡自然，通俗晓畅，代表作品有《武康县志序》《金台八景诗序》《闵雨诗序》《留犊图说》《舒啸楼记》《五可轩记》等。骆文盛晚年辞官归里，在家乡建有"舒啸楼""五可轩"，日居其中，读书闲处，非常惬意。其《舒啸楼记》云：

> 楼曰舒啸，侣云道人构之以舒啸者也。道人病卧丘樊，忽忽七阅寒暑，幽怀郁抱，无所于泄。恒欲觅一舒啸地。顾荒墟穷谷，无崔嵬之台，无犖崒之崖，每曳杖，踽踽行草莽间，胡从览眺以舒啸也。因构小楼于居之南，前池而后圃，右山而左溪，时一登之，聊以舒啸焉尔。客有过之者，曰："楼非高，地非旷，极目所之，不过区区数十百步之间而已，岂有瑰琦之观，颃洞之势足以爽畅心目也耶？于以舒啸，不亦末乎。"道人曰："抢榆下上，不离蓬蒿，与夫扶摇，不啻数万里者，巨细不伦。亦各适其适而已。矧又闻之，心与天游，则不出户牖，一切宇宙间者，奇行异状，千变万化，可乐可怡，须臾顾盼，盖森在几席矣。又奚假穷跻远陟而后得之哉？然则斯楼也，果不足以舒啸矣乎？"于是，客唯唯而退。道人以其说书之座隅，庸俟知者更讯之。

前池后圃，右山左溪，舒啸楼周边的风景非常宜人。在这样的环境中，虽然"楼非高，地非旷，极目所之，不过区区数十百步之间而已"，但是作者能够以一颗平静怡然的心来观照万物，思考人生，做到"心与天游"，因而能够"不出户牖，一切宇宙间者，奇行异状，千变万化，可乐可怡，须臾顾盼，盖森在几席矣"。由此可见，作者之心是以亲近自然为乐的。故其《五可轩记》亦云："予居远城廓，迩山林，有田数亩，有桑数畦，市哗不闻，宾客鲜至，是故可以避梦，可以养疾，可以治生，可以读书，可以省费，斯之谓五可。"

此外，骆文盛还著有《南埜杂谈》，以随笔杂谈的方式，或表达对人生和社会的看法，或对一些社会现象、历史人物、前朝掌故等进行短小精悍的点评，其中颇有言之精辟者。现择数条，列之于下，以见其一斑：

> 耐得事，忍得气，甘得贫，方可与语林泉矣。
>
> 有志于道，而世俗一切浮华之习未能除去，此与耻恶衣恶食者何异？又何足与语于道哉！
>
> 张志和县令使浚渠执畚无忤色，必如此而后可以言真隐。若有一毫骄倨之心，便为名爵之所牵动矣。
>
> 君子如凤凰芝草，见一方则为一方之祥瑞；小人如鸱枭鬼魅，见一方则为一方之灾异。
>
> 不患不华，但患不朴；不患不敷，但患不约。
>
> 慧剑可以断诸欲，心药可以疗诸病。
>
> 钱徽为礼部，段文昌、李绅以书托徽，徽不从。二人奏徽取士以私，坐贬江州。或劝出文昌私书自直。徽曰："苟无愧于心，安事辨证？"敕子弟焚其书。呜呼！钱公之所为，人情之所甚难也。虽甚盛德，箴以加矣。录此以为浅中狭量之戒。

第十九章　凌濛初创作述论

凌濛初（1580~1644年），又名凌波，字玄房，号初成，别号"即空观主人"，浙江乌程（今浙江湖州）人。据《凌氏宗谱》记载，凌濛初祖上因随宋高宗南渡而来到安吉；明代中叶，凌氏迁居归安练溪（今湖州练市镇），因高祖凌敷入赘吴兴闵氏，遂定居浙江乌程之晟舍（今湖州晟舍）。

凌濛初出生于书香世家，乃儒门之后。其曾祖凌震博学多才，颇有文名，曾提督宝山书院。祖父凌约言以史学著称，于明嘉靖间进士及第，官至南京刑部员外郎，有著述行世。父亲凌迪知，亦为一代名儒，中嘉靖三十五年（1556年）进士，历官工部营膳司员外、常州府同知等，后归故里，潜心著述，一生撰著颇丰，有《名公翰藻》《名世类苑》《万姓统谱》等传世。凌氏雕版刻印，享誉一时。凌濛初弟兄共五人，其排行第四。凌濛初从小就受到过良好的教育和传统文化熏陶，十二岁入泮宫，开始系统学习文化知识；十八岁中举，历官上海县丞、徐州通判等。崇祯十七年（1644年），李自成派兵攻打徐州，凌濛初在徐州房村组织抵抗，后呕血而死。

凌濛初是明代湖州文学史上的一颗耀眼的明星，他的"二拍"（《初刻拍案惊奇》《二刻拍案惊奇》）与冯梦龙的"三言"（《喻世明言》《警世通言》《醒世恒言》）一起，代表了明代白话短篇小说的最高成就，在中国文学史上有着重要的地位，为中国小说的发展和繁荣做出了积极贡献，在后世有着深远的影响。

凌濛初生活所在的乌程晟舍，地理位置优越，不仅濒临太湖，而且处在杭、嘉、湖各水系汇入太湖的要塞之地，水路交通非常发达，物产丰盛，风物清美，是个"商贾负贩，坐食富厚，百工技艺，杂然并集"的繁华之地。处在这样的环境中，凌濛初从小就对商业往来和商业买卖有着比较深刻的了解，这为他后来在"二拍"中描写各类商人以及商人们形形色色的生活和心理打下了扎实的生活基础和题材基础。

凌濛初一生著述宏富，诗文著作有《言诗翼》《诗逆》《圣门传诗嫡冢》《国门集》《国门乙集》《鸡讲斋诗文》《左传和鲭》《人物考》《荡栉后录》《赢滕三札》《燕筑讴》等；戏曲方面，著有杂剧《虬髯翁》《北红拂》《蓦忽姻缘》《宋公明闹元宵》《穴地报仇》《祢正平》《刘伯伦》《桃花庄》等；传奇，有《合剑记》《雪地荷》等，戏曲理论著作，有《南音三籁》《谭曲杂记》；小说方面，著有声名卓著的《初刻拍案惊奇》《二刻拍案惊奇》，合称为"二拍"。

第一节　凌濛初的小说创作

《初刻拍案惊奇》和《二刻拍案惊奇》是凌濛初小说的代表作，也是他最知名的作品。《初刻拍案惊奇》刊刻于明天启七年（1627年），收录小说四十篇；《二刻拍案惊奇》刊刻于崇祯五年（1632年），亦收录作品四十篇，然其中一篇为重出，一篇为杂剧，故实则收录小说三十八篇。由此，"二拍"共收录作品七十八篇。

"二拍"在内容上以表现市民阶层特别是商人的生活、情感和心理为主，体现出鲜明的时代特色。"二拍"描写商人生活和心理的代表性作品有《转运汉遇巧洞庭红》《叠居奇程客得助》等。为明凌濛初小说创作的杰出成就，现将《转运汉遇巧洞庭红》节录于下：

> 话说国朝成化年间，苏州府长州县阊门外有一人，姓文名实，字若虚。生来心思慧巧，做着便能，学着便会。琴棋书画，吹弹歌舞，件件粗通。幼年间，曾有人相他有巨万之富。他亦自恃才能，不十分去营求生产，坐吃山空，将祖上遗下千金家事，看看消下来。……不数年，把个家事干圆洁净了，连妻子也不曾娶得。……一日，有几个走海泛货的邻近，做头的无非是张大、李二、赵甲、钱乙一班人，共四十余人，合了伙将行。他晓得了，自家思忖道："一身落魄，生计皆无。便附了他们航海，看看海外风光，也不枉人生一世。况且他们定是不却我，省得在家忧柴忧米的，也是快活。"正计较间，恰好张大踱将来。元来这个张大名唤张乘运，专一做海外生意，眼里认得奇珍异宝，又且秉性爽慨，肯扶持好人，所以乡里起他一个混名，叫张识货。文若虚见了，便把此意一一与他说了。张大道："好，好。我们在

第十九章　凌濛初创作述论

海船里头不耐烦寂寞，若得兄去，在船中说说笑笑，有甚难过的日子？我们众兄弟料想多是喜欢的。只是一件，我们多有货物将去，兄并无所有，觉得空了一番往返，也可惜。待我们大家计较，多少凑些出来助你，将就置些东西去也好。"……只见张大气忿忿走来，说道："说着钱，便无缘。这些人好笑，说道你去，无不喜欢。说到助银，没一个则声。今我同两个好的弟兄，拼凑得一两银子在此，也办不成甚货，凭你买些果子，船里吃罢。日食之类，是在我们身上。"若虚称谢不尽，接了银子。张大先行，道："快些收拾，就要开船了。"若虚道："我没甚收拾，随后就来。"手中拿了银子，看了又笑，笑了又看，道："置得甚货么？"信步走去，只见满街上筐篮内盛着卖的：……乃是太湖中有一洞庭山，地暖土肥，与闽广无异，所以广橘福橘，播名天下。洞庭有一样橘树绝与他相似，颜色正同，香气亦同。止是初出时，味略少酸，后来熟了，却也甜美。比福橘之价十分之一，名曰"洞庭红"。若虚看见了，便思想道："我一两银子买得百斤有余，在船可以解渴，又可分送一二，答众人助我之意。"买成，装上竹篓，雇一闲的，并行李挑了下船。……也不觉过了多少路程，忽至一个地方，舟中望去，人烟凑聚，城郭巍峨，晓得是到了甚么国都了。舟人把船撑入藏风避浪的小港内，钉了桩橛，下了铁锚，缆好了。船中人多上岸。打一看，元来是来过的所在，名曰吉零国。元来这边中国货物拿到那边，一倍就有三倍价。换了那边货物，带到中国也是如此。一往一回，却不便有八九倍利息，所以人都拼死走这条路。众人多是做过交易的，各有熟识经纪、歇家。通事人等，各自上岸找寻发货去了，只留文若虚在船中看船。路径不熟，也无走处。正闷坐间，猛可想起道："我那一篓红橘，自从到船中，不曾开看，莫不人气蒸烂了？趁着众人不在，看看则个。"叫那水手在舱板底下翻将起来，打开了篓看时，面上多是好好的。放心不下，索性搬将出来，都摆在甲板上面。也是合该发迹，时来福凑。摆得满船红焰焰的，远远望来，就是万点火光，一天星斗。岸上走的人，都拢将来问道："是甚么好东西呵？"文若虚只不答应。看见中间有个把一点头的，拣了出来，掐破就吃。岸上看的一发多了，惊笑道："元来是吃得的！"就中有个好事的，便来问价："多少一个？"文若虚不省得他们说话，船上人却晓得，就扯个谎哄他，竖起一个指头，说："要一钱一颗。"那问的人揭开长衣，露出那兜罗锦红裹肚来，一手摸出银钱一个来,道:"买一个尝尝。"文若虚接了银钱,手中等等看,约有两把重。心下想道:"不知这些银子,要买多少,也不见秤秤,且先把一个与他看样。"拣个大些的,红得可爱的,递一个上去。只见那个人接上手,颠了一颠道:"好东西呵!"扑的就劈开来,香气扑鼻。连旁边闻着的许多人,大家喝一声采。那买的不知好歹,看见船上吃法,也学他去了皮,却不分囊,一块塞在口里,甘水满咽喉,连核都不吐,吞下去了。哈哈大笑道:"妙哉!妙哉!"又伸手到裹肚里,摸出十个银钱来,说:"我要买十个进奉去。"文若虚喜出望外,拣十个与他去了。那看的人见那人如此买去了,也有买一个的,也有买两个、三个的,都是一般银钱。买了的,都千欢万喜去了。……文若虚见人散了,到舱里把一个钱秤一秤,有八钱七分多重。秤过数个都是一般。总数一数,共有一千个差不多。……欢喜不尽,只等同船人来对他说笑则个。……

小说中的主人公文若虚因经商不善而破产,被人称作"倒运汉",但就是这个"倒运汉",一次偶然的随人出海,将一两银子买来的橘子卖出了天价,获取了巨额利润,体现了商人"一本万利"的思想。而《叠居奇程客得助》则描写商人程宰依靠海神帮助,采取"囤积居奇"的方式获取高额利润,成功发家致富。小说以商人为主角,对商人采取了赞扬的态度,把商人作为歌颂的对象,突破了传统"士农工商"的等级排定。这一方面体现了晚明时期商人地位的上升,一方面也透露了当时商品经济的发达和市民阶层的壮大。

除了刻画商人以外,"二拍"中还有不少描写男女爱情、刻画市井百态和揭露社会丑恶的作品,如《宣徽院仕女秋千会》《满少卿饥附饱飏》《小道人一着饶天下》《赵县君乔送黄柑》《青楼市探人踪》等。

第二节 凌濛初的戏曲创作

凌濛初不仅是明代湖州文学史上最为杰出的小说家,也是一位颇有建树的戏曲家和戏曲理论家,为中国戏曲的发展做出了卓越的贡献。凌濛初创作的戏曲作品众多,题材丰富,内容多样,包含杂剧、传奇、散曲等。

在凌濛初的杂剧中,目前尚能看到的有三部,即《宋公明闹元宵》《虬髯翁》和《北红拂》。其中，《宋公明闹元宵》取材于水浒故事，《虬髯翁》和《北红拂》则来源于唐人杜光庭的传奇小说《虬髯客传》。

杂剧《宋公明闹元宵》最早收录于明代崇祯尚友堂刻本《二刻拍案惊奇》中，总题为"李师师手破新橙，周待制惨赋离情；小旋风替花禁苑，及时雨元夜观灯"。卷首标作《宋公明闹元宵杂剧》，分题有：《贵耳集》，《瓮天脞语》纪事，即空观填词。全剧共九折，有多个角色演唱，且有对唱、合唱等。全剧紧紧抓住一个"闹"字，情节生动，线索清晰，具有一定的吸引力。

《虬髯翁》杂剧，祁彪佳《远山堂剧品》列其为"雅品"，题为《正本扶余国》。收录于沈泰《盛明杂剧》中，卷首标《虬髯翁》，次分署云："吴兴初成凌濛初撰""西湖彦雯汪樗评，武林大师沈维垣，士张穆四维阅"，正名题为"李卫公家缘省气力，唐天子江山争不得，莽道人望气太原郡，虬髯翁正本扶余国"。

《北红拂》杂剧，祁彪佳《远山堂剧品》列其为"妙品"，卷首题"书红拂杂剧""意在亭主人书""红拂杂剧小引，即空观主人凌波戏题"。全称标名为"识英雄红拂莽择配"。卷末题目云："谋江山道人知王气，让家资虬髯避帝位"，正名为："得便宜卫公乔献书，识英雄红拂莽择配"。

清初戏曲名家尤侗有《题北红拂记》云：

> 唐人小说传卫公、红拂、虬髯客故事，吾吴张伯起新婚伴房，一月而成《红拂记》，风流自许。浙中凌初成更为北剧，笔墨排傲，颇欲睥睨前人，但一事分为三记，有叠床架屋之病，荔轩复取而合之，大约撮其所长，抉其可短，又添徐洪客《抓药》一折，得史家附传之法。

祁彪佳《远山堂剧品》亦云："凌初成既一传红拂，再传卫公，兹复传虬髯翁，岂非才思郁勃，故一传再传，至三而始畅乎？"知凌濛初以杜光庭《虬髯客传》为本源的杂剧共写过三部，每部写一人，然今仅存写虬髯客和红拂女的两部，描写李靖的杂剧已经散佚不传。

凌濛初的杂剧除上述三部以外，其余大多已散佚不传，仅凭后人的点滴记载知其一鳞半爪。

祁彪佳《远山堂剧品》存录《蓦忽姻缘》一剧，云："向日词坛争推伯起《红拂》之作，自有此剧，《红拂》恐不免小巫矣。"认为凌濛初的《蓦忽姻缘》要远胜张凤翼的杂剧《红拂记》。由此推断，《蓦忽姻缘》也是描写红拂女之事的。

《桃花庄》，亦名《颠倒姻缘》，祁彪佳《远山堂剧品》列其于"妙品"之中，且云："《颠倒姻缘》北四折，凌波旧有《桃花庄》剧，以韵调未谐而中废。及晤陈眉公，言：'微之《会真记》，张负崔也，女以崔舍人死，死而复生，盖报张也。'凌大然之，固窜旧作一新之。"此剧本事出唐人孟棨《韩诗·情感》，描写博陵人崔护过秦川，遇女子叶蓁儿乞水，两人互生爱慕之事。

《穴地报仇》，祁彪佳《远山堂剧品》云："且歌且泣，情见乎词，豫让报仇而死，苏不韦报仇而生，忠臣孝子，亦有幸有不幸耳。"

《祢正平》，祢正平即"祢衡"，是三国时期著名人物。祁彪佳《远山堂剧品》云："《渔阳弄》之传正平也，以怒骂；此剧之传正平也，以嘻笑；盖正平所处之地、之时不同耳。"

《刘伯伦》，祁彪佳《远山堂剧品》云："初成自号酒人，欲与伯伦为尔汝交。醒眼、醉眼，俱横绝千古，故能作如是语。"刘伯伦即"刘伶"，此剧是敷演刘伶故事的。

据抄本《钱遵王述古堂藏书目录》，凌濛初的杂剧还有四种：《石季伦春游金谷》，敷演晋朝富豪石崇之事；《王逸少写经换鹅》，敷演东晋著名书法家王羲之的故事；《王子猷乘兴看竹》，敷演晋王徽之事；《张园叟天坛庄记》，敷演八仙之一张果老的故事。

凌濛初的传奇作品可考知的共有三种。

《合剑记》，著录于《传奇汇考标目》乙本，演"江怀、乔玉娇的情事"。傅惜华《明代传奇全目·凌濛初》下有按语云："明林世吉亦有《合剑记》传奇，演尉迟恭事，与此记不同。"《合剑记》今已亡佚，无从得其详。

《雪荷记》，著录于《传奇汇考标目》乙本，演"东方白见雪里荷花，幽婚生子"之事。今亦散佚。

《乔合衫襟记》，今残存五套词曲于《南音三籁》之中。曲名分别为"得词""题词""趋会""佳期""心许"。冯梦龙《太霞新奏》云："初成天资高朗，下笔便俊，词曲其一斑也。曾改《玉簪记》为《衫襟记》，一字不仍其旧。"知凌濛初《乔合衫襟记》乃是改编高濂的《玉簪记》而成。《乔合衫襟记》今亦散佚，无从得其详。

凌濛初的散曲作品，今仅存《惜别》《南北双调合套·夜窗话旧》《伤逝》三套，收录于谢伯阳所编《全明散曲》中。

凌濛初的戏曲作品，内容丰富，形式多样，艺术水平精湛，在中国戏曲发展史上有着独特的地位。沈泰于《盛明杂剧》中以"按语"的形式评价凌濛初的作品云："初成诸剧，真堪伯仲周藩，非复近时词家可比。余搜之数载始得，值此集已告成，先梓其一，余俟三集，奉为冠冕。"沈泰将凌濛初的剧作与周藩（即明初著名戏剧家朱有燉）相媲美，可见对凌濛初评价之高。明代著名戏曲家汤显祖在《答凌初成》中评价凌濛初云："大制五种，缓隐浓淡，大合家门。至于才情，烂漫陆离；叹时道古，可笑可悲。定时名手。"可见对凌濛初之推崇。凌濛初之戏曲创作成就与艺术影响，从中亦可见一斑。

凌濛初是明代湖州文学史上的一颗耀眼的明星。他杰出的小说和戏曲创作成就，为湖州文学增添了浓墨重彩的一笔。

第二十章　严遂成诗歌创作述论

严遂成（1694～?），字崧瞻，一作松瞻，号海珊，浙江乌程（今浙江湖州）人。康熙五十九年（1720年）举于乡，雍正二年（1724年）会试不第，越七日，由恩榜中式。他写下"彭衙分拜三年赐，绛县争传七日苏"的句子，一时间争相传诵。雍正七年（1729年），出任山西临县知县，后丁父忧，归家。据《山西通志·职官志》所载，严遂成临县知县之职于雍正十年（1732年）为江西南城人徐能宗所接替，故严遂成丁父忧归家当在雍正十年（1732年）或稍前。雍正十二年（1734年），浙江总督程元章荐举严遂成；乾隆元年（1736年），应博学鸿词科，因丁母忧，未能参加考试。乾隆六年（1741年），任直隶阜城知县。后迁云南嵩明州知州，调镇雄州，以事罢。复以知县就补云南，卒于任上。严遂成著有《诗经序传辑疑》二卷，《海珊诗钞》十一卷，《补遗》二卷，是清代湖州的著名诗人。然而，当今学界对其关注甚少。

严遂成一生虽沉沦下僚，为官却政绩显著。在任山西临县知县的时候，开兔坡险道，创立凤山书院，参与辑纂《山西通志》；在任阜城知县的时候，治理河患，拯救民饥，德政深为百姓所称道。

在文学创作上，严遂成工于诗歌，与厉鹗、钱载、王又曾、袁牧、吴锡麟并称为"浙西六家"，在清代前期诗坛上，颇有名声。《清史列传》卷七十一《文苑传》载严遂成事迹云：

> 遂成天才俊发，始为诗，示厉鹗，未之许也。后益肆力，不屑苟同昔人。雄奇、绮丽二者兼有，工于咏物，读史诗尤隽。尝自负为咏古第一。论者谓朱彝尊、查慎行后能自成一家。著有《明史杂咏》四卷，持论允当，人以"诗史"目之。袁枚称其《咏张魏公》云"传中功过如何序，为有南轩下笔难"，冷峭蕴藉，恐朱子在九原，亦当干

笑他。

李富孙《鹤徵后录》称道严遂成云：

> 先生天才俊发，名播海内，诗力大思深，雄浑、绮丽兼而有之，《四库全书存目·梧桐诗话》云："海珊工于咏物，《咏桃》云：'怪他去后花如许，记得来时路也无。'《海棠》云：'睡味似逢莺唤起，酒痕仍借笛吹消。'《梅》云：'残笛一声凉在水，远峰数点碧于烟。'著笔几似李龙眠白描画矣。"

李桓《国朝耆献类征初编》卷二百二十八在评价严遂成时亦称：

> 声律一道，直入三唐之室，同辈中自钱唐厉樊榭而外，弗多让也。而尤长于七言律诗，虽樊榭亦自谓弗及。盖三十年中沉沦仕宦，其精神所淬厉者何限？而独以诗名，缱幽擢新，为世所折服。岂非莅民之事，非能由己以屈伸。而诗歌吐属，则伸己学力所到，操纵自如，卒成其为一家之学。其传之久而愈光，有断然者。然君之诗传，而志亦弗隐矣。

严遂成是清代前期湖州诗坛上的名家和大家。他的诗歌题材多样，内容丰富，叙事摹景，都能做到意随笔到，风格上雄豪与绮丽兼而有之，佳作迭出，很值得称道。

就题材内容而言，严遂成的诗歌可以分为咏史之作、咏物之作、写景之作、咏怀之作、题画之作，等等。

第一节　严遂成的咏史诗

严遂成的咏史诗是最为人称道的，也是诗人最为自负的一类。《清史列传》就称其"读史诗尤隽，尝自负为咏古第一"。严遂成的咏史诗不仅数量多，质量也颇高。在其咏史诗中，最为知名的当然是《明史杂咏》四卷，收录古体和近体诗共一百八十首。《清史列传·文苑传》称这四卷诗："持论允当，人以'诗史'目之。"

《明史杂咏》采用"一诗一人"的方式,对明朝历史上百余位著名人物进行吟咏或者评价。严遂成对这些人物的评述可以和《明史》相参照,具有很强的"以诗述史"的味道,所以时人会以"诗史"目之。且看其对明初名臣宋濂的吟咏与评价:

> 字呼景濂数燕见,坐命茶,侍命膳,往复咨询常夜半。温树之署无是非,具以实对心无机。手调甘露赐绮帛,藏此制作百岁衣。夫既欲其生,曷又欲其死。谪戍于夔不赦汝,白首万里身荷戈。识是当时醉学士,学士那复醉三觞。梦闻师傅称太子。呜呼!莲花山下秋风多,鬼些楚辞白马歌。(《宋学士濂》)

诗歌对宋濂的生平际遇进行了仔细的描述,对宋濂的为人处事给予了褒扬,对宋濂凄寒的人生结局表达了深深的同情。诗中也流露出对君王不能始终善待宋濂的愤慨和不满。如果把这首诗所记述的内容和《明史·宋濂传》相比对,就能深切体会到为什么当时的人要把《明史杂咏》称为"诗史"了。且看《明史》卷一百二十八《宋濂传》的记载:

> 宋濂,字景濂……濂傅太子先后十余年,凡一言动,皆以礼法讽劝,使归于道……皇太子每敛容嘉纳,言必称师父云……濂性诚谨,官内庭久,未尝讦人过。所居室,署曰"温树"。客问禁中语,即指示之。尝与客饮,帝密使人侦视。翼日,问濂昨饮酒否,坐客为谁,馔何物。濂具以实对。笑曰:"诚然,卿不朕欺。"间召问群臣臧否,濂惟举其善者曰:"善者与臣友,臣知之;其不善者,不能知也。"……每燕见,必设坐命茶,每旦必令侍膳,往复咨询,常夜分乃罢。濂不能饮,帝尝强之至三觞,行不成步。帝大欢乐。御制《楚辞》一章,命词臣赋《醉学士诗》。又尝调甘露于汤,手酌以饮濂曰:"此能愈疾延年,愿与卿共之。"……赐《御制文集》及绮帛,问濂年几何,曰:"六十有八。"帝乃曰:"藏此绮三十二年,作百岁衣可也。"濂顿首谢。……十三年,长孙慎坐胡惟庸党,帝欲置濂死,皇后太子力救,乃安置茂州。……其明年,卒于夔,年七十二。知事叶以从葬之莲花山下。

传中的大部分内容都在严遂成的诗中反映出来。一首短短百余字的诗作，竟然把数千字的史传内容大部分囊括其中，不得不让人佩服严遂成敏锐的历史眼光和高超的概括能力。

再来看其吟咏和评价明末名将史可法的两首诗：

> 拥立恩恩失潞王，此身分与国俱亡。滥觞官爵如儿戏，巢幕光阴但色荒。手让大权归马阮，心忧私斗解高黄。避嫌出外成何事，莽莽长淮望白洋。（《史督辅可法》其一）
>
> 鼓声铃阁夜惊眠，缟素孤臣茗饮年。一死平生文信国，千秋奏议陆忠宣。国殇有母呼辽鹤，家祭无儿拜杜鹃。泪洒隔江埋骨处，梅花斑竹黯春烟。（《史督辅可法》其二）

诗歌不仅对史可法的忠义报国给予了高度的评价，对史可法的殉亡表达了深深哀叹与同情，也对史可法由于"手让大权"与"避嫌出外"而最终导致"此身分与国俱亡"进行了深刻的批评。正如作者在这两首诗后所说的那样：

> 余妄议公有三失，知七不可。依回援立，以致荒淫速败，失一。马始入相，避请出外，以致倒持制肘，失二。四镇跋扈，创议分封，以致私斗疏防，失三。然一片勤劳死殉心节，直与诸葛武侯、文信国公相埒，可敬也，亦可悲也。

除了四卷《明史杂咏》之外，严遂成广为人称颂的咏史诗还有《三垂岗》《乌江项王庙题笔》等。先来看《三垂岗》一诗：

> 英雄立马起沙陀，奈此朱梁跋扈何。只手难扶唐社稷，连城且拥晋山河。风云帐下奇儿在，鼓角灯前老泪多。萧瑟三垂岗畔路，至今人唱百年歌。

三垂岗，地名，位于今山西省长治市郊。欧阳修《新五代史·唐本纪第五》云：

> 初，（李）克用破孟方立于邢州，还军上党，置酒三垂岗，伶人奏

《百年歌》,至于衰老之际,声甚悲,坐上皆凄怆。时(李)存勖在侧,方五岁,克用慨然捋须,指而笑曰:"吾行老矣,此奇儿也,后二十年,其能代我战于此乎!"

二十年后,李存勖戴着父孝出战:

出兵趋上党,行至三垂岗,叹曰:"此先王置酒处也!"会天大雾昼暝,兵行雾中,攻其夹城,破之,梁军大败,凯旋告庙。

李存勖在三垂岗大败梁军,实现了其父的心愿,奠定了后唐霸业。严遂成的《三垂岗》一诗,就是以这样的历史为背景为进行建构的。整首诗气象宏阔,风格雄浑,传神地刻画出了李克用、李存勖父子的英雄气概和情怀。"英雄立马起沙陀,奈此朱梁跋扈何!"诗的首联破空而来,铿锵有力,以无可辩驳的力量将沙陀英雄李克用、李存勖父子推到前台——有了李氏父子,朱梁如何能跋扈?语气坚决,体现了诗人对李氏父子英雄行为的赞许。诗歌虽有"鼓角灯前老泪多"这样看似哀婉沧桑的句子,但总体上是苍劲雄阔的。

《乌江项王庙题壁》一诗也常为人提及,能够代表严遂成咏史诗独树一帜的成就:

云旗庙貌拜行人,功罪千秋问鬼神。剑舞鸿门能赦汉,船沉钜鹿竟亡秦。范增一去无谋主,韩信元来是逐臣。江上楚歌最哀怨,招魂不独为灵均。

前人评价项羽在楚汉相争中失败的原因,一般会归结为有勇无谋、刚愎自用、当断不断、错失良机,等等。而严遂成却跳出前人固有的看法,敏锐地抓住了项羽不能知人善任、不能善待人才而导致范增、韩信这一文一武两大杰出人才的丧失,进而导致了战争的最终失败,在更深层次上探究到了项羽失败的原因,发前人之所未发,很有新意,体现了诗人敏锐的历史洞察力。

第二节 严遂成的咏物诗

严遂成咏物诗中最为知名的是《桃花》一诗：

> 研光熨帽绛罗襦，烂漫东风态绝殊。息国不言偏结子，文君中酒乍当垆。怪他去后花如许，记得来时路也无。若到沩山应悟道，红霞红雨总迷途。

这首诗吟咏桃花，没有对桃花进行表面化的描摹，而是采用典故衬托的方式，力求写出桃花的内在风神。诗的颈联用典巧妙而有意蕴，广为后人所称道。袁枚在《随园诗话》中就曾说："严海珊《咏桃花》云：'怪他去后花如许，记得来时路也无。'暗中用典，真乃绝世聪明。"这联诗的前一句用的是唐人崔护的典故，而后一句则用陶渊明《桃花源记》中武陵人不复得路之典。两个典故中皆有桃花，诗人巧妙地用在此处，以喻桃花之美丽与神奇，不仅丰富了诗歌的意境，而且让所吟咏的桃花具有了摇曳多姿的神采和灵性，可谓神来之笔。

严遂成咏物诗的佳作还有下面这首《白水岩瀑布》：

> 万里水汇一水大，訇訇声闻十里外。岩口逼仄势更凶，夺门而出悬白龙。龙须带雨浴日红，金光玉色相荡春。雪净鲛绡落刀尺，大珠小珠飘随风。风折叠之绘变相，三降三升石不让。有如长竿倒拍窗飞仙，中绝援绳跃复上。伏犀埋头不敢出，怀宝安眠遮步障。我欲割取此水置袖中，日恒燠若书乾封。叩门挈瓶滴马鬣，槁苗平地青芃芃。岂不贤于谷泉之在香炉峰，坐享大名而无功。

如果说《桃花》吟咏的是静态之景，那么《白水岩瀑布》描摹的则是动态之物。这首诗描摹的是飞动的瀑布，亦可看作是吟咏瀑布飞泻、奔腾的壮阔之景，故有人亦会将其视作写景诗。整首诗壮阔飞动，气势不凡，既有宏观描摹，又有细致抒写，将白水岩瀑布的形态、声音、气势生动地展现了出来。

此外，体现严遂成壮阔刚健的咏物风格的作品还有《砥柱峰》一诗：

>河从受降城,北折径南注。万山束缚之,龙性驯不怒。及兹下三门,喷礴流悬布。砥柱屹当冲,四傍绝依附。何所恃而傲,力与河伯忤。摧刚终成柔,条分左右去。卷土趋向东,昏垫逮徐豫。神禹无治法,计穷吁天助。铲除昆仑山,绝河之来路。西海为尾闾,是龙安身处。

诗的风格刚健峭拔,气势豪迈,将砥柱峰挺拔傲立的形态生动而又准确地刻画出来,画面感很强。这首诗很好地体现了严遂成诗歌风貌中雄浑的一面。

第三节　严遂成的写景诗

严遂成的写景诗不仅数量较多,而且名篇佳句不少。在风格上,壮阔与绮丽兼而有之,诗艺上颇为成熟。且看下面的两首作品:

>风熨湖光镜面平,红泥亭外雨初晴。云开山少离奇势,月上花多叹息声。人为蘋香临水住,家无禾把捕鱼生。此邦不作灯船会,岸树藏乌不夜惊。(《湖亭晚望》)
>山当面立路疑穷,转过弯来四望通。凉月满楼人在水,远烟着地树浮空。熊罴之状乃奇石,鹳鹤有声如老翁。清福此间殊不乏,可容招隐桂花丛。(《秋夜投止山家》)

这两首诗写景,皆写得空灵而秀逸。特别是两首诗的颔联,颇为灵动,远近相配,动静相合,绮丽而朦胧,可称得上是写景的妙句。

同样类型的作品还有《安肃道中》一诗:

>水粼粼渌菜畦香,塔影如龙卧夕阳。高柳乱蝉风不住,残声曳过浣衣塘。

安肃,地名,位于今河北省内。浣衣塘,诗后注云:"浣衣塘,孟姜女浣衣处。"这首诗写景非常细致,对景物的描摹既重形又重声,既着眼于动又着眼于静,既有横向的观又有纵向的望,既有实景的刻画又有虚景的怀想。短短的二十八个字，就把安肃道中所闻见的一幅立体的、有声的画面收纳进来，非常不简单。

诗一开始"水潾潾渌菜畦香"七个字，涵括了景物的形（潾潾）、态（渌）、味（香）三个方面，非常凝练。"潾潾"是水形成的层层涟漪，涟漪向四周扩散，这是水的动态，是明写。另一方面，"菜畦"所传来的阵阵香气，犹如水的涟漪一样，也是层层向外扩散，就像水之"潾潾"一样。这样，"潾潾"明写水的波动，暗写香气的传播，明写暗写互相结合，非常巧妙。此外，连接在"水"与"菜畦"之间的"渌"也有着双重"身份"：表面上，"渌"是指"水"的清澈；深层次上，"渌"字也指代了"菜畦"的清绿。一词兼有两用，非常巧妙。"水潾潾渌菜畦香"一句写的是动景，包括"明水"的波动和"暗香"的浮动，而接下来的"塔影如龙卧夕阳"一句则写的是静景——塔影如龙，静卧夕阳中，但这种"静"中，其实也是暗含着"动"的。一方面，塔影会随着夕阳的下沉越拉越长；另一方面，作者把塔影比作"卧龙"，而龙"卧"总有腾起之时的。中国哲学思想中，非常注重对"势"的关注和思考，其实塔影"龙卧"就包含了这种趋向动态的"势"的存在。

如果说前两句"水潾潾渌菜畦香，塔影如龙卧夕阳"是横向的"观"的话，那么"高柳乱蝉风不住"一句则表现出纵向的"望"。高柳挺拔，须仰观才能见。这一句中包含了风行、柳舞、蝉鸣，亦是丰富而凝练。"高柳""乱蝉""风"，这三个意象并置，相互之间没有任何连接词，达到了简约而又丰富的效果。一个"乱"字不仅传达出高柳上蝉之多、蝉声之嘈杂的境况，而且"乱"字放在"柳"之后，一方面形象地表达出柳条随风乱舞的形态，另一方面也似乎要表达"乱舞的柳条将蝉声都搅乱了"的意思。柳条乱舞、蝉声嘈杂是明写，而"柳条舞乱蝉声"则是暗示。柳条的乱舞，蝉声的传来，皆是因为"风不住"。"不住"的风将蝉声越传越远，从而很自然地勾连出下一句"残声曳过浣衣塘"。声音在风中传播，越传越远，音量也必然会越来越小。从"乱声"到"残声"，看似音量和音高的变化，其实，诗人运用这种方式巧妙地表达出视域的扩展和空间的延伸——随着视线的逐渐拉长和空间的逐渐延展，蝉声逐渐轻微，以致最终留下袅袅余音，似有似无。不尽之意藏于言外，为诗歌增添了无限韵味。诗歌最后提到的"浣衣塘"，可以是个实景，也可以是个虚景；可以是现实中的一个"浣衣塘"，也可以是脑海中倒映着妻子美丽倩影的那个家乡的"浣衣塘"。这样，诗歌就由"实"入"虚",以虚笔作结,使诗歌变得更加摇曳多姿,一唱三叹。

当然,严遂成的写景诗并不全是这样绮丽秀逸、摇曳多情的,也有一些刚健宏阔、跌宕豪迈的作品。下面这首《曲峪镇远眺》诗就是如此:

地近边秋杀气生,朔风猎猎马悲鸣。雕盘大漠寒无影,冰裂长河夜有声。白草衰如征发短,黄沙积与阵云平。洗兵一雨红灯湿,羊角鳡鱼堠火明。

曲峪镇位于山西临县西南黄河沿岸。而是诗题下注云:"时西陲方用兵。"诗后注云:"前明边堠挂红灯,其上鳡鱼皮为之,胶以羊角,雨湿不坏。"由此可知,这首诗当作于严遂成在临县做知县时。诗境界宏阔,用笔粗犷,大漠朔风,战马悲鸣,雕盘无影,冰裂有声,风格雄劲而苍凉。特别是"白草衰如征发短,黄沙积与阵云平"一联,以"征发"来比喻衰草之短,用"阵云"来比照黄沙之高,既生动形象又体现了边关独有的风貌,颇为传神。

同样风格的诗作还有《龙泉关》一诗:

燕晋分疆处,雄关控上游。地寒峰障日,天近鹗横秋。虎护千年树,人披六月裘。夜来风不止,严鼓出谯楼。

绮丽秀逸和雄浑苍凉构成了严遂成写景诗的两副面孔,展现出两种截然不同的风格,也充分体现了严遂成驾驭不同类型诗歌的卓越能力。

除了以上三类诗歌以外,严遂成还创作了一定数量的咏怀诗和题画诗,这两类诗歌也时有佳作,具备一定的艺术水准。且看严氏咏怀诗的代表《月下有怀》:

明月澹吾虑,满庭无垢氛。天光多是水,暮气却非云。屋小农谈寂,沙空鹤警闻。离人如落叶,漂泊不成群。

整首诗素朴而宁静,如果没有最后两句,读者肯定不会认为这首诗所抒发的乃是羁旅行役的凄楚与离别的哀愁。有些诗人在抒写离愁与伤感时，往往喜欢大肆渲染，用各种手法从各个角度加以表现，力求使漂泊的孤独与伤感弥散开来，无处不在，借此来打动或者感染读者。而严遂成却不这样，他首先似不经意地描写月下之景，然后宕开一笔，用"离人如落叶，漂泊不成群"两句轻轻一点，起到了四两拨千斤的作用。虽然没有大肆渲染漂泊的孤愁，但离人的伤感却已是浓得化不开了，此时无声胜有声，这就是严遂成的高明之处。

同样的写法还表现在《杏花堂与同年蒋艮山守夜有感》一诗中：

城头角止鼓停挝，仿佛三条烛影斜。虚壑阴风啼怪鸟，空堂残月照寒花。眼光于我复谁在，峰距若人敢尔邪。垂老兄弟缘底事，今宵沦落共天涯。

严遂成的咏怀诗大多是娓娓道来，风格平静、素朴，不喜冲动，不作呼号语。但就是在这样的素朴与平静中，往往蕴含着巨大的情感力量，于无声处听惊雷，这是严遂成咏怀诗的一大特色。

在严遂成的诗歌作品中，还有为数不少的题画诗。严遂成的题画诗和一般诗人的题画诗不同，并不只专注于画面内容，也不仅仅是对画面内容作单纯的介绍或描摹，而是透过画面本身，力求探寻到画中所蕴含的情感。且看其《题春闺独坐图》：

听得莺声诉晓寒，东风扶梦鬓云残。无人庭院春如水，背着瓶花不忍看。

这首诗如果不是题目透露出"题画"的信息，估计很少会有人将其视作题画诗。整首诗风格柔婉，情感蕴藉，与一般的写景抒怀诗无异。严遂成这类风格的题画之作还有不少，名为"题画"，实为写"心"，实为抒怀。从另一个角度而言，正是由于加入了"写心"和"抒怀"的成分，才使得严遂成的题画诗做到了"题画而不局囿于画"，进而让诗歌拥有丰富的"灵魂"而"活"起来。同时，也正是因为严遂成将自己浓郁的生命体验和真实情感融入"题画"之中，才使他的题画诗具有了"生命"的魅力。

严遂成的诗歌是清代前期湖州诗坛上一面高高飘扬的旗帜，为清代湖州文学的发展和繁荣做出了重要的贡献。客观、深入地探讨其诗歌的艺术价值和文学影响，对于全面了解和准确把握清代湖州文坛的创作生态具有重要的价值和意义。

参考文献

（以作者的姓氏拼音为序）

［1］蔡汝楠．自知堂集［M］//四库全书存目丛书·集部：第 97 册．济南：齐鲁书社，1997．

［2］曹学佺．石仓历代诗选［M］//文渊阁四库全书．

［3］晁公武．郡斋读书志校证［M］．孙猛，校证．上海：上海古籍出版社，2011．

［4］陈庆元．沈约集校笺［M］．杭州：浙江古籍出版社，1995．

［5］陈尚君．全唐诗补编［M］．北京：中华书局，1992．

［6］陈田．明诗纪事［M］．台北：明文书局，1991．

［7］程嗣章．明儒讲学考［M］//影印本．四库全书存目丛书，1825（清道光四年）．

［8］陈振孙．直斋书录解题［M］．徐小蛮，顾美华，点校．上海：上海古籍出版社，1987．

［9］丹纳．艺术哲学［M］．傅雷，译．桂林：广西师范大学出版社，2000．

［10］杜贵晨．明诗选［M］．北京：人民文学出版社，2003．

［11］董份．董学士泌园集［M］//四库全书存目丛书·集部：第 107 册．济南：齐鲁书社，1997．

［12］董诰，等．全唐文［M］．北京：中华书局，1983．

［13］董斯张．吴兴备志［M］．北京：文物出版社，1986．

［14］傅璇琮．唐才子传校笺［M］．北京：中华书局，1990．

［15］傅璇琮，等．全宋诗［M］．北京：北京大学出版社，1991~1998．

［16］高万湖．湖州文学史［M］．海口：海南出版社，1999．

［17］过庭训．明分省人物考［M］．台北：明文书局，1991．

[18] 韩愈．韩昌黎全集［M］．北京：中国书店，1991.

[19] 郝玉麟，等．广东通志［M］．上海：上海古籍出版社，1987.

[20] 黄虞稷．千顷堂书目［M］．瞿凤起，潘景郑，整理．上海：上海古籍出版社，2001.

[21] 黄宗羲．明儒学案［M］．上海：上海古籍出版社，1987.

[22] 焦竑．国朝献徵录［M］．台北：明文书局，1991.

[23] 嵇曾筠，等．浙江通志［M］．上海：上海古籍出版社，1987.

[24] 计有功．唐诗纪事校笺［M］．王仲镛，校笺．北京：中华书局，2007.

[25] 刘昫．旧唐书［M］．北京：中华书局，1975.

[26] 栗祁，唐枢．（万历）湖州府志［M］．济南：齐鲁书社，1996.

[27] 李绍文．皇明世说新语［M］//四库全书存目丛书·子部：第244册，济南：齐鲁书社，1997.

[28] 雷礼．国朝列卿纪［M］．台北：明文书局，1991.

[29] 凌迪知．万姓统谱［M］．上海：上海古籍出版社，1987.

[30] 李富孙．鹤徵后录［M］．台北：明文书局，1985.

[31] 李桓．国朝耆献类征初编［M］．台北：明文书局，1985.

[32] 骆文盛．骆两溪集［M］//四库全书存目丛书·集部：第100册，济南：齐鲁书社，1997.

[33] 罗愫，杭世骏．（乾隆）乌程县志［M］．台北：台湾成文出版社有限公司，1983.

[34] 李昉，等．文苑英华［M］．北京：中华书局，1966.

[35] 林家骊．沈约研究［M］．杭州：杭州出版社，1999.

[36] 李贤，等．明一统志［M］//文渊阁四库全书．

[37] 李壮鹰．诗式校注［M］．北京：人民文学出版社，2003.

[38] 刘一止．苕溪集［M］//文渊阁四库全书．

[39] 逯钦立．先秦汉魏晋南北朝诗［M］．北京：中华书局，1983.

[40] 李修生．全元文［M］．南京：江苏古籍出版社，1998.

[41] 马端临．文献通考［M］//文渊阁四库全书．

[42] 茅坤．茅鹿门先生文集［M］//续修四库全书．

[43] 孟棨．本事诗［M］．上海：古典文学出版社，1957.

[44] 闵如霖．午塘先生集［M］//四库全书存目丛书·集部：第96

册．济南：齐鲁书社，1997．

［45］闵珪．闵庄懿公诗集［M］//四库全书存目丛书·集部：第 38 册．济南：齐鲁书社，1997．

［46］孟郊．孟东野诗集［M］．上海：上海书店，1987．

［47］欧阳修，宋祁，等．新唐书［M］．北京：中华书局，1975．

［48］欧阳修．新五代史［M］．北京：中华书局，1974．

［49］彭定求，等．全唐诗［M］．北京：中华书局，1979．

［50］潘明福．茗雪诗音自古传——湖州诗词文化研究［M］．杭州：杭州出版社，2008．

［51］钱林辑，王藻．文献征存录［M］．台北：明文书局，1985．

［52］钱谦益．列朝诗集小传［M］．台北：明文书局，1991．

［53］钱伯城，等．全明文·第一册［M］．上海：上海古籍出版社，1992．

［54］饶宗颐，张璋．全明词［M］．北京：中华书局，2004．

［55］阮元．畴人传［M］//续修四库全书．罗士琳，续补．

［56］司马光．资治通鉴［M］．北京：中华书局，1956．

［57］疏筤．（道光）武康县志［M］．台北：台湾成文出版社有限公司，1983．

［58］苏茂相．皇明宝善类编［M］．台北：明文书局，1991．

［59］沈亚之．沈下贤集校注［M］．肖占鹏，李勃洋，校注．天津：南开大学出版社，2003．

［60］沈德潜．明诗别裁集［M］．上海：上海古籍出版社，1983．

［61］汤斌．拟明史稿列传［M］．台北：明文书局，1991．

［62］谈钥．嘉泰吴兴志［M］//文渊阁四库全书．

［63］唐圭璋．全金元词［M］．北京：中华书局，1979．

［64］唐圭璋．全宋词［M］．北京：中华书局，1999．

［65］王世贞．弇山堂别集［M］．上海：上海古籍出版社，1987．

［66］王世贞．弇州山人四部稿［M］．上海：上海古籍出版社，1987．

［67］吴修．昭代明人尺牍小传［M］．台北：明文书局，1985．

［68］王鏊．震泽集［M］．上海：上海古籍出版社，1987．

［69］王鸿绪．明史稿列传［M］．台北：明文书局，1991．

［70］王定保．唐摭言［M］．上海：古典文学出版社，1957．

[71] 王昶. 明词综 [M]. 沈阳：辽宁教育出版社, 1997.

[72] 辛文房. 唐才子传 [M]. 上海：古典文学出版社, 1957.

[73] 徐松. 登科记考 [M]. 北京：中华书局, 1984.

[74] 徐学谟. 徐氏海隅集 [M] //四库全书存目丛书·集部：第124册, 第125册. 济南：齐鲁书社, 1997.

[75] 王兆云. 皇明词林人物考 [M]. 台北：明文书局, 1991.

[76] 邢澍, 钱大昕, 等. (嘉庆) 长兴县志 [M]. 台北：台湾成文出版社有限公司, 1983.

[77] 徐乾学. 徐本明史列传 [M]. 台北：明文书局, 1991.

[78] 徐开任. 明名臣言行录 [M]. 台北：明文书局, 1991.

[79] 徐中行. 天目先生集 [M] //四库全书存目丛书·集部：第121册. 济南：齐鲁书社, 1997.

[80] 徐松. 登科记考 [M]. 北京：中华书局, 1984.

[81] 许学东. 湖州古诗选 [M]. 海口：海南出版社, 1999.

[82] 严遂成. 明史杂咏 [M] //四库全书存目丛书·集部：第274册. 济南：齐鲁书社, 1997.

[83] 严遂成. 海珊诗钞 [M]. 上海：上海古籍出版社, 2010.

[84] 永瑢. 四库全书总目 [M]. 北京：中华书局, 1965.

[85] 袁枚. 随园诗话 [M]. 顾学颉, 点校. 北京：人民文学出版社, 1982.

[86] 严嵩. 钤山堂集 [M] // 影印本. 续修四库全书. 1545（明嘉靖二十四年）.

[87] 俞允文. 仲蔚先生集 [M] //四库全书存目丛书·集部：第140册. 济南：齐鲁书社, 1997.

[88] 严可均. 全上古三代秦汉三国六朝文 [M]. 北京：中华书局, 1958.

[89] 叶恭绰. 全清词钞 [M]. 北京：中华书局, 1982.

[90] 阎凤梧, 康金声. 全辽金诗 [M]. 太原：山西古籍出版社, 1999.

[91] 张廷玉, 等. 明史 [M]. 上海：中华书局, 1974.

[92] 张弘道, 张凝道. 皇明三元考 [M] //四库全书存目丛书·史部：第271册. 济南：齐鲁书社, 1996.

[93] 张朝瑞. 皇明贡举考 [M] //四库全书存目丛书·史部：第269

册．济南：齐鲁书社，1996．

[94] 张豫章．御选明诗·姓名爵里五 [M]．上海：上海古籍出版社，1987．

[95] 宗源瀚，周学濬，等．（同治）湖州府志 [M]．台北：台湾成文出版社有限公司，1970．

[96] 张萱．西园闻见录 [M]．台北：明文书局，1991．

[97] 赵定邦，丁宝书，等．（同治）长兴县志 [M]．台北：台湾成文出版社有限公司，1983．

[98] 赵弘恩，黄之隽，等．江南通志 [M]//文渊阁四库全书．

[99] 张宏生．全清词·顺康卷 [M]．北京：中华书局，1994．

[100] 周密．绝妙好词笺 [M]．查为仁，厉鹗，笺．上海：上海古籍出版社，1984．

[101] 朱祖谋．湖州词徵 [M]//吴兴丛书．

[102] 张先．张子野词 [M]．北京：中华书局，1985．

[103] 周密．齐东野语 [M]．张茂鹏，点校．北京：中华书局，1983．

[104] 周密．浩然斋雅谈 [M]．邓子勉，点校．沈阳：辽宁教育出版社，2000．

[105] 周密．蘋洲渔笛谱 [M]．北京：中华书局，1985．

[106] 赵红娟．明逸民董说研究 [M]．上海：上海古籍出版社，2006．

[107] 朱大韶．皇明名臣墓铭 [M]．台北：明文书局，1991．

[108] 朱曰藩．山带阁集 [M]//四库全书存目丛书·集部：第110册．济南：齐鲁书社，1997．

[109] 郑善夫．少谷集 [M]．上海：上海古籍出版社，1987．

[110] 郑樵．通志 [M]//文渊阁四库全书．

[111] 曾枣庄，刘琳．全宋文 [M]．上海：上海辞书出版社，安徽：安徽教育出版社，2006．

[112] 朱孝臧．疆村丛书 [M]．南京：江苏广陵古籍刻印社，1987．

后　记

　　这是一部研究湖州地方文化的小书，汇聚了笔者多年来对湖州地方文化和文学的一些浅显的思考和探求。书中有些章节曾以单篇论文的形式发表在《湖州师范学院学报》《常州工学院学报》等期刊上，发表的时候，有些文章在本人署名之后还署有某位友人或某位学生的名字，因为当初在写作论文的时候，他们曾给予一定的襄助，故共同署名，以示感谢。现在汇聚成书，独立署名，并不代表感激之情已经忘却，特略书数语，以示感恩。

　　本人虽然近年来一直关注湖州古代的文化名人和文学作品，但湖州古代文学名家和文化名人的数量太多，不是我一个人在短时间里所能研究透的。于是，原本想要重点写的也应该重点介绍的湖州古代文学名家，如钱选、陈霆、徐中行、茅坤、茅维、董份，等等，最后都没能进入单独、重点介绍的范围，只能在概述中三言两语地简单介绍一下，颇为遗憾。等以后有机会写《湖州古代名人群传》或《湖州古代名人群谱》的时候，再来弥补这个缺憾吧。

　　本书原本列入重点介绍的文学家还应该有唐代的钱珝、宋代的沈与求、清代的严可均等人，但由于时间仓促，再加上学识有限，这几位文学家及其创作的介绍和分析虽然写出成稿，但终究不甚满意，所以在最终定稿时，就把这几位文学家单独介绍的章节删去了。

　　一项工作的完成，离不开许多人的支持和帮助，所以，等工作完成以后，感恩是必要的。首先要感谢湖州师院的老学者、退休教师高万湖先生。高先生是湖州文学研究的杰出专家，他的《湖州文学史》是湖州历史上第一部完善的文学史著作，梳理了湖州文学发展的主要脉络，搭建了湖州文学史写作的基本框架。本书对湖州文学发展历史的简要介绍，在很大程度上得益于高先生所搭建的基本框架。高先生为人真诚而善良，笔者曾为研究湖州文学而专门登门拜访。高先生非常热情，欣然应允愿意为笔者的研

后　记

究提供必要的帮助。在此，谨向高万湖先生表示崇高的敬意和衷心的感谢。在本书的写作和修改过程中，还得到很多领导的关心和帮助。湖州师院文学院原院长程民先生一直非常关心笔者的工作和学习，他的关怀和勉励，为笔者的科研增添了信心和动力。湖州发展研究院文化研究所所长周淑舫教授一直在笔者学习、教学、科研等各个方面给予无微不至的关心、提携与帮助，令笔者非常感动。湖州师院现任学报主编余连祥先生对于本人的地方文化研究和本书的写作也给予了许多切实的帮助。此外，笔者所在教研室诸位同仁在资料提供、思路探讨等各个方面也给予笔者许多真诚的帮助。在此，一并表示衷心的感谢！

由于笔者学力有限，学识浅薄，书中的错误之处一定不少，敬请各位方家批评教正。

潘明福

2017 年 3 月